相伴烟火丛生里

李秋妮 著

北方文艺出版社

图书在版编目(CIP)数据

相伴烟火丛生里 / 李秋妮著. -- 哈尔滨：北方文艺出版社，2022.8
　ISBN 978-7-5317-5708-5

　Ⅰ.①相… Ⅱ.①李… Ⅲ.①散文集-中国-当代 Ⅳ.①I267

中国版本图书馆 CIP 数据核字(2022)第 148778 号

相伴烟火丛生里
XIANGBAN YANHUO CONGSHENG LI

作　者 / 李秋妮

责任编辑 / 赵　芳　　　　　　　封面设计 / 余洁笑

出版发行 / 北方文艺出版社　　　网　址 / www.bfwy.com
邮　编 / 150008　　　　　　　　经　销 / 新华书店
地　址 / 哈尔滨市南岗区宣庆小区 1 号楼
发行电话 / (0451) 86825533

印　刷 / 成都兴怡包装装潢有限公司　开　本 / 880mm×1230mm　1/32
字　数 / 300 千　　　　　　　　　　印　张 / 12
版　次 / 2022 年 8 月第 1 版　　　　 印　次 / 2023 年 1 月第 1 次印刷

书　号 / ISBN 978-7-5317-5708-5　　定　价 / 60.00 元

目录

第一辑 / 亲子时光

从怀孕到他小学毕业　　　　　　　　／ 002
中学时代·亲子陪伴碎碎念　　　　　／ 134

第二辑 / 岁月留痕

天地清音，纹路清晰
　　——6月19日散记　　　　　　／ 168
奔跑的十二天　　　　　　　　　　／ 171
大布村·七月七　　　　　　　　　／ 174
冬日还暖　　　　　　　　　　　　／ 176
猴年除夕　　　　　　　　　　　　／ 177
你们不要老，不能老　　　　　　　／ 179
骑小黄车回娘家过冬至　　　　　　／ 181
三代人的光阴　　　　　　　　　　／ 183
少年如你　　　　　　　　　　　　／ 185

清凉如水	/ 187
素梅大娘，愿来世的你依然威风凛凛	/ 189
岁月最好的样子	/ 191
甜粄，客家人心头的甜味	/ 193
五月光阴	/ 196
像我老婆的声音	/ 198
有一种夜色叫不舍	/ 199

第三辑 / 行在路上

有个地方名叫台湾	/ 202
广丰的冬季之美	/ 211
翻山越岭去苗寨	/ 221
河内风	/ 223
丽江"发呆"的意愿没完成	/ 225
领略东欧的八月美	/ 227
七月，日本不一样的城市味道	/ 240
三月徽州暖春日	/ 246
闲散自由走清迈	/ 254
耍龙灯，打麻糍，宜春年味十足	/ 257
四川行	/ 259
听澄海人讲潮汕事	/ 261
相伴烟火丛生里	/ 267
在京城肆无忌惮地笑	/ 275
山东行，边写边走	/ 281

行在川藏线 / 289
情系宜春上饶 / 299

第四辑 / 书影万象

撞色视觉 / 308
唢呐里的民间风情 / 310
复仇和救赎 / 313
海边　城镇　孩子 / 315
喝松花江的水　写哈尔滨的人间 / 317
传统文化与现代音乐 / 320
人间烟火味 / 323
不符合常理，却符合人性 / 325
她在非洲曾经有个农场 / 328
悬疑推理背后的善恶之争 / 331
音乐让相处自然和谐 / 333
魔鬼教育 / 336
听她说，什么是最好的爱 / 339

第五辑 / 有球在飞

留恋蓝色海洋 / 344
谈感情，凭直觉 / 346
罗本飞起来了 / 348
意大利不哭 / 350
关于阿根廷 / 352

颤抖的王者 / 354
郁金香神奇绽放 / 356
输了比分，赢了世界 / 358
巨星的力量 / 360
蓝白挺进四强 / 362
巴西人的眼泪在飞 / 363
大力神杯，擦肩而过 / 365
巴西足球的精致，不复存在 / 367
梅西没哭 / 369

跋 / 371

在巴厘岛沉思

第 一 辑
亲子时光

从怀孕到他小学毕业

这个长篇，记录到小姜小学毕业为止。在离他满 13 岁还有将近两个月时，当时他正与其他三个小伙伴在番禺参加英语夏令营，热情澎湃，激情万丈，嗓子都喊哑了……当我说无论如何，周五我和爸爸一定会抽出时间去观看你的体验结果时，他却说："如果你们实在没空过来，我也不会怪你们，我知道你们有这份心就可以了。"我大声说："不行！你是我们的儿子，排除万难，也要看你汇报结果的过程，也要过去接你回家！"

他就是这么一个有时说话做事会让人心里发疼的孩子。

一起体验他成长路上的每一个转折点，倾听他从记事开始的每一次诉说，我们一家在不曾停歇的交流沟通的路上乐此不疲，大人和小孩一起见证彼此成长。

这些成长记录从怀孕开始先是在纸上写，后来电脑打字，开通博客，再转移到 QQ 空间里。在"特区根据地"博客里写了五年，以小名"小伦伦"的称呼记录儿子的成长，从抱着、拉着他，到后来的手挽手，走在宝城或者外出旅行的大大小小的城市角落里……整理和校对文字的过程中，发现这五年中，更多的是心疼孩子晚上只有外婆陪着，妈妈上晚班，爸爸应酬多，他经常说的就是"妈妈明天见",因为他只能期待第二天清晨,因为那时才能看到凌晨下班的妈妈。周末,我会牵着他的小手行走在五区,从市场走到图书馆、新安影剧院……这些如果没有文字记载,我们就真的忘记了,忘记他曾经说过那么多童言稚语,忘记从他两岁半开始就跟着父母自助游,行走在城市间发生的事情,吵闹过,撒野过。从第一次难忘的海南自驾游,我们开始了十几年里一年至少两次不间断的行走。读万卷书不如行万里路,如果说小时候的旅行浅浅地留在他懵懂的意识里,那么后来的台湾自由行,让他开始真切懂得了如何欣赏路上的人文和风景。

在 QQ 空间里,以"小姜"的称呼开始记载儿子丰富多彩的小学生活。小学阶段的经历很是一波三折,始终由他侃侃而谈那些不平凡的人和事。面对选择时,我会告诉他几种可能,你选择 A 会有什么样的得失,选择 B 将面对的是什么,最终决策权在他手上。我们希望他是一个有主见的男孩子,所以只给建议而不做决定……

他已经有快一米七的个头了,对他长长的记载而今只愿化作一两句幽默简短的话语,留作笑谈。他的世界正徐徐展开,我们不会也不可能一直陪在他身边,但希望能一直在他心里。希望将来我们老了,他成家立业了,我们和他的爱人、孩子一起翻看他的成长录,共同回忆:原来他小时候这么可爱过、调皮过,也痛苦过。

很快就是一名中学生了,小姜同学,继续一起成长,一起努力!

电脑辐射的恐慌

2001 年 1 月份,我发现自己怀孕了。

整个怀孕的过程是艰难和痛苦的。每日上班对着电脑，辐射很厉害。孕期第四个月时，总觉得自己肚子很小，看育儿书，说畸形的小孩发育比较慢。中午我往北京医科学院的专家科打电话，医生询问了情况后，叫我赶快去医院做彩色 B 超，并及时采取措施。我惊慌地哭了。

后打电话问陈医生，她说并没有这么严重。

就这样忐忑不安，心怀侥幸，小心翼翼地过着每一天。

每一次例行检查胎心时，都是在右下腹，那强劲有力的怦怦声喜悦着我全身的细胞。

孕期第七个月时，我迫不及待地开始休产假了。

天气很热，每天都流许多的汗，并且尿频得厉害，一晚起码要上十次以上的厕所，睡眠很不足，饭量却很大，早餐每天是"五个一"：一个苹果，一杯牛奶，一个鸡蛋，一碗皮蛋瘦肉粥，一块蛋糕。

选择剖宫产是无计可施了

2001 年 9 月 25 日（农历八月初九）下午 4 点 30 分，终于可以真实触摸到宝宝柔软的肌肤了。

9 月 24 日晚，我挺着大肚子和母亲及阿靖去上合市场买东西，逛了很久也不觉得累。因为预产期是 10 月 3 日，也没想着宝宝会这么着急出来。半夜两点我觉得肚子开始痛，就叫老姜，可他睡得很沉，推也推不醒，我就给随身听换电池准备听音乐，谁知换电池的声音倒把他吵醒了，两个人开始聊天，聊宝宝出生后的生活有什么不同……房间里洋溢着即将为人父为人母的激动和兴奋。天亮了，我们提着早就准备好的衣物去宝安妇幼保健医院。

阵痛已经持续十个小时了，依然不见子宫口有张开的迹象，羊水不停地流，医生叫老姜考虑一下剖宫产，说羊水已经混浊，这样下去胎儿会因缺氧而窒息。我们都慌了，有点接受不了。因为我从来没想到自己这么好的身体素质会生不出来，而且我从小到大也没动过任何手术……

但是情况紧急，由不得我考虑了。下午3点30分，经过一连串的小处理后，我被推进了手术室。今时今日，朋友问我有没有给医生红包，我说没有，她大喊一声："做这样危险的手术，不打点又是不熟的医生做的话，会留下后遗症啊！"现在想想，我也觉得有些后怕。

全身被麻醉，肚子被剖开后随着一阵摸索，感觉五脏六腑被医生拉了出来，气都喘不过来，但很快我就听到一声并不响亮却很有力的哭声，护士叫了一句："是个男孩！"我使劲睁开眼睛张望我的宝宝。第一眼的他全身黑黝黝，皮肤皱巴巴，眼睛却炯炯有神，护士说他还很调皮地踹了她一脚。后来麻醉效果让我昏昏沉沉地睡了过去。

长斑点的皮肤以及可恶的拉肚子

宝宝出生满月没几天，我们从73区搬到72区的新房子。

他很喜欢哭，不喜欢自己一个人睡觉，我们三个人晚上看电视轮流抱着他。宝宝生下来六斤二两，七十厘米，下巴尖尖的，头发稀少。旁人说他的眼睛和下巴长得像我，鼻子像爸爸。初为父母，我们连怎么抱小孩都不会。宝宝从出生几天就开始吃米粉，母亲担心他肚子会饿，说那一点点奶水撑不了多久。

宝宝脸上总是有一块豆豆般大小的红色斑点，看了实在令人心疼。初时以为他总爱哭，可能是斑点痒痛难忍的缘故。后来道听途说喝金银花之类的清凉茶可以解毒，但试了无数种所谓可以解毒的东西都无济于事。随着宝宝慢慢长大，脸上的斑点也渐渐消失，取而代之的是光滑细嫩的皮肤。他肠胃很差，喝了牛奶、娃哈哈之类的饮料就会拉肚子，在他八九个月时，有一段时间拉得我们的心都掉了下来，隔几分钟就听到"噼啪"一声，原本欢声笑语的我们立即恐慌不安起来。他还去妇幼保健院住了一段时间，每日都和思密达等止泻药相随相伴。回想起来，那是段灰暗的日子，我们又要工作，下班还要往医院跑。

宝宝在五六个月时就会爬了，爬得很快，两个小膝盖都爬得红红的。九个月时，就能自己推着小凳子满屋子跑了，神气的时候还一手推一张凳子，他时常被自己逗得哈哈笑。一岁过几天时，他突然会放开凳子摇摇晃晃地走几步，我拍着手为他加油，但左右摇摆，着实让人担心。在这学走路的过程中，宝宝没少摔跤，而且一倒下去就喜欢趴在地上，用小舌头舔冰凉的地板。

一时疏忽造成宝宝不适

一个凉意极浓的下午，我和老姜带宝宝去西乡佳华买了奶粉，因吹了风，宝宝回家后先是呕吐，然后拉稀。

拉稀总是困扰着宝宝，出生至今，每次出现这种情况都会令我们惊慌失措。

宝宝已经成了破坏专家，成了唯恐天下不乱的家伙。晚上的客厅就是一个撒满玩具的游乐场。昨天第一次看到他把垃圾往桶里扔，我高兴极了。

扔垃圾的宝宝

当宝宝扬扬得意地把垃圾扔到桶里后,又把奶瓶、奶嘴之类的东西也放进去了,这让人好笑又好气。

他会看着电视学跳踢踏舞,把自己的小脚跺得很响,然后下蹲起立,嘴里直喊"一二"。在和我们捉迷藏的时候最开心,当他发现敌情的瞬间,会开心地咧着小嘴笑,然后冲上来紧紧地抱着我的脚,有时还会狠命地咬上一口呢!

昨晚我吹头发的时候,他也凑上来,我用风筒朝着他吹,谁知他真被吓得转身就跑,仓促中摔倒了,哇哇大哭……

宝宝总在吃饭时捣蛋,把一桌子菜乱弄,令我们心烦。

凄雨冷风后的阳光

经过几天的冬雨连绵后,受寒冷侵扰的我们在小区楼下迎来了温暖的冬日阳光。

宝宝穿得厚厚鼓鼓的,穿着楼下阿婆给他织的毛衣,却不肯戴我给他买的毛线小帽。小脸被风吹得通红,上面还有两道被自己指甲划破的伤痕。在这样的天气,伤口会有些刺痛,他却一副无所谓的样子,没哭。

宝宝和大五个月的阿宝姐姐一同成长着。阿宝越来越漂亮了,有着白皙的皮肤、雪亮的眼睛、漂亮的小嘴唇和柔软的头发,有时她头上还会夹一个可爱的蝴蝶结。这一切都让我对她疼爱有加。宝宝遇到阿宝姐姐,就跟在她后面跑,被拧耳朵、抓头发却不还手。很奇怪,因为大人呵斥他,他都会甩一下小手表示抗拒，对阿宝的欺负却甘愿受之。这两个小家伙越来越贪吃，连吃过的瓜子壳都往嘴里塞，甚至还往肚子里吞。

宝宝刚学说话时说出的第一个词是"公公"，随后就是"妈妈""哥哥"，尽管还不会表达自己的意思，却基本上能听懂大人的意思了，比如叫他扔垃圾，让他去爸爸那里、去外婆那里，等等，也能按照意思做。

他在顽皮地成长着。

成长中的快乐

终于，经历四五天的痛苦煎熬后，宝宝的拉稀止住了。接下来，健康的他快乐得像只小燕子，也许是周末大家都在家陪伴着的缘故，他一会儿跳跳，一会儿笑笑，还学会竖起大拇指"顶呱呱"，学会往垃圾桶里扔垃圾……我发现他求知欲很旺盛，接受能力也很强。

现在知道找爸爸了，并且会上前与人握手问好，不高兴时还会狠狠地甩着小手。

日渐成长的宝宝

这个很爱动的小男孩，可以不停地往沙发上爬，然后下来，又上去，周而复始，一点都不厌倦，没有想停下来休息的意思。我则在一旁为他托托小屁股，抹抹他嘴边的口水，一个晚上除了看广告时他能停下来歇息几分钟，其他时间几乎都在奔波忙碌中度过，弄得全身大汗淋漓。

他最怕的就是脱裤子上厕所，大人一有行动他就哇哇大哭，那从小培养的训练有素的哭声响彻创业二村。对于这种哭声,我们家人都有不同的形容:母亲说天都会给吓红了,老姜说屋顶都被震破了。不知道长大后的小伦伦听了会怎么想,好笑,还是羞红了脸?

想象着宝宝长大后会是一个英俊潇洒的男孩,又大又圆的眼睛,总会有鬼点子,还有顽皮小男孩特有的狡猾。

阿宝姐姐

阿宝是儿子的小表姐,一个一岁五个月的小女孩,很是漂亮、乖巧,经常穿着一件红色唐装小背心,我们都喜欢叫她"小格格"。上个周末见到她头发上夹着两个小小的蝴蝶结,愈发可爱了,我把她抱在怀里亲个不停。

阿宝出生那天,我还挺着两个月后就要分娩的大肚子骑着摩托车赶去西乡固戍,肚里尚未出生的伦伦好像也急着要出来,那天胎动得厉害。跟所有的新生儿一样,阿宝长得黑黑的,眼睛特别灵动,出生几个小时眼珠子就会骨碌碌转了,有着一头又浓又黑的头发,额头上一块胎疤在五六个月的时候才消失。

见到大叔叔

有根来了深圳,正在上班的我没见到他,但从母亲和老姜的叙说中,我知道了宝宝和叔叔见面的一些片段。

母亲说,亲缘真的很奇妙,初次见面的亲人就会亲密无间,宝宝开始是一会儿弄一下这里,一会儿弄一下那里,慢慢地就爬到叔叔怀里去了,跟他玩得很好。

有根说爷爷很想见一下小孙子,长到一岁多,爷爷还没看到过

宝宝。虽然一直都有在电话里询问着成长情况，却还没见过面。

想象着爷爷和孙子在一起，那一定是一幅很融洽很亲切的画面，没有呵斥没有恼怒，只有顽皮和包容。很想过年时带宝宝回一趟江西。

人生第一次获奖，新年第一份礼物

2003年的第一天，宝宝参加早教中心举办的跑步比赛，在众多强手中脱颖而出，夺得第一名，获得一架价值五百元的儿童秋千以及早教中心赠送的启蒙课程。

虽然几节课见效甚微，但宝宝学会了用小手在掌心上炒豆豆、包饺子。在大人的教导下，会充分利用小手掌的灵活性。

宝宝喜欢看央视《大风车》节目，自己叫着"一二一"的节拍边喊边做操，吐字清晰，动作规范，很认真的样子。

快乐春节

春节假期，家人一直陪伴在宝宝身边。

这个春节他开始依赖爸爸。我知道对小男孩来说，爸爸身上的阳刚之气是他成长路上不可缺少的，冲凉、洗脸，甚至吃饭，都要爸爸一手打理，他会淘气地抓爸爸脸上的肉、眼镜，咬爸爸的手指头。

宝宝开始淘气了。他在沙发上跳来跳去，趁大人们不注意时，把自己的小衣服往地上一扔，然后引来大人的一番训斥……这样的恶作剧经常会在生活中出现。

那部小单车最近成了宝宝的新宠，很是爱不释手，坐在上面摆些惊险的动作，差点整部车都给弄翻了。本想上班之后把小单车锁到书房，以免造成受伤事件，但不忍把宝宝的这点乐趣剥夺了，还是没行动。

宝宝与阿宝姐姐一起玩，两人关电视机、吐口水、打人……

第一次剪头没哭

第一次带他去剪头发，之前头发有点遮耳朵，剪完之后小宝宝俨然变成了一个帅帅的小男孩。第一次剪头发他没哭，坐在爸爸怀里乖乖地享受着微微发痒的感觉。一个眼睛大大、嘴唇红红的小男孩笔挺地站立于眼前。后来童年时期无数次剪发，他都从来没有哭过。

今天给几个朋友寄去了小伦伦的几张生活照，在给他爷爷的信中我细细地告诉他伦伦的生活习惯和喜怒哀乐。爷爷非常想念伦伦，伦伦也很喜欢对着电话筒叫爷爷。前天晚上又学会了叫"阿姨"，发音不准，调子往上升，不知这是客家话还是广东话。伦伦会在饭桌上捣乱，他爸爸还装有学问地分析道："专家说小孩子这个年龄段会胡乱抓饭抓菜，是在向自己独立吃饭的过程发展。"

小伦伦之最

最怕：脱裤子上厕所、洗脸、抹面霜、晚上及黑暗。

最爱：蹲在洗手盆旁边洗手，踢球，到水龙头边玩水，下楼玩，坐摩托车，拿拖把、扫把。

拥有第一双拖鞋

如果以阳历来算的话,小伦伦现在是一岁五个月大。

因为伦伦平日总喜欢穿大人的拖鞋,于是也给他买了一双,可能是第一次穿的缘故,他的小脚趾夹不住拖鞋,但想不到他的小脚板已经长这么大了。

一说下楼,他就会帮我们拿鞋,而且谁的鞋子也能分得很清楚。

我们计划这段时间送伦伦上幼儿园,曾听朋友说起他将一岁四个月的女儿送到托儿所,心酸的讲述让我无法释怀,想不到轮到自己也会有这样的念头。与他不同的是,我们这所幼儿园离家并不太远,只不过在楼下隔壁一栋而已。

开始倒地耍赖了

如今,"耍赖"成了小伦伦最拿手的把戏。

他要什么东西,如果得不到的话,就哭着往地上一躺,打好几个滚。我最生气他这个动作,就说:"大家不要理他,让他一个人滚个够。"他看到没人理他,哭了一会儿就自己爬起来,乖乖走到我身边。

周末带他到阿宝家里,两人见面又撕又咬,最后以哭喊告终,两败俱伤。阿宝手指被小伦咬红了,小伦的面颊被扯红了。

小伦伦现在要站着尿尿,为了让他自己心甘情愿尿尿,只能想办法,让他别弄湿了裤子。

最近老喜欢让人家和他一起踢球,脚法还挺准的,但是我们都不希望他长大学这一行。（我们这念头扼杀了他不少对体育运动的激情，悔不当初啊。）

小小男孩快一岁半了

如今的小伦伦是个小男孩了，可能是长身体的缘故，本来圆圆胖胖的他现在有点纤瘦。下个星期他就有一岁六个月了。成长中的他是个小调皮，吃饭老喜欢自己拿着勺子乱挑，搞得满桌都是。带他去公园玩，他喜欢蹲在小草丛小土墩旁边玩耍，看小蚂蚁和小鸡。

昨天小伦伦可能白天没睡觉，晚上实在困，就自己爬上床去，边喝牛奶眼皮边往下垂，我以为他改变睡觉的习惯了，能自己上床睡了，还挺高兴地跟老姜和母亲大声宣布："小伦伦自己睡觉啦！"

谁知后来他还是一骨碌翻下来，又开始在客厅里玩耍，从7点玩到10点，他的睡眠才开始真正进入正题。

会叫"阿婆"了

他已经长成一个人见人爱的小男孩了，大大的黑眼睛，紧抿着的小嘴唇，还有一听音乐就手舞足蹈的小习惯，这一切都是那么可爱。

大家都期待着五一假期，因为这一天小伦伦就要和爷爷见面了。中午爷爷还打电话来问我们回不回去，好像大家都开始紧张了。

我越来越不舍得离开小伦伦了，当他抱着我狠狠地亲我的脸

蛋时,我心里乐开了花。晚上无论回家多晚,我都会先和他玩耍一会儿。昨天他开始会叫"阿婆"了,直叫得母亲眉开眼笑,甜入心底。姑姑买给他的小单车他很快就骑得驾轻就熟了。

五一出行计划取消,爷孙见面的愿望落空

因为"非典"的蔓延,五一假期出行计划取消了,小伦伦见爷爷的计划也被推迟了。实在有些遗憾,因为我无数次地想象过江西的家人见到可爱的小伦伦的情景。

这两天阿宝来家里住了。第一个晚上,小伦伦激动地往每个房间跑,仿佛永远不知疲累一样。有了玩伴,两个小宝宝吃饭都比往常多。两人手牵手在楼下相伴而走,很多人都问我是不是双胞胎。小伦伦显得较稳重大方,总是让着表姐,冲凉的时候我还让他们光着身子照了相,长大后看了肯定会忍俊不禁。

小伦伦的衣服在这个夏天里显得短小和捉襟见肘了,鼓鼓的小肚子更让人看了后发笑。

一岁七个月会骑小单车

如今,小伦伦扬扬得意地骑着姑姑送他的"小恐龙"单车飞驰于创业二村的小巷里,引得行人瞩目,惊讶这小小男孩竟然会骑单车。

开始是在客厅里小心翼翼地行进着,后来就干脆搬到了楼下,那些同龄小孩或者比他小的弟弟都羡慕地看着他风一样的骑车背影。

两个互相抓咬的小家伙

伦伦在阿宝和她妈妈离开我家之后,时常望着她们睡过的床喃喃自语着"阿宝姐姐",不停地念叨着,一副极想念她们的样子。可是上午带他去西乡,他却把阿宝咬得牙印斑斑!气得我都不知说什么好了,他却还是一副全然不知情的无辜表情。

小伦伦在两岁之前,就辣手摧花把他爸爸的几副眼镜都折断了,这是他磨灭不了的历史劣迹。

遇到对手了

上周末带伦伦去姑姑家玩,一向只会咬人欺负人的小调皮,这回竟然遇到了强中手——一岁的小表妹。这个小表妹无论是在多动、爱吃零食,还是袭击方法上,都比小伦伦更胜一筹。这个小苹果脸一天到晚都捧着零食吃,对米饭却不胜厌烦。可能也是长牙齿的缘故,她妈妈说她总咬小堂哥的屁股,毫不留情。

小伦伦被她彻底打败了,看着被小表妹咬红了的手哇哇大哭,连衣服也被扯得变了形。

杨晨加入深圳队的第一场比赛,也是伦伦第一次观看足球比赛。可能他觉察到了爸爸才是这次外出的策划者,狠狠地抱着父亲,甚至当爸爸狂呼大叫时,他举目仰看,眼里充满崇敬,然后自己也大叫一声,手舞足蹈的。可他的眼睛全然没有注意过球场上的激烈相争,只是摇头晃脑,新奇地看着周围如潮的人流。

最近小伦伦又有了语言的新突破,我在家经常叫"老公",他也跟着叫"老公",并且用客家话说"洗身",说得极为准确。

求知欲

伦伦现在正是求知欲很强的时候，老姜带他去超市，他会叫出那些食物的名字，比如"面""水"，看到有人拿着枕头，就说"觉觉"，可爱得很。今早凌晨突然大哭，要爸爸带他去书房认字，嘴里不断说着"公鸡"，我想他可能梦见公鸡了。

卧室里挂着结婚照，因为妆化得太浓，而且当时我的身材还没发胖，伦伦总是指着左边那个叫"爸爸"，右边那个叫"姐姐"，每一次都逗得大家哈哈大笑。我老是纠正他："那是妈妈啊！"久而久之，伦伦认过爸爸之后就不再出声了，因为他总觉得那是姐姐却又怕认错，所以干脆沉默是金了。

第一次出远门

2003年8月7日晚，伦伦第一次回到我的家乡——五华。

回去的趣事有很多，伦伦见到了母鸡，见到了兔子、羊，老公还特意抱他去猪栏里看了猪。他是个不怕生的小男孩，除了晚上睡觉会吵闹之外，白天和小孩们打成一片，玩得很快乐，很尽兴。

伦伦回家学会了叫"舅公""舅婆""阿三姐姐""阿靖姐姐"，而且一从老家回来就开始说"有尿尿"了。

见到阿靖姐姐，这个可怜的小姑娘，和她妹妹一样，都逃不过伦伦满嘴锋利的牙齿，小指头被伦伦咬出深深的印痕，看起来触目惊心。家乡许多小女孩对伦伦都又敬又畏，觉得他有大城市孩子的气质，大方、爽朗，同时又怕他的牙齿，不敢靠近，只是远远看着。

罚站

伦伦犯了错误就会被我拉到客厅门后站着,一动也不能动,直到我允许后才可以离开。

每当这时,他就会扁着小嘴,可怜巴巴地望着大家,奢望有人为他求情,可大家都故意不看他。然后他就会指着面前的鞋柜自言自语:"宝宝,鞋鞋……"看还是没有人理他,就开始憋不住了,眼泪流了下来,大叫"阿婆""妈妈""爸爸",但是哭归哭,没有我的批准他还是不能离开,就算有人来拉他,也不敢动。

直到我心软了,看时间也差不多了,他又连哭带喊地哀求,于是我便向他招了招手,他就把眼泪和鼻涕猛往我身上擦。

他总是在干了坏事被大人呵斥之后,还要不服气地大声尖叫,很刺耳,这种不好的习惯在公共场合也是如此。

两岁生日

农历八月初九这天,是伦伦两岁生日。

初八这晚,伦伦和同产房的一个小女孩及一个男孩在蛇口肯德基一起度过了两周岁的生日。那个叫莫理诗的小女孩实在太小个子了,和两个小男孩比起来,真的是个小妹妹。叫利嘉俊的小男孩可不同了,长得五大三粗的,结实得很。听他爸爸说,他一个星期就要喝一罐进口奶粉,而且吃的都是人参炖肉汤之类的食物,营养好得很。伦伦没有喝进口奶粉、鸡汤什么的,胃口也很好,一小碗饭很快就吃完了。

伦伦已经有将近两个星期没有罚站了,最近表现还算乖,长高了一点。现在进我们的房间再也不像以前那样要叫"爸爸妈妈开门",自己踮起脚跟就可以开门进来了,然后早上就会和我们一起躺在床上数数。以前见到头顶上的婚纱照会说是"姐姐和爸爸",现在乖巧了,不用问也先说是"妈妈"了。

站着尿尿了

小家伙现在会自己站着尿尿,会淘气地爬到沙发最上端慵懒地躺着,会在早上醒来时便要妈妈抱。

他和可爱的青梅竹马勤勤说话,都是两个字重复地说,"抱抱""班班",可爱得很。可他老爱跟大男孩打架,打不赢就哭。

伦伦开始说些长句子了,虽然不知道他在表达些什么,一副煞有其事的样子在叙说着,好像有很重要的事情汇报似的,摇头晃脑。

伦伦骑单车的动作自由潇洒,小手还刹不了车,却能用双脚控制速度,别的小孩还要大人在后面推着散步时,他已经可以飞快地骑单车了。

第一次回江西

两岁时的国庆节,经过遥远辛苦的火车路途,伦伦终于来到了爷爷身边。看到可爱调皮的小伦伦,爷爷自然是乐不可支,好吃的好玩的都拿来给伦伦享用。当我责备他做错事的时候,爷爷在一边怜惜地说,算了算了。

其实也难为伦伦了，一路上脸色苍白，摸着不舒服的肚子扭个不停。好在回去的火车上他和两位叔叔阿姨玩得很投缘，忘记了坐火车的艰辛，在火车的过道上高兴地穿梭不停，一直玩到深夜一点多才在我怀里入睡。

在火车站的出口处，一眼就看到伦伦的爷爷在那里翘首以盼，第一次见这个孙子，爷爷非常紧张和激动。本来已经做好充分的心理准备，预想着伦伦没有阿婆在身边会哭天喊地，谁知见到爷爷挺开心，在爷爷家里搜出了两顶以前叔叔当兵时戴的军帽，调皮的伦伦往自己头上戴一顶，给爷爷头上也戴一顶，然后相互敬礼，让老公笑弯了腰。

这次回乡，可能在尚且年幼的伦伦脑海中并没留下太多记忆，但是童年的稚趣，却永远留在了我们心底。

小小男孩长大了

一天，我牵着他的小手，坐上公交车去上合市场买东西。在阳光下，在拥挤的街市里，他像是温驯的小羊乖乖地跟在我后面，用惊奇的目光环顾着四周，看着不同脸孔的陌生人，看着街道旁趴着的大黄狗……这一切都令他觉得好奇和新鲜。让我甚觉安慰的是，他并不会见到好吃的就要嚷着要买；买小弟弟衣服时，还在一旁帮我提着东西，不会贪玩地到处乱窜，还跟卖衣服的叔叔阿姨摆手再见。

从一个在小被子里啼哭的小婴儿，到今天可以捏着妈妈衣角出街的小小男孩，我的小伦伦开始茁壮成长了。

乖巧、喃喃自语、爱看悟空的小男孩

冬天来了,小伦伦变成了一个穿得鼓鼓的,行动不如以前敏捷的小男孩。

他现在开始尝试说许多话,连电视里卖奶粉的小女孩说广告词"我爱妈妈",他也学着对我说这句话,可爱的广东话令人忍俊不禁之余,也甜得我满心欢喜。

顽皮、爱打架,却也不会无理取闹,有好吃的不会一人独占,有好玩的却要自己玩个够。每天"阿婆阿婆"地叫,把楼下打牌的阿婆们叫得乐不可支。伦伦越来越会在爸爸面前撒娇了,晚上他本来在沙发上安静地看电视,一看到爸爸回来了,就扑到他怀里哼哼哈哈地要这个要那个,爸爸也尽情地让他耍个够。

早上全家人都忙得不亦乐乎,阿婆在忙着收拾垃圾,老姜在厕所里,伦伦就跟在我屁股后面。在我刷牙时,他就爬上旁边的马桶,坐在上面还挺舒服,然后拿着自己的小牙刷,学着我上刷刷,下刷刷。

很爱看孙悟空,一听到这个名字就来劲了,"悟空悟空"地不停嚷着。

看蓝猫、看恐龙

伦伦的生活渐渐地形成了规律,上午和小朋友们比赛骑单车、玩煮小东西的游戏,中午吃完饭睡觉,嗜睡的他和阿婆两个人会睡到下午5点钟,然后就吵着洗身,洗完身后就开始坐在沙发上看"蓝猫",很是聚精会神,什么也不管不顾了。

直到我晚上下班回家，一连串丰富的节目还没完呢。担心他这样整日追动画片，眼睛会很快近视。伦伦看了"蓝猫"以后还会给阿婆讲故事，以及恐龙的事情。

只是这个不听话的小男孩总是喜欢光着脚板在地板上行走，冬天的地板又是冰凉的，所以经常着凉感冒。

会讲故事了

每天上班都热切地等待着回家，等待着看到在家门口叫着"妈妈"扑到我怀里的小伦伦。

伦伦很喜欢小姨，喜欢这个从小就喂他奶喝的小姨。小姨同样喜欢这个聪明可爱的小顽皮，还说，如果小益城有伦伦这样聪明就好了。很喜欢看到这样一个场面：伦伦被外婆宠着爱着，被小姨拥着，被爸爸小声地呵斥着……然后伦伦会可爱地嘟起嘴，让我们非得在他脸上亲个够不可。伦伦两岁三个月了，现在到处跑，到处叫，到处耍拳，还会和大男孩抱在一起翻跟斗，人家欺负了他，他就趴在地上哭，我也不理他，让他尝尝被别人欺负的滋味。

新年了，想整理一下旧照片，给他出一本台历……

不要叫我宝宝，叫我伦伦！

每次叫"伦伦"，小伦伦都会调皮地嘟起嘴巴说："不要叫我伦伦，叫我宝宝！"而当我们叫他"宝宝"时，他又说叫我"伦伦"。让大家左右为难，却很喜欢听他回答一声长长的"哎——"

很爱跑爱跳,又唱又舞,天天闹着要看"蓝猫",全部小鞋都是蓝猫牌的了。不知不觉中,蓝猫成了伦伦童年生活中一个不可缺少的好伙伴。

不过,他也是个不可理喻的"小霸王",喜欢坐别的小朋友的小汽车,而且冲上去就把车上的小主人推走,自己横行霸道地往上面一坐,他才不管人家哭得哇哇叫呢。前几天因为类似事件,母亲在众人面前把他狠狠地教训一番,也无济于事,依然又哭又闹。今天在我面前,他才稍稍收敛一些,不敢造次,在我连哄带骗下,才恋恋不舍离开小车。

心要为你歌唱

平安夜,带儿子去同事家吃烧烤。这样的夜晚,不仅在他心目中留下了美好的印象,在我的心中,也是充满了欢笑的美好回忆。这是儿子心目中美丽的姐姐们、幽默大方的叔叔、埋头干活的哥哥们以及妈妈对他最宽容的一晚。

小伦伦的舞姿——那从未经专业训练的街舞动作,得到了大家热烈的掌声。经观众要求,还不断地加演了几场,跳得里面的内衣都汗湿了。他特别喜欢王蓉的《我不是黄蓉》的歌曲节奏,一从我手机里传出这首歌,他就情不自禁欢快地扭了起来,小姐姐们也在一旁唱了起来,气氛非常热烈。

只是接近尾声时,来不及到楼下屋里上厕所的小伦伦,蹲下身去把裤子一脱,在离烧烤处几米远的地方就当场解决了起来,大家笑得更欢了,肚子都笑疼了。幸亏大家也吃饱了喝足了,没有人介意,发出善意的笑声。

可是小伦伦看到大家笑他,就可介意了。脸拉得长长的,嘟起了小嘴走过来,谁也不理。我说:"我儿子生气了,你们别笑了。"果然不出所料,他朝着离他最近的哥哥身上捶了一拳,说:"我生气了。"

去同事叶国民家中吃烧烤,小伦伦经常把他叫成"外国民叔叔"。

会吵架了

一转眼,伦伦两岁四个月了。

现在的他,会唱歌了,唱《找朋友》,唱《ABCD》,唱《祖国的花朵》;会和人吵架了,甚至还会呼朋唤友地恐吓人,说叫妈妈来,叫阿婆来;会拿着孙悟空的金箍棒耍;会学电视里警察抓小偷的动作……这一切,在大人眼里都是如此充满稚趣和可爱。他就是一张白纸,不知道什么是害怕,什么是危险,整天笑容可掬地张望着身边的一切。

昨晚是个很温馨的夜晚,老姜去桂林旅游去了,平时都是我们一家三口一起看电视的,现在是伦伦陪着我静静地看完《别了,温哥华》。厅里的大灯熄掉了,昏黄的灯光照耀着我和伦伦,然后我们边唱歌边看电视,电视剧播完了小家伙竟然要和我一起睡觉。

伦伦有几个经常一起玩的小朋友,大家经常进行骑单车比赛,玩泥巴玩得不亦乐乎。

爸爸出差,伦伦一定要他买飞机。当电话铃响,我告诉他是爸爸时,他竟然因跑得太快摔跤了,然后拿着话筒瘪着嘴,疼得很委屈地说不出话来。

会自己吃饭了,只是拿勺子的动作总是不对。

会武功

《笑傲江湖》每天中午在翡翠台播出,里面的武功出神入化,气功和轻功让人看得眼花缭乱,叹为观止,伦伦也拿着棍子在一旁现场耍起来。并且逢人便耍起拳来,手脚并用,劲很大。

过了个年,伦伦瘦了,也许是春节期间吃零食多的缘故,不怎么吃饭。

上幼儿园,变懂事了

三岁两个月,伦伦上幼儿园三个月了。

这三个月对于伦伦来说,收获颇丰,从一个毫无纪律性的调皮男孩变成了懂事、讲礼貌的好孩子。没有想到,以前老是欺负人、咬小孩的他,在学校里竟然胆小得经常被小女孩捏小脸蛋,而且毫无反抗之意。老师在"家庭反馈"里说伦伦胆小,这是我们之前意想不到的。

国庆假期时,带他去东莞看房展,那应该是他童年中一段难忘的记忆。搞行为艺术的模特们站在门口一动不动,着实把小伦伦吓了一大跳,回家后晚上睡觉一直惊叫,甚至逛街看到卖衣服的店门口的模特都要叫着赶紧走人。男孩子像他这样的,恐怕也不多见。

母亲说伦伦越长越像我,尖尖的下巴,大大的眼睛。老公说伦伦的智商像他,我说但愿如此吧,像我,还真的是没什么脑子。

老师和同学都喜欢他,喜欢他的机灵、开朗和聪明。

关心和照顾妈妈

最近我感冒，喉咙发炎，严重得说不出话来。

尽管我的声音很小，伦伦却知道我在说什么、我需要什么。他会摸着我的头说："妈妈，你吃点药吧，我把伦伦的药拿给你吃。"

老姜问他："你是爸爸的宝宝，还是妈妈的宝宝？"伦伦巧妙地回答："我是你们大家的宝宝。"

老姜再问："你是爸爸的宝宝，还是阿婆的宝宝？"这回他毫不犹豫地答："我是阿婆的宝宝！"

因为要上台唱一首《小星星》，我特地买了儿歌碟放给他听。

第一次上台表演节目

12月15日，伦伦被班上选去参加歌舞比赛，全家人都很重视，也很紧张。

表演那天，他和同学们都化上了浓浓的妆，别的小朋友都规规矩矩地让老师化妆，只有他，老是用手将化得很漂亮的妆抹掉，整张脸像小花猫一样。小朋友们都很紧张，却依然在老师的指挥下有条不紊地排队。只有小伦伦上台后，独自拿着话筒在那里喧闹，四个小朋友各站各的，没等音乐响起就已经将《两只老虎》唱完了。

后来晚上下班回家，老姜告诉我，伦伦表演的节目得奖了，我拿来一看，是鼓励奖，这也是伦伦幼儿园生涯中的第一个奖。

爱赖床

近一个月以来，早上起床穿衣服成了伦伦行动极其困难的一件事情。他要睡觉，也不让大人起床，然后就开始哭闹，说不穿衣服啊，不上幼儿园啊。谁劝也不见有效果，结果三个大人围在床边各种安抚，阵势比服侍小皇帝还要大。

每天晚上都会问："伦伦明天早上起床还哭不哭啊？"他乖巧地睁大眼睛："不哭了，伦伦要做听话的孩子。"说得很好听，第二天还是旧戏重演，烦得让人都不想理他了。

上周六带他去踢球，回家他告诉爸爸："大公鸡姐姐用球踢妈妈，妈妈也把球踢到公鸡姐姐身上。"说得惟妙惟肖。

其实他不耍赖的时候，挺讨人喜欢的，虽然说话还有点不清楚，可是细嫩的声音像小女孩一样，挺可爱的。

乖巧懂事了

不经意间，离上次写日记竟然有将近半年之久了，这半年来，伦伦会说出一些令人惊讶的话了。

他会用"希望"一词，说"希望能去宝安公园玩""希望明天可以不用上学"等。

不知为什么，这学期他不怎么喜欢去幼儿园，早上总要磨蹭几下才背着书包走。就在他百般依赖我时，我却每日都要上晚班。

当伦伦想念妈妈时，我却忙得不可开交，而我，越在璀璨灯光下心里越牵挂着小伦伦。只能在晚归后，听老姜一一讲述他的趣事，以及惹大人生气的事……老姜描绘得栩栩如生，将小家伙可爱又调皮的模样重演得活灵活现，笑得我真恨不得每晚都陪在小家伙身边，希望小伦伦所有可爱的瞬间都能一一陪伴。

"六一"儿童节，小家伙将独自一人表演武术。周老师说他翻跟斗比别的小孩好，所以打算让他出演。他在家练习就是边跑边往地下滚，然后一骨碌摔在了地下，摔在硬邦邦的地板上，他没哭，而是拍拍手朝着我们咧开嘴巴，可爱地笑了。

伦伦开始讲礼貌，讲文明，跟他讲道理，也会慢慢理解和接受。

闪电雷鸣时说"我是男子汉"

这个夏天的雷雨，仿佛比过去来得更猛烈更响亮，我很担心这些会令伦伦不安，特别是夜晚，在单位门口刚送伦伦和他爸爸上车，就响起了一声令街边女孩发出惊叫的响雷，猛然想到伦伦一个人坐在后座上，不知他会不会害怕。

后来老姜告诉我，当时伦伦一直喃喃自语："我是男子汉，我不怕打雷。"其实我知道他内心是恐惧的，这个在后来与他的聊天中证实了，我问："打雷时你怕不怕啊？"

伦伦用手环抱着我的脖子低声说："妈妈，我怕。"

"那妈妈也怕打雷，你会不会保护妈妈？"

"我肯定会保护你。下次打雷时，你让小胡姐姐、小张姐姐（我同事）走你前面，你就不害怕了。"

"啊？"我瞪大了眼睛，同事听了这话肯定会嫉妒我的。

"你发火"

长时间看《蓝猫淘气三千问》，伦伦对里面的歌曲和人物都很熟悉了。

其中有一个片段是蓝猫边开飞机边唱着《冬天里的一把火》，蓝猫手舞足蹈地扭着，伦伦在一旁跟着扭得欢，嘴里也唱着。

老姜回来了，伦伦问："爸爸，你会唱'你发火'的歌吗？"

老姜莫名其妙地问："什么是'你发火'的歌？"

买洗衣粉

"妈妈，我长大后赚了一分钱就买衣服给你穿。"

"那你买什么给阿婆？"

"买包洗衣粉给她咯，家里洗衣粉用完了。"

喜欢老师家访

又到学期末了，周老师老是约我们要上门家访，但我们都一而再地爽约了。小伦伦很是着急。

终于有个晚上可以早点下班，于是给周老师打电话，并且答应全家人晚点儿睡觉，等她们家访完另一个小朋友，就到我们家来。

伦伦迫不及待地回到家，可是周老师还没来。顿时，失望之情在小伦伦的脸上展露无遗，转而变成了烦躁和焦灼不安，不停地催我给周老师打电话。如果那晚老师因故没能来到家的话，我想，伦伦肯定会生气，会无所适从，会一夜不眠。

终于，周老师在楼下按响了门铃声，此时的小伦伦雀跃不已，脸上笑开了花，甚至笑得倒在了爸爸的怀里。他开门朝着楼下大声喊"周老师"，笑声回荡在整个楼层里，楼下的老师们都甜滋滋地笑了。

翘首等待了一晚的小伦伦，在三个年轻的女老师面前，欢喜得手脚不知放哪里好，一会儿端茶，一会儿拿水果，忙得不亦乐乎，逗得老师们合不拢嘴。如果不是亲眼所见，实在是无法想象，三岁半的小男孩对老师的感情如此深厚，他紧张地盼望着，很想表现自己，却又小心翼翼。整个晚上，五六个大人的目光都聚焦在他身上。听他唱歌，说英语单词。最后快结束时，小伦伦可爱地问了一句："我可不可以唱我的歌呀？"然后不由分说就站在了客厅中间唱起了"请把我的歌，带回你的家"……

人生是条单行线，走过的地方，路过的风景，我们都不可能回头再领略一番。伦伦的今天也是如此，他带给我们的欢乐将会是一辈子的。伦伦在幼儿园里的可爱和童稚，是他生命里一道无法抹去的风景，但这样美的风景也会随风而去，所以我记下了他在幼小时期的这么一件事，无论将来谁去回味，我们的心情都是快乐、美妙的。

妈妈，我只哭了一分钟

打了两天吊针，小伦伦的肠炎刚刚好，下午在上班途中，我又被他的老师叫去接他回家，因为他发烧了。

满心的牵挂和疼惜，我顾不上单位已在打电话催了，打转方向盘掉头就往幼儿园的方向开去。一上车，小伦伦就哭着对我说："妈妈，今天张永权真讨厌，中午老在讲话，吵得我很不舒服。"我摸摸他的头，有点微烫，说："没事的，吃点药就好了。"

将他送到楼下的母亲手中，我又急急忙忙地赶回单位。因为老姜出差了，我只能嘱咐弟弟带小伦伦去医院。天黑时，打弟弟

的手机，听到伦伦吵着要和我讲话的声音。拿过手机，我那可爱的儿子说："妈妈，我打针的时候没有哭，只哭了一分钟。""哦，你好勇敢！"我边笑边说，心里却是酸的。

这个暑假，可以自己回家

如果要总结一下这个暑假哪里可以找到伦伦长大的迹象的话，那就是他会自己下楼玩，回家时会踮起脚尖按自家门铃，会停驻在607门牌号的门前了。

他从一个离不开手的小粉团慢慢长成学走路的小调皮，一刻都闲不住地满花园里跑，大人只好紧紧跟在后面，怕他摔跟头，怕他摇摇欲坠地碰到边边角角受伤。那时候，想起来就紧张。看着别人家活蹦乱跳的小孩，心里想，何时我的孩子也可以离开自己的怀抱呢？

很快，一岁半的伦伦学会了骑单车，小区里经常会出现这一情景：前面一个小男孩骑着小单车飞速地跑，后面一个五十岁的阿婆拼命地叫喊："别太快了，看着车啊！"想想也挺后怕的，因为小家伙的手太小，根本就抓不到闸把。可是他还挺威猛的，看着车来了，双脚一着地，再快的车速，还是停住了。

有一天上午在家看书，一听门铃响，刚还在楼下玩的小伦伦柔柔的稚嫩童声响起："妈妈，我回来了。"内心一阵欢喜，问道："你不玩了，阿婆呢？""阿婆在打扑克，我跟她说了，我先回家了。"

小伦伦认得回家的路了，我欣喜地告诉老姜时，他也长吁了一口气，终于等到这一天了。

要买蛋糕给外公

农历八月十六那天,全家都早早起床,为父亲的生日准备着。如果他还在世的话,今年该是五十二岁了。

这个周末,儿子就像个小尾巴一样在我身后围转着,这次也不例外,我好几次转身都差点碰倒他。我告诉刚过四岁的儿子,今天是外公生日,我们都要帮外公庆祝。

"那我们要不要买蛋糕啊?"儿子睁着大眼睛天真地望着我。

我心里一酸,连忙点头,"要,要,小伦伦生日要吃蛋糕,外公当然也要吃啦!"

"那我拿三块钱买蛋糕给外公吃。"

大家都笑了,却笑得有点苦涩,有点悲痛。

水给我力量

每一个周末,小伦伦都会沉浸在来自亲朋好友的爱里,他喜欢身边的每一个人,长辈、老师、同学,以及我与老姜的朋友们,在大家眼里,他一直是个乖巧、活泼、可爱的小孩。

周六晚上,在小张姐姐家吃完晚饭,我和小伦伦在这个同样可爱的主人家的带领下,拍着个篮球来到附近的宝安体育馆打篮球。最近单位组建篮球队,并且看走了眼,点我为队长,这令我深感惶恐,因为单位里比我篮球打得好的女队员多的是,同时又觉得责任重大,所以带小伦伦到篮球场投投球,我希望他能从小喜欢篮球这个项目,跳得多,长得快也长得高,并且我觉得打篮球的男孩子比踢足球的男孩子潇洒帅气很多。

我们晚上很少在人多喧嚣的地方活动，体育馆外面锻炼的人很多，墙壁上的大屏幕闪烁着耀眼的霓虹灯，小伦伦显得很兴奋并且比平时更活跃。一向对小孩都耐心呵护的小张姐姐有一段时间没见小伦伦了，这时的她更是围着小伦伦转个不停，一会儿教他传球的手法，一会儿拉着他跳起双人舞来，小伦伦开心得一直乐呵呵地笑，没一会儿，头发和小衣服就全湿了。

晚上围着体育馆已经走得双腿发酸了，第二天我们全家又爬上了宝安公园的山顶。我可爱的小伦伦走得很快很兴奋，累了就回头朝着阿婆喊："阿婆，我要喝水，我要有力量！""啊，平时小伦伦不是需要太阳给予你力量吗？怎么要水啊？"

儿子认真地回答："今天太阳很热，但是水给我力量了。"

三分钟路程

吃完早餐，我就送小伦伦上幼儿园了。从家里出发，走到前面一栋的幼儿园，时间不过三分钟左右，这短暂的三分钟却是我们母子这一天最甜蜜的交流时间。

我会告诉他，清洁工阿姨刚刚拖完地，地上很滑，你要一步一步小心走好；见到清洁工阿姨要叫声阿姨辛苦；到了楼下的铁门出口处时，要帮大人开门，如果后面还有人的话，也要扶着门，让后面的人出了门才放手关门；见到保安叔叔、买菜的爷爷奶奶都要叫声好……

一般情况下小伦伦都能按我说的话去做，有时心情不好他就不叫人，嘟起嘴巴说："妈妈，我都不认识那些爷爷奶奶，他们都不是我的亲爷爷。"我哭笑不得，因为以前我教过他，他的亲爷爷在江西，楼下打牌的不是亲爷爷，是人家的亲爷爷。

目送他背着小书包进了幼儿园,直到拐弯上楼了,我才依依不舍地回家。

其实小伦伦完全可以自己去上幼儿园的,可是倘若连这三分钟的陪伴都省了的话,那一天里我跟他的接触真的是少之又少了。

垫脚的凳子

每晚 11 点左右我回到家,都会在洗手盆边看到一张小凳子。小伦伦称它为"blue",因为那是张蓝色的凳子,是儿子最喜欢的颜色。这张小凳子承载了儿子成长历程中的一小部分。有了这张凳子,伦伦才可以够得着洗手盆,可以在水龙头前自由伸展双手。

可是,我只有早上才可以亲眼看到亲爱的伦伦刷牙,晚上他睡前刷牙的情景我只能想象。有一晚,伦伦刷完牙后忘记把凳子搬回客厅,下班后有点疲累的我回家看到那张凳子,不禁精神一振,想象着我的宝宝踮起脚尖刷牙的可爱模样。

后来,我就干脆叫他晚上刷完牙后别搬走凳子,放在原位,好让我知道,伦伦刷牙了。

昨晚,母亲叫他把凳子放回客厅,伦伦振振有词:"我要留给妈妈看。"

爱跳舞

伦伦一岁多的时候,对音乐的节奏就掌握得很好了。刚学会走路的他真的是"闻歌起舞",不论逛商场还是看电视,一有音乐就舞动起来。如果是劲歌,那他的劲舞就扭得更加欢快了。

但是我们夫妻俩从未有让儿子往音乐歌舞方向发展的念头。

直到最近在单位年终晚会上，四岁三个月的伦伦出乎同事们的意料，自己爬到舞台上扭着精彩的舞姿，于是有人建议我不要埋没了孩子的跳舞天分，我才认真考虑起儿子该不该进一步系统学习舞蹈这件事情来。我手机里有几十种铃声，他最喜欢王蓉的《我不是黄蓉》，这首歌的节奏感让伦伦感受到了舞蹈跳跃中的美妙之处。一些动作滑稽却潇洒，甚至连着几个倒地的跟头也翻得很起劲。倘若换一种柔和些的音乐，如《2002年的第一场雪》，他立刻就会放慢动作，柔和地耸耸肩，优雅地踮起脚尖……

当有了过完春节就送儿子去青少年活动中心学跳舞的念头后，我跟老姜商量，他笑了笑说："学跳舞的男孩心太野了，给人感觉好像不务正业。"他又继续说，"人家的孩子都学钢琴，学奥数，怎么我家的小孩尽是学武术（儿子喜欢打拳）、学舞蹈啊！"

"那如果有这方面的天赋就发展一下吧，反正也不强求成什么大明星。"我说。

伦伦的武术也不错，从小班开始就嚷着要进幼儿园武术队，我们却担心调皮捣蛋的他学会武术后打小朋友，所以一直没让他进。一直到最近幼儿园年终会演时，他望着同班小朋友在台上耍得有板有眼，羡慕极了。有家长说："姜凯伦你也会武术，你上去打几拳啊！"可他苦着脸说："他们打得那么好，我打得乱七八糟的。"

我是老师，你们是学生

每个学期末，幼儿园都会发几张试卷，上面是孩子这学期学的所有内容。前几天很忙，电话里伦伦老说老师发了试卷给妈妈做，我觉得挺奇怪的，不知道是什么东西。原来那是让爸爸妈妈检验孩子这学期学习成果的试题。

伦伦理解错了，他以为是用来考爸爸妈妈的。

一晚，他看到我们刚收完碗筷就迫不及待地拿出试卷来，说："来，爸爸妈妈你们过来，我要考你们了。"老公觉得好笑，说："那是我来考你的。"我赶紧用眼光制止他，生怕打消了儿子的积极性。

"请你们回答，这是什么形状？"儿子指着长方形问道。

"啊？我不知道喔，请问姜老师，你可以告诉我们吗？"我装作不知道的样子，充满期待地望着儿子。

"你们要记着啊，这是长方形。这个呢？"看到我又摇摇头，伦伦叹了口气，很有成就感地告诉我们："这是椭圆形、梯形。"

"啊？真的？宝宝真棒啊！"我们一副惊讶万分的样子叫道。

儿子很得意，望着刚要转身离开的爸爸一本正经地说："上课时候要认真，不要走来走去的啊！"

此时母亲已在一边笑弯了腰。

以后每晚睡觉前伦伦都要把试卷放在床头，考考母亲后才安心睡觉。

海南之游

喜欢跟在大小孩后面跑

这次去海南，四家人，两部车，一共十二个人。四个小孩当中有三个小孩是女孩子，两个读高中，一个读小学三年级。

伦伦可兴奋了。路途遥远，开车的和不开车的都劳累不堪，只有他依然精神十足，不管在车里还是半路上吃饭，总是蹦蹦跳跳的，他很喜欢那三个姐姐，像个小跟屁虫似的围着她们转，大家叫他"小可爱"。不过姐姐们好像总有许多秘密一样，总躲着大人们和小伦伦，凑着脑袋在商议着什么，一副神神秘秘的样子。越是这样，伦伦对她们越是好奇，而且对她们吃什么手里玩什么也很感兴趣，可能是因为男孩子调皮，伦伦老喜欢去挑衅她们，惹得她们恼怒，看伦伦嬉皮笑脸的样子却又无可奈何。

第一次下海游泳

第一次在大梅沙接触海水的时候，是伦伦不到三岁时。海边踏浪，他很好奇却又害怕。一个浪冲过来，他吓得大叫。平时老是嚷着要去游泳都因为这事那事耽误了。

这次来到海南的东海时，是中午12点，老姜一定要带儿子下海游泳。小伦伦当然开心了。

看着他们父子俩在海中抱得紧紧的，我的心也提到了嗓子眼，又怕儿子冻着又怕他喝到海水，烈日当头，我抱着他俩的衣服和毛巾一直站在海边上，眺望着他们的身影。

爸爸刚教了小伦伦一招往前游的动作，他立刻就要求爸爸放他下来自己游。只见他勇猛地一头扎进水中，手脚乱甩，不一会儿就被呛得海水直往鼻子口里冒，狠狠地喝了几口水。栽了个跟头之后，小家伙就不敢贸然行事了，双手紧紧地抱住爸爸的脖子，一刻也不松开，嘴里还不停地嚷着："爸爸，抱紧我别松手！……爸爸，你的手在哪里？"老姜一直笑，到晚上说笑得嘴巴都累了。

祭拜与拜年

在海南观音像前，伦伦看到很多人都在烧香拜佛，觉得像在家时看到的外婆给去世了的外公烧纸钱的场景。

有人问他："过年了，你有没有打电话给你老师拜年啊？"

"老师都还没死，我怎么给她拜年啊？"

"啊?"

原来小家伙把拜年和祭拜混淆了。

赖床记

新学期,小家伙养成了赖床的坏习惯。

要么找借口说等妈妈锻炼回来就起床,等我回来又装成委屈的样子说太困了,很想再睡会儿;要么说幼儿园里不好玩,不想上学,等等。

我尽可能地温柔相待,哄他穿衣服,他爸爸好说歹说,连吼带吓,伦伦也不为所动,闭着眼睛,任凭我们在一边吹胡子瞪眼。偶尔,一两句话就能搞掂他,让他欢欢喜喜地起床刷牙洗脸,可多数时候,他都绷紧全身的肌肉,缩在床上,理都不理我们。

今早,我实在是太生气了,拿起他的小脚丫就咬,咬得他连哭带喊:"爸爸,快打110报警,妈妈咬我了!"

我给他举了例子,说:"你们班的朱正多乖,天天早上自己起床穿衣服……"还没说完,伦伦就哭着抢着说:"我们老师说了,朱正实在是调皮得不得了,你还说他乖!"历经一番艰难,终于背着书包出门了。

到了幼儿园,小家伙高高兴兴的,一点都看不出不喜欢幼儿园的样子,就是起床那一刻,他过不了自己那一关。

有了自己的房间

上周末,全家去福永香江家私买了伦伦房间里的床和书桌,把房间布置好，争取这个夏天让他自己睡。

小家伙乐坏了，和我一起擦床擦桌子，还把客厅那一地甩得乱七八糟的玩具搬进来。超人、赛车、金箍棒、刀剑统统分类摆好，好家伙，这卧室简直成玩具店了。在打扫的时候，伦伦望着对面的一栋楼说："妈妈，如果勤勤看见我在帮你搞卫生，她肯定会说我是个乖孩子的！"我直点头说："是是是。"

昨晚，他指定要我陪他睡，睡前准备工作做得还挺充分，把什么《睡前一分钟小故事》《安徒生童话》等整整齐齐地放在床头，我满意地点点头，说："你能自己睡，让妈妈多费点口舌我也愿意。"

讲啊讲，丑小鸭、白雪公主、大灰狼……已经讲了好几个故事了，伦伦还睡意全无，翻来翻去。我愁死了，说："儿子怎么办，你还睡不着啊！"他还挺懂事，说："妈妈，我再试试。"又讲了几分钟，他突然坐了起来，神情坚定地说："妈妈，我实在睡不习惯，这里没有阿婆的床舒服。"

伦伦说得情真意切，不似玩笑，我只能叹了口气，问："那怎么办？你都不睡，那妈妈买这床来干什么？"

"不是你买的，是爸爸买的。""好好，不多说了，我们撤吧！"第一晚宣告失败，睡在阿婆身边，他乐呵呵地笑了，我瞪着他翻白眼。

搞鬼

晚上下班回家，看到我房间的地上铺满大大小小的毛巾，洗手间也湿漉漉的。

第二天问伦伦："昨晚你在我房间搞什么？"

"搞鬼咯!"他回答得很干脆。

童言趣话

母亲节,我问伦伦,"你送什么礼物给我啊?"

"送个铅笔盒好不好?你不是快要考试了吗?"伦伦拿起他的笔盒回答道。

"好,好,当然好。"

幼儿园里发了一张关于母亲和孩子之间的调查表,其中一条是"孩子最想跟妈妈说的一句话"。

我问儿子:"你想跟妈妈说什么话?"

"你买个超人给我吧!"

我摇头,提示他再想想还有没有别的话要说。

"那你买个魔力少年王给我吧!"

我还是摇头,告诉他不能老往买东西这方面考虑,要说比如你最希望妈妈能跟你做什么。

"嗯,那就最希望妈妈能多点时间陪我玩啰!"

我连忙点头:"好,好。"

锻炼回来,伦伦躺在沙发上发呆,他第一句话就问我:"妈妈,我今天很早就起床了,可不可以不刷牙啊?"

啊?什么谬论啊?

在桂林的刘三姐景观园看表演,一女子表演口技,表面看来不用任何乐器就能吹得一口好听的音乐,我惊奇地扭头告诉旁边的伦伦:"快看,她嘴巴会唱歌呢!"

"妈妈,唱歌不就是用嘴巴的吗?"

抱着儿子的老姜朝着我讽刺地笑。

后来我发现，其实她的嘴巴里含着一种什么东西，才吹得如此好听，不过我给儿子抢白了一回。

台风"珍珠"来临，幼儿园不用上学。

一整天，儿子都望着天空，嘴里唠叨着："怎么珍珠还不从天上掉下来啊?!"

刷牙记

厌烦于每日早晚刷牙，伦伦一听到"刷牙"两字就皱眉。

昨晚，我叫他张嘴给我看看，"哇，两个大牙板成了两个黑洞了!"我学着伦伦平日的语气故意惊叫。

母亲又是一副娇宠外孙的神情，说道："算了算了，还要换牙的，早上刷刷就行了!"

我那懂事的儿子叉着腰沉思片刻，然后小手一挥，好像下了什么重要的决定一样，说："要刷，要刷，现在就刷!"

我拱星伴月般跟在他身后，"服侍"在他左右。在镜子前，我张大嘴儿子也张嘴，我问他："妈妈的牙齿有没有黑洞?"

"有，一点点。"

"你的呢?"

"很大的两个黑洞。"

"那现在怎么办?"

"赶紧刷。"

"好，以后你不想刷牙了就张开嘴巴照照镜子啊!"

刷完了，再照镜子，伦伦问："怎么还有黑洞啊?"

他又挤牙膏，我不解。

"我要再刷一遍。"

手坏了

快要出门上班的时候,我和老姜在家里六楼听到楼下有小孩喊叫的声音,仔细一听,还有人叫着我儿子的名字。

赶紧跑到阳台上探头看看,原来是儿子班上的小朋友出来散步。周老师叫他们比赛跑步,伦伦还蹲下身子,两手撑地,颇有一副刘翔起跑的派头。老姜催着出门,我也就没再往下关注儿子有没有跑在前头了。

谁知刚走到三楼,就听到伦伦的哭声,一看,小家伙正趴在老师身上抽泣,而老师则慢慢地帮他揉着手臂。我想,肯定是小家伙跑得太快,摔跤了。

后来伦伦告诉我,他为了追上他的兄弟航仔,拼命跑,摔倒在地,手臂上擦破了一道手指长的皮,鲜红的血让旁边的小伙伴们看得目瞪口呆。

在老师和小同学面前,伦伦显得很坚强,一副不在意的样子,还叫老师别拉着他,一点都不痛。看到他这样,我也没放在心上,嘱咐老师要帮他涂上红药水。

晚上老姜给儿子打电话,说冲凉时伤口不要碰到水,伦伦满口应允"好,好",老姜要儿子叫母亲来接电话跟她说一下,伦伦说:"你都跟我说过了,就不用再跟阿婆说了嘛。"爸爸无言以对。

要命的是早上,还没起床伦伦就在床上大叫(过了一晚伤口结疤了,手一伸直因撕裂产生疼痛),从这一声大叫开始,伦伦的眼泪就没断过,小溪流水般把整张小脸都淹没了。在我们面

前，他肆意地发泄自己的疼痛，老公心疼他，说今天别上学了，我和母亲不同意，说他一到幼儿园就会忘记痛的了，在家里他还更娇气。

伦伦边哭边说："妈妈，我的手坏了，我打不了拳了。"

手坏了，只有四五岁的孩子才会想到用这个词。

你的宝宝找你

妹妹打来电话找母亲，伦伦接的。

"阿婆，你宝宝打电话找你。"伦伦朝着在厨房里忙的母亲喊道。

妹妹在电话那头笑得乐开了花。

妈咪，你不用回家了

我随意地对伦伦说："明天下午妈咪去接你下课。"出乎我意料，还闭着眼睛赖床的儿子突然坐了起来。

"真的？妈咪你真的来接我放学吗？"他的眼睛睁得大大的，放射出惊喜的光芒。

伦伦的反应，让我猛地幸福了一下，原来他并不只是喜欢外婆，喜欢爸爸，他还喜欢我这个不经常在家的妈咪。我重重地点头："真的。"

因为这个承诺，我无比期盼着那个可以休假的下午的到来。

如果没有伦伦的这种惊喜，便没有了幸福感；如果没有希冀，便没有失望。因为前者的幸福感，让我深感不能爽约的责任感。然而事实却是,我确实不能前去学校接伦伦放学,即使那只是三分钟的路程。

因工作繁忙我取消了这一天的休假,无从推托,在电话里我万分抱歉地对伦伦说:"我不能去接你了。"

当时他没多说什么,只是满不在乎地说:"算了。"

第二天早上他没再提这件事,好像忘记了,而是起劲地说着在幼儿园被罚的事情。他没有指责我,我心里却是慌乱的。

我知道他不会忘记的。

几天后晚上打电话回家,伦伦说:"妈咪,你不用回家了。"

"为什么?"

"你把你办公室当成你的家就可以了,反正你晚上都不回来。"

"不可以的,不可以的,我的家就是你现在住的地方啊!"我很着急地解释。

"没事的,没事的,回家就回家啰!"伦伦又赶忙安慰我。

谁想减肥谁背我

周末去公园玩。伦伦想偷懒,可怜巴巴地望着爸爸,希望爸爸能背背他。可没人理睬他。

"你们都太肥了,谁想减肥谁来背我啊!"狡猾的伦伦使出了这一招。

我们都笑得合不拢嘴,可我是意志坚定,绝不被伦伦的可怜相所动摇。最后还是心软的老姜弯下了背。

看来还是老姜希望减肥的愿望迫切些。

幼儿园·小伙伴

办公室的窗外狂风暴雨，呼啸声阵阵，听来很是恐怖。

想着早上出门时，伦伦问我："妈妈，是不是'珍珠'台风来了啊？"

"哦，你还记着'珍珠'台风啊？'珍珠'台风已经过去了，这次是叫'派比安'台风了。"

"台风是不是就是有风有雨啊？台风从哪里来的？"

问了这些伦伦还不满足，还要拿来地球仪向老公问个清楚。

伦伦的小姨一直笑："怎么你口水多过茶啊？"

我向她扬了扬拳头，说："怕不怕挨揍？这样说我儿子？"

确实，伦伦每天话很多，除了天马行空的故事接龙，问题也挺多。不过，我和老姜都耐心地听他说，并且尽量详细地解释。他和每天叽哩呱啦的爸爸在一起，两人简直就是一对大小喇叭，父子俩配合得很默契。

虽然有时会惹人生气，但伦伦大多数时候都挺可爱的。

他看到我试新裙子，两眼发亮，张大嘴巴说："哇，妈咪，你好像白雪公主！"

"真的？"我笑得合不拢嘴。"来来，走几步模特步看看。"伦伦边做手势边用指导的语气指挥我。

我很听话，故意用夸张的动作扭着屁股往前走，他捂着嘴巴笑了起来。

小妈咪

和儿子一起翻看过去的老照片,让他看我的小学毕业照、中学毕业照,还有一些过去比赛时的照片。那时我都还很小,很稚嫩的学生模样。小伦伦看得很认真,并且一本正经地说:"妈妈,你那个时候真是个小妈咪啊!"

小妈咪?嗯,不错。我告诉儿子,我喜欢这个称呼。

我是在你肚子里看过

因为伦伦胆子有点小,所以我至今没带他去香港迪士尼乐园游玩。不过他的愿望并不大,只是想去那里看看米奇老鼠而已。我拿出过去在美国迪士尼乐园游玩的照片给伦伦看,他好生羡慕,说了一句令我愕然的话:"妈咪,你那时候是不是肚子里怀着我去美国迪士尼乐园的?"正当我不知该摇头还是该点头时,他又蹦出一句:"我肯定也在你的肚子里看过米奇老鼠的。"

妙趣横生的童稚之语!

我爱他

我爱他,像爱这冬日的暖阳,喜欢阳光照射在身上暖烘烘的感觉。而他给予我的,就是这温和而幸福的感觉。幸福,就是能见到想见的人,能与想见的人亲昵、嬉笑。

我想他,无时无刻不在想他。他甜甜的声音,他撒娇的声音,他说他怎样想我的声音,这些声音组成了世界上美妙无比的音符，让我的生命更有动感，更富有韵味，让我更向往美好的明天。

是的，每一天都是美好的，因为生命里有了他。

我喜欢用手给他当枕头，亲吻着他细嫩的脸，然后告诉他："你的脸真像冰激凌，好想吃一口。"他咻咻地笑了："咬吧咬吧，不过要轻轻地咬。"我真的凑上去，轻轻地咬了一口。他娇嗔地叫了一声："哇，有点痛了。"

我喜欢在电话里听到他的声音，听他柔柔地、慢条斯理地告诉我："今天我的小屁股又挨揍了。"我没有安慰，没有疼惜，教导他："没有无缘无故的挨揍，肯定是你淘气了。"他不好意思地笑了："是啊，今天我偷糖吃了。"

对，他就是我的儿子，我那四岁的小伦伦。在笔下，我始终叫他小伦伦。在亲昵的时候，"小伦伦"是我们母子间默契的称呼，他不叫我"大伦伦"，却称他爸爸为"大伦伦"，没有理由，好像在他看来，小伦伦是较小的男人，大伦伦就应该是较大的男人。一日，我被这两个大小伦伦气坏了，气鼓鼓地叉着腰冲他们喊："你们两个气死我了！"

"你也气死我们两个了！"毫不犹豫地，小伦伦口齿清晰地脱口而出，并且朝我嬉皮笑脸地做着鬼脸。

老姜在一旁得意地笑了，我也转怒为笑。

要糖记

一日，伦伦见小伙伴勤勤有一支棒棒糖，眼里露出羡慕之情，问道："可不可以给我吃？"聪明女孩勤勤瞄了他一眼："我自己才有一支！"

伦伦只好站在一旁干瞪眼。

棒棒糖的糖衣太硬，勤勤剥了很久都剥不开，就叫姑姑帮她剥。她姑姑不肯，说她也剥不开。她又转向我说："阿姨你帮我剥。"

我也摇头说："小孩子不许吃糖，会长蛀牙的。"

"勤勤，你姑姑剥不开就给我吃吧！"此时，在一旁早已按捺不住的伦伦又厚着脸皮蹦出一句话来。勤勤歪着小脑袋想了想，觉得他这种想法有点莫名其妙，于是摇了摇头。我和勤勤姑姑大笑起来，这种话只有四岁小孩才说得出来。

勤勤继续自己努力地咬牙切齿，想把糖衣咬下来，实在没办法了，她只好求助自己的朋友了。"阿姜，你帮我剥好不好？"

"好！"见到有可以大展拳脚的机会，伦伦二话不说把玩具眼镜和刀剑往腋下一夹，拿起棒棒糖又咬又扯。

费了九牛二虎之力，伦伦终于把糖衣剥了下来，只是，一手是只粘着一点点糖的棍子，一手是用劲过大扯下来的糖。见糖棍两分，伦伦毫不犹豫地把那条棍子给了勤勤，另一只手则把糖抓得紧紧的想占为己有。好在勤勤并不见怪，拿起那仅粘着一点点棒棒糖的棍子咬起来。

见勤勤没有异议，本来是抱着侥幸心态的伦伦欣喜若狂，挥着小手里的糖跑到大柱子后面窃喜……

此时，我和勤勤的姑姑早已笑弯了腰。

背不背　吃雪糕

我问："妈妈给你生一个小妹妹好不好？"

答:"还生什么?爸爸肚子这么大,里面不是有个小宝宝了吗?"

一家三口登山,下山时伦伦实在太累了,想要老公背着走。

我有点口渴,说:"你如果坚持走到停车场的话我就买个雪糕给你吃。"

他马上有了精神,步子又大又快。

爸爸故意逗他:"我背你吧。"

"不用!"伦伦很坚定地说。

"要不妈妈背你吧!"我也故意这样说。

见我开口了,伦伦细声地问:"那还买雪糕吗?"

"要背就没雪糕吃,自己走才有雪糕吃。"我回答得很清楚。

"那就不背。""可是能不能又有雪糕吃又可以背呀?"随后小伦伦又用期待的表情望着我。

"不可能。"

见没有任何希望了,伦伦沉默地走着。

爸爸又逗他:"要背吗?"

此时,伦伦已经不耐烦了,挥挥手:"随便啦!"

妈妈,你可不可以不走?

"妈妈,你可不可以不走?"当儿子用一双期待的眼睛望着我,用祈求的语气问我话时,心里一阵揪紧。母子感情是一种多么奇妙的东西,小家伙对我百般的不舍令我觉得离开那么难。

参加儿子幼儿园举行的家长半天开放日后,结束时,五岁的儿子拉着我的衣角依依不舍。

看完了大班孩子的课堂故事会、绘画练习等,最后一项是到操场操练武术和跳柔韧舞蹈。无论是刚强有力的武术,还是柔中带刚的慢节奏舞蹈,儿子都全情投入,一招一式比画得很认真,并不时将眼睛瞄向我,生怕我会错过他的任何一幕精彩的表演。而我,自然也是看得乐呵呵。

操练完后,孩子们就地解散玩玩具,玩滑梯。这时,儿子就开始黏在我身边了,一会儿问:"妈妈你看我武术打得好不好?"一会儿又指了指旁边路过的小朋友为我介绍他们,其兴奋和热情让我心头一热。

因为有爸爸妈妈在旁,也有小朋友表现得很反常。本来是个活泼开朗的小女孩,有妈妈在身边,就表现得尤为脆弱和娇气,哭哭啼啼地跟在妈妈后面,完全不听老师指挥,跟不上大队伍的节拍。做妈妈的气愤却无奈。

儿子还好,虽然也很黏人,不过表现欲很强,在班上很有组织者的风范。

"妈妈,你可不可以不走?"这句话是儿子在幼儿园一直跟我说的话。几天后,心里都还不是滋味,但是当时还是离开幼儿园去上班了。

爸爸和儿子

儿子五岁,每天晚上都要给爸爸打电话,而且平均每晚都是三次以上。电话内容很固定,总共有三条:

1. 尽量早点回家;
2. 不许喝酒;
3. 开车别太快。

爸爸很听儿子的话,儿子对他说的每字每句他都牢记在心。

虽然应酬里喝酒是难免的，可是能少喝则少喝是他心中的一把尺。虽然儿子的电话会一个接一个打过来，但爸爸从来没有不耐烦过，总是不厌其烦地答道："好，好……"

儿子要爸爸早回家，无非就是要问爸爸许多的问题：这是什么字？恐龙的特点是什么？木乃伊是怎么来的？他还骄傲地告诉老公，他在幼儿园里有个兄弟叫阿杰，那个杰字他也认识了，就是下面有四点的。

爱美的儿子还要爸爸帮他画像，说："不过，别画得太丑，要帅一点！"

父子对话

一个清凉的夜晚，一段父子间的倾情对话。

儿子："爸爸，这个字我不会认，你快点告诉我吧！"

爸爸："所以啊儿子，你要认真读书，自己认得就不用每次来问爸爸了。"

儿子："以后我不认得的字都由你来告诉我啊，我就不用上学读书了。"

爸爸："你以后不可能与爸爸妈妈住一辈子的，长大了就要和我们分开住了，像现在爸爸和爷爷一样，分开住。"

儿子突然"哇"一声哭起来，大声说道："不，我不跟妈妈爸爸分开住，以后我都要和你们一起住！"

面对儿子的泪如泉涌，爸爸措手不及，任自己怎么解释，儿子的泪水都如决堤般流下来。

我是在电话里听到老姜给我讲这件事的，一直沉默地听着，心里酸溜溜的，如果不是正在工作，眼泪也会夺眶而出，为那恐惧着分离的小小心灵，他无法用过多的语言表达自己的不舍之情，只好用泪水表示抗拒。

我埋怨老姜不该在伦伦这么小就给他讲，让这些在他看来不可思议的事情，引起他的恐慌。

祝你好运，一路走好！

昨晚，伦伦幼儿园的老师来家里家访，第二天我问儿子，老师对他的评价是什么，他一脸认真地说："老师说我是最棒的。"小孩子纯真的脸上没有炫耀，没有夸张，只是在平淡地叙述一件事。我也很认真地看着他漂亮的小脸蛋点头。

尽管我不在家，可是听了几个伦伦在幼儿园里的可爱片段，也甚觉有趣和感动。

老师告诉老姜，有一次园长到教室来，交代完事情后准备离开时，全班同学只有伦伦在背后大声地说："老师，你一路走好！祝你好运！"女园长听后很激动，感动得差点流下眼泪。

待家访老师离开家时，伦伦照例对老师说："老师，一路走好！"

这令我想起每次和儿子挥手告别时，他都会祝我好运。

很温暖的一句话，大人们都记在心里了。

哭过的天空

他不哭的时候，是个绝对可爱而漂亮的孩子。

他只有五岁，大大的眼睛，薄薄的嘴唇，比挂历里那些眉清目秀的孩童还漂亮。

第一辑／亲子时光 051

他不哭的时候，口齿伶俐，娓娓道来，像个无所不知的小博士，将各种小发明说得头头是道。

他不哭的时候，无人不喜欢，无人不爱他，无人会忽视他的存在。他像颗明亮的小星星，随时在你眼里发光。

只是耍赖的时候，他不管三七二十一哭得天昏地暗的时候，大人无法将眼前这个哭声像雷声一样大的孩子跟一分钟前那个乖巧的孩子联系起来，孩子气在这个五岁小孩的身上展露无遗。

伦伦刚出生的第一个晚上，产房里一响起婴儿的哭声，我不用探头往婴儿床里看，从声音的大小和洪亮与否便能知道是不是伦伦的哭声。我家宝宝长得又黑又瘦，与邻床皮肤白里透红、额头饱满的宝宝相比，真是个"丑"宝宝，连哭声的音量也落后于他人，细声细气的，像小蚊子叫似的。声音虽如此，但力气还蛮大的，一位漂亮的护士把他从妈妈肚子里抱出来时，小家伙好像挺不满意外面的世界，狠狠地踹了护士一脚，漂亮护士被淘气宝宝踹了之后笑得喘不过气来。

伦伦在医院里的表现尚且一副彬彬有礼的样子，回到自家地盘可就翻脸不认人了。小家伙饿了哭，吃饱了也哭，要睡觉也哭，睡醒了吧，还是哭。哭声越来越大，越来越洪亮，响彻家中那一百多平方米的空间，大人们时常笑言，幸亏是四房两厅的屋子，要不早就被这哭声憋炸了。

母亲说，小家伙一哭，整栋八层高的大楼都快倒塌了。

老姜说，头顶上那片天空都被他哭红了。

有耐心的老姜时常背着哭个不停的小宝宝在客厅里轻轻走动、摇晃，一个大男人背小孩——城市里甚是少见，这是只有在农村里才能看见的情景。年轻的妈妈一次又一次地拿起相机，用照片记录下了这浓浓的父爱。事实证明，如今五岁的小家伙与爸爸最亲，对爸爸的依赖也越来越深。有时见一旁的妈妈吃醋了，爸爸赶紧献殷勤："来，让妈妈帮你穿衣服，让妈妈陪你刷牙！"好像给了妈妈极美的差事一样。

小家伙在两岁以前的哭是歇斯底里的，不管什么场合什么时间，张大嘴巴就哇哇大哭，哭得大人心烦意乱，也哭煞了全家外出游玩时旅途里优美的风景；两岁后，也许是懂得了收敛和害羞，哭声开始变成呜呜声，细小却痴缠不休，并且可以长时间坚持下去。

说起五年里的一些趣事，如今大人再问他："你知道我们最讨厌你的什么习惯吗？"他扬起头，骄傲地说："哭呗！"

"那你知道你不哭的时候是什么样子吗？"

"帅呗！"伦伦高昂的头，呈现出一脸的童真，让你无法对孩子的纯真和可爱不动容。

多么美好的童年，我家这个小伦伦无比骄傲地享受着，他无忧无虑，尽情地哭，尽情地笑，像是青青绿草中一朵绚烂的小花，清新而美好。

有他，永远不寂寞

无法预知伦伦长大后会是一个怎样的男子汉，如今的他却满身都是力量，满脑子全是离奇的故事，你不知道他下一句话会是什么，下一个故事又是根据哪部卡通片而来的。

趁着年前交通还没开始拥挤，我们一家人回了一趟娘家五华县。

高速路上的四个小时，伦伦基本上处于亢奋状态，一米左右高的他可以站在车厢后座上，听着摇滚音乐，闭上眼睛装着一副很陶醉的吉他手的样子,用手拼命弹着胸前并不存在的吉他;当柔和的音乐响起,他就伸展柔软的小手,他告诉我,现在的手正在演绎着随波逐流的水草(我很惊讶,他能说出这种文艺的话来);听到他最喜欢的《最初的梦想》,范玮琪激越的声音很吸引他,"最初的梦想一定会到达,最想要去的地方,怎么能在半路就返航",每当唱到这里的时候,我和伦伦都一起引吭高歌,这么快的节奏,他竟然也能够跟上。

我很喜欢那一刻,一个五岁的小男孩,一个将近三十岁的妈妈,我们的声音穿透五华返回深圳笔直的高速路,我手握方向盘,仿若触手可及的朵朵白云,两旁的高山绿树,身边的爱人,身后的爱子,那一刻,忧伤离我很远。

唱完了歌,伦伦不会就此罢休。他将那把从舅公家里拿来的小扇子作为道具,他说现在他就是济公,将扇子插在衣领后面,一副酒后醉醺醺的样子,惹得妹妹眼泪都笑出来了。后来扇子的作用还真不小,可以插在玻璃窗边挡太阳,妹妹不得不又一次佩服伦伦。演完济公后,伦伦又以一副成熟老练的主持人面孔出现了。"观众朋友们,你们好,现在我们正从我老妈家——就是李秋妮的老家五华赶回深圳宝安……"大家早已笑弯了腰,可还没回过神来,他又接着说,"现在我介绍一下车里的人员,前面开车的是我老爸——老姜,旁边的是曾金英我外婆……"这让我笑得喘不过气来。

阿宝晕车一直不舒服,只是笑笑一句话都说不出来,伦伦玩累了,看阿宝总是闷闷不乐的样子,说:"唉,看到阿宝不开心,我也开心不起来了。"妹妹笑他:"我看你不知道有多开心呢!"

就这样,他一路像个猴子似的动个不停,当他看到大家笑出了眼泪,会很莫名其妙地问,"你们为什么那么伤心啊,哭什么啊?……"有他相伴,外出游玩从不用担心寂寞涌来。

没关系

某日，老姜问小姜："爸爸和妈妈谁对你凶一点啊？"

"妈妈。"小姜不假思索地回答。

"那爸爸改一下好不好？"老姜笑眯眯地试探。

"你敢改！我对你不客气！"一听爸爸也要改成像妈妈一样凶，小姜着急了，赶紧爬到爸爸身上撒娇。

我也着急了，抱过儿子来解释："是因为你爸爸对你太迁就了，所以才反衬出我对你的严格。妈妈希望你很多事情都能自己动手，自己解决问题，懂不懂？"儿子赶紧亲了我一口，我才放下心来。

上周六晚，因为大家都要看各自喜欢的体育节目，就把伦伦赶到书房看《大耳朵图图》。因为网络有点慢，看一阵又停一阵，伦伦只好一边趴着画画一边望望电脑。看到他这样，我愧疚地说："儿子，对不起，网络太慢了。"

"没关系的，妈妈。"每次听到伦伦说"没关系"，心里就很舒服。

一见如故·童真对话

伦伦与仔仔一年前曾在阿迪达斯店里有过一面之缘，那时我和老姜带着他去挑运动服，紫儿也带着五岁的表弟仔仔前去，很自然地，两个从未见过面的小男孩就抱着又跳又唱，追逐嬉戏。

一年后，两个小男孩又在大人们的相约之下见面了。

我相信，时间早已淡化了一年前两人对彼此的印象，可是一见面他们还是像多年的朋友一样,他们聊天、互问问题、讲故事、玩玩具,一切都是那么自然。然而就在前一天的朋友聚会时,伦伦和一个比他小一星期的男孩生疏得很,几个小时过去了,两人连眼角都不瞄一下对方,各自埋头吃饭,各自玩着手中的玩具。大人一直鼓励他们一起玩,但两人都无动于衷,直到快分开了,才开始追逐起来。分手时也没显得不舍,并且回家不久便遗忘了彼此。

本来约好几个同事周日早上在公园门口集中爬山,因为有仔仔的加入,平时不喜欢爬山的伦伦也跃跃欲试,等人时不停地左顾右盼,说道:"怎么他们还不来啊,他们不会记错地方吧!"待我打紫儿电话,才知她们晚上看碟看到凌晨起不来,不想去爬山了。伦伦听到放声就哭。没过两分钟,紫儿那边又来电话说,仔仔一听说不能和伦伦见面了也强烈反对。此情此景,不能不令人感动于友情的伟大,即使是五六岁孩童的友情。

两人在我家,中午趁大人们睡觉时跑下楼,到小区里的小卖部买陀螺玩。后来我质问他们是谁的主意。

仔仔说:"阿姨,你不要怪伦伦了,是我叫他去买的,都是我不好……"

话没说完,就被伦伦打断了:"你就别那么啰唆了,是我的主意,要怪就怪我好了。"

两个孩子一直把责任往自己身上揽,本来还想严厉批评他们的我,一下子不知该说什么好了。

在仔仔的陪同下,我带伦伦去剪头发。

仔仔对伦伦说:"你说剪和我一样的发型,到时我们两个就会变成一模一样的人了,别人也认不出谁是谁了。"

伦伦天真地睁大眼问:"会吗?"

两人互问问题，仔仔问："你知道小孩是怎么生出来的吗？"

伦伦回答道："肚皮上割一刀，抱出来的。"（我说过他是这样生出来的。）

"不对！是从屁股里生出来的。"仔仔一脸得意地说。

好玩吧，这两个帅气的小男孩。

宁静的上午

人生有多少时候能像此刻这般，坐在家中，倾听着楼下不远处幼儿园里的吵闹声、小孩的哭泣声。

安静地听，屏息凝神地听，听是不是我儿子的声音，是不是那四年来拨动我心弦的声音。

如果是哭声，我心里也是安静的，小家伙肯定在室外活动时跟小朋友吵闹了；如果不是，我也不会觉得奇怪，因为在幼儿园里，他像个懂事成熟的大哥哥，处处保护小朋友，有人哭了他会帮人擦眼泪，有人摔跤了他会扶人起来。

春天来了，可在这个欣欣向荣的季节里，小伦伦却感觉到一丝失望。他一直在盼望一封信，他好朋友轩轩的信。轩轩搬家了，转学到其他幼儿园了。可爱的孩子分手时不忍看到伦伦落寞不舍的神情，他答应会给伦伦写信的。

可是四岁的孩子怎么会写信呢，却让伦伦天天念叨着。儿子用激动热切的眼神望着我，说："妈妈，他答应了我的！""会的。"我微笑点头。儿子对同伴如此想念，因为他是感情丰富的孩子。

人生有多少时候能像此刻这般，一个宁静的上午，就能感觉到儿子在不远处恣意地顽皮和可爱着。早上，天气骤然降温了，帮出门上学的儿子加衣服，突然间，儿子抱着我撒娇，说："妈妈，晚上你一定要早点回家。"心里为之一动，原来小家伙也期盼着时刻能与妈妈在一起，珍惜着与妈妈在一起的分分秒秒。这句平常至极的话，却令我沉思一上午。

时间改变了许多。恍然间，四年的时间将儿子磨炼成了一个高挑而结实的男孩子。我经常告诉他，他小时候睡觉前需要花费爸爸妈妈和外婆很大一番功夫，他才能安静入睡。他笑了，仰着与我一样的尖下巴咧着嘴笑了。

从他四岁就开始回顾，回顾儿子过去成长中的点点滴滴。原来才仅仅四年，幸福和快乐已经溢满了心窝。

明天见

工作时抽空给儿子打电话，告诉他某个抽屉里有包咪咪小饼干条，饿的时候可以吃，可是一定要给外婆一半，并且少的那半留给自己吃，这样就不会因为吃得太多而咳嗽了。

第二天一问母亲，母亲哭笑不得地说："给我拿了一条短短的饼干条，说给我尝一下。"

质问小姜，小姜说得字字在理："我担心外婆吃多了会咳嗽啊，所以只给她一条尝尝就可以了！"

儿子每天早上背着书包离家时，都不忘跟我说一句："妈妈，祝你好运，明天见！"

无论怎样酸楚，也换不来"晚上见"。

他知道你的心事

他永远知道你需要他干些什么，知道你对他最大的愿望是什么，知道此刻他做什么你是最高兴最乐意的，他却做不到能令你十分满意的事情。

所以，我从来没有强求过他，没有要求他百分百地令我满意，没有要求他按照我指引的人生路去走。人生总是不完满的，他能健康、快乐，最重要的是，他觉得跟我在一起，时光是美好的，我就满足了。

我问伦伦是怎么想妈妈的，他会说很多的形容词，要么捂着胸口装作很心痛的样子，说这里很想，想得都快哭了，然后就装出哭泣的悲伤表情；要么很无奈地双手摊开："没办法啊，妈妈要上班。"曾经在一个周末夜里，我们一家三口坐在床上，我问儿子："你喜欢妈妈出差还是爸爸出差？"他毫不犹豫地回答："妈妈。""啊？"我睁大了眼睛。

"妈妈出差可以带我去啊，爸爸不能带我去啊！"看到我失望的表情，机灵的小家伙赶紧换了一种语气。他爸爸捂着嘴巴在一边奸笑。我明显有了情绪，不过他的理由并不牵强，可以接受。他爸爸是不会独自一人带他出门的，而我单位组织活动，我一定会带他。

去西藏一个多星期，他每天都在电话里说如何想念我，说得我心花怒放。

伦伦长大了，长高了，我却依然喜欢背背他。在我还年轻尚有力气的时候，感受这个小男孩浅浅的呼吸声，他嫩嫩的小手紧贴着我，搂紧我，感觉我俩的生命还是那么紧紧地联系在一起。

淘气挨骂的时候，他无奈又不解地问，"妈妈，为什么不能做自己想做的事情呢？"不想刷牙，而每个大人都轮流提醒他该刷牙了时，还在认真拼凑手中的变形金刚的伦伦，突然抬起头说："为什么让我晚点刷牙就那么难呢?!"他的这些问话，让我也有些许无奈，甚至有时会悲伤：为什么就不能让他做点自己想做的事情呢！

于是我决定，每一件我希望他完成的事情，首先一定要征得他同意，让他像个男子汉似的，高高兴兴地去做。

我很忙，所以没时间上学

开学第一天，儿子还在五华，没能赶回来参加开学典礼。第二天，同学们问他怎么没来，他答："这几天回老家了，很忙，没时间上学。"

既然……那么……

我和老姜看不懂动画片，叫儿子解释一下。

"既然你们诚心诚意地想知道，那么我就大发慈悲地告诉你们吧！"儿子晃着头，一副小博士的派头。

收到的第一封信

深圳市社会保险基金管理局寄来了少儿医疗保险个人登记表的审核确认单，封面就写着儿子的名字，这无疑让经常写信给小伙伴及父母的小伦伦感到了巨大的惊喜。

他有个习惯，出门在外住酒店时喜欢写信，会写谁的名字就写给谁，爸爸是第一个要写的。因为除了会写自己的名字之外，爸爸的名字里也有他第一个接触而且已经写得很熟练的"姜"字，所以对爸爸的名字他已经当成是自己的名字一样经常练了。妈妈的名字相对复杂些，不过很快也会写了。再加上左邻右舍、班上玩得好的小朋友，不一会儿，很快就有一堆信要等着送出去了，而信的内容只是他画的画，有动物，有人物，画得最多的是恐龙和木乃伊。信封上没有地址，只有个名字而已，他的投递方式是回家时投入小朋友家的信箱里。去西藏时也给儿子寄了张明信片，背面的图案是位藏族母亲在雪山下背着小藏孩摇经筒，名字虽然写着伦伦的，可他对明信片没有什么意识，以为只是我拍的一张风景照而已，根本没放在心上。

社保局寄来的确认单，令他欣喜不已，拆开却看不出个所以然，赶紧递给我说："妈妈，里面写着什么呀？"话没说完他自己眼尖看到了"少儿"两个字，大叫起来："我知道了，是少儿频道寄来的，告诉我中奖了！"我与老公大笑起来，只好一字一字指给他看，说话间，我就开了一个玩笑："这是北京大学给你寄来的大学录取通知书。"话刚落音，老公就将话接了过来说："姜凯伦同学，恭喜你被北京大学录取为本校学生，请你十一年后携带本录取通知书前来本校报到。"

"啊？还要十一年才能去北京啊？太久了吧！"儿子的表情很失望，末了加上一句，"好想北京的福娃！"

老姜说："跟你妈一个样，哪里都想去！"

每周六的美好夜晚

在儿子的脑海里,每周六的夜晚都是美好的,可以晚些,再晚些睡觉,可以选择做或不做作业,可以串串门,可以到楼下的黑暗中找小朋友玩悠悠球,最让他期待的是,深夜倚在我的怀抱里,母子俩一起看《家有儿女》。

我喜欢看《武林外传》《家有儿女》以及卡通片《芭比娃娃》,这些令我捧腹大笑的电视节目他都很清楚,想讨好我的时候就特意转台给我看,和我作对时就故意不给我看。想我但我不在家时,他会找些借口打来电话说:"妈妈,你喜欢看的,你一看就笑哈哈的电视来了,快回家看吧。"我知道他是在说姚晨来了,只好说,"你帮妈妈先看着吧,你以后讲给妈妈听就可以了。"

南方少儿频道每周六晚 10 点至 12 点,都会连续播放几集《家有儿女》第二部,每当这时,儿子便会打开电视,满怀期待地说:"妈妈,待会儿你喜欢看的就来了。"

我喜欢看长大后的刘星,每次他恶作剧后我都笑得前仰后仰,看到我笑,儿子不用看电视屏幕只望着我也会笑得甜滋滋的,好像我的快乐就是他的快乐,他依偎着我,会体贴地问:"妈妈,音量要不要大一些?""妈妈,你喝水吗?"有时候到深夜了,小家伙会来这一招:"妈妈,饿了吧,搞碗面来吃吧!"于是,不一会儿,母子俩就对着同一碗面埋头吃起来了。

我看电视时,他有时会一起看看,有时会在一边玩玩具,站在床沿边苦练他的悠悠球技术,戴着黑手套,动作干练,这阵势还真与电视上参加悠悠球比赛的队员有得比。

可惜,上周六晚再如平常调到南方少儿频道时,《家有儿女》

第二部已经播完了，改播《西游记》了。儿子不死心，说妈妈再等等，可能演完一集就演刘星了。可等来等去，《西游记》播了两集，也没等到刘星出来。小家伙有点恼怒了，眼泪也出来了，说："怎么搞的，那个都还没有放完就放这个！"

我只能安慰他说："《西游记》妈妈也喜欢看啊！"他才转怒为笑："真的吗？那我们就看《西游记》算了。"后来，看了又看的孙悟空还是能把我们母子俩逗得乐呵呵。

有没有好消息

工作劳累，回到家对着爱人和亲人除了诉苦就是叹气。一段时期来都是如此，大意疏忽了，没想到一些言语影响到了六岁儿子幼小的心灵。

终于有一天，他很不解，问："妈妈，怎么你每次回来都是说坏消息，从来没听你有什么好消息……"他拉着很长的尾音，在我听来，好像是对我的讽刺。

我怔住了，老姜也呆了一下。

昨晚下班较早，回家进门的刹那，他惊喜交加，抱住我猛亲，然后又擦嘴巴，说差点忘记了妈妈还没冲凉呢。后来和儿子一起看了一集《快乐星球》，说看，其实完全是听儿子在说，他热情洋溢地讲解，我十分投入地听着。

今晚在单位抽空打电话给他，宝贝在电话里振振有词："妈妈，你昨晚这么早下班，今天又不能这么早回来，肯定是你做错了什么事，这要怪你自己了，不能怪你老板啊！"我哑口无言，刚想张口说些什么，他来了一句："难道你还能怪我吗？"

怎么能死

和儿子谈起生老病死的问题,是从他的一次作业说起的。

周末和儿子一起睡觉,熄了灯,和小家伙聊天。儿子说作业早就做完了,我说:"那阿婆怎么说你还有拼音没写完?"

"阿婆老了,她记错了。"儿子振振有词。

"那我和爸爸也会老,我们老了,你就长大了,工作了,结婚了,也会成为一个爸爸,一个爷爷的。"我像平常讲故事一般,帮他分析。

"那当我成为爷爷后,你们呢?"

"我们会死啊,人老了就会死的。"我的情绪还是如常,讲述着未知的遥远生活。

"我不要你们死!你们死了我怎么办?"儿子突然大哭起来,紧紧地抱住我。

我一下子不知所措,他的痛哭很快触动了我的悲伤。不知该如何安慰他,我的眼泪也喷涌而出。

"你们是我的父母,怎么能死呢!"儿子继续号哭。

生死的谈论进行不下去了,儿子哭着很快入睡了。而我,却在那一晚的黑暗里陷入无尽的悲伤。有亲爱的儿子,我们怎么能够死呢!

小姜对老姜说

为了实现自己能再拥有一个悠悠球的愿望,小姜不惜搬出书本上的知识,以理服人,让无数次决定过不买悠悠球的老姜不但服服帖帖地带他去玩具店任选,还喜滋滋地想着,我们的儿子真聪明,真是才思敏捷啊!

想知道小姜用的是什么法子吗?只见他拿出学前班的《识字宝宝》,翻开一页,边指边念:"学与玩,只学习,不玩耍,聪明孩子全变傻;只玩耍,不学习,聪明孩子没出息。"

老姜傻眼了,被伦伦的三言两语说服了。

小姜在老姜手掌上写上自己的名字,说:"爸爸,你忙的时候就摊开手掌看看我的名字,要不然,你会忘了我的。"

说这句话的前几分钟,他刚给我打了电话,告诉我五个字:"妈妈,我想你。"

他在黑暗里等我

很难得,终于有一个周末是双休了。

这两天,每时每刻与儿子在一起,一旦他睁开眼,出现的必定是我。还未长大的他,尚未厌烦我,他感到新鲜、喜悦,喜欢张开双臂与我拥抱,拖着长长的尾音撒娇:"妈妈——"而我,当然是极乐意地相伴左右。这周末我推了许多朋友的邀约,弄头发的、吃饭的、唱K的。她们很奇怪,怎么周六你8点多就刷牙上床睡觉了?把这么好的时光让给周公?挂了电话后将手机关了,然后和老姜在床上陪着儿子造句,爸爸出题,儿子造句,妈妈打分。

这样的亲子时光对儿子来说是十分快乐的。儿子说:"今天我的快乐是阿婆和妈妈给的。"

我狠狠地给了他一个吻。

下午我们娘俩在小区楼下打羽毛球,他那边顺风,所以他只

需轻轻一甩就可以让球快速地朝我飞来,我装作措手不及的样子,说:"不行了,不行了,你太厉害了,妈妈打不赢你了。"他笑说:"妈妈,你怎么不能像我那样多练练啊。"我笑着说:"你什么时候偷偷练过啊!这么厉害了。"嘿嘿,他笑了,张着缺了牙的嘴。

后来,他又像往日那样,看到老同学老伙伴来了,就扔下我不管了,说:"妈妈你自己玩吧,我要跟老同学聊天了。"我委屈地说:"你每次都这样,看到你的朋友就不理我。"可他不管我嘟着嘴巴,还是带着歉意的笑搭着伙伴的肩走了。

我在小区的亭子里坐着,看着小男孩骑单车,他长高了,双腿已经弯曲着踩着轮子了,因为不好使力,他总是慢一些,赶不上同伴的速度。我就在心里默记,一定要他爸爸用工具把单车坐垫往上提高些,这样就不用别扭地蜷着双腿了,速度也会跟上去。

想起家里晚餐没菜,我就嘱咐儿子:"等一下你别乱跑了,在亭子里等我,妈妈出去买点菜就回来。"

待我提着牛腩往回走时,天已经黑了。心里有些焦急,担心偌大的小区内找不到他,担心他等不到我会哭。

远远的,黑暗里,我一眼看到了他坐在小单车上,一只脚撑着地,一只脚踩着脚踏,右手拿着一瓶水悠闲地往嘴里灌。我走近他,看到他没有等我的忧虑,心里才舒坦了些。晚上我问他:"如果等不到妈妈回来你会怎么办?会哭吗?"

"妈妈怎么会不回来?说好了在那里等,我就会等到你来为止啊!"

男人般坚定的回答,他又获得了我的一个吻。可是,他开始害羞了,说有口水。

因为我晚上不在家,儿子也很少接触电脑。于是,跟小伙伴一碰头,看到他们玩电脑玩游戏很是熟练,而他连鼠标都还不会拿,面对同龄伙伴的嘲笑,心里不免有些自卑。

好不容易等到周日了,我们娘俩一起玩QQ堂,他还不熟练,我们就拼命地练啊练,小家伙练得很投入很紧张,披着件睡袍,里面全是汗。

因为周一要上学,晚上10点他就必须上床睡觉,躺下时,他说:"妈妈,今天玩得真痛快啊!"

我也痛快,和他一起游戏一起欢笑。

冬日暖阳

我是特意要站在阳光下的,小姜却固执地要站在阴凉地带。

在绿茵茵的草地上,将邻居拉着绳子晒的棉被作为中间线,母子俩打羽毛球。我说:"我怕极了冷。"他说:"我怕极了热。"

吃客家酿豆腐时,我喜欢用绿油油的青菜叶包着吃,这是从小到大养成的酿豆腐吃法,小姜也喜欢这样吃。

去沙井吃蚝,我喜欢用青菜叶子包着炸蚝吃,他同样喜欢这种吃法。

我问:"你怎么这么多与我相像的地方啊?"

他反问:"要不我怎么会是你儿子呢?"

"嗯,看来在医院时没抱错,你还真是我生的呢!"

"难道你怀疑过吗?"

这个小小的男人有些难过,有些失落了。

我喜欢站在太阳底下,手执一根甘蔗,和那个小小的家伙一起天马行空,谈天上、地下、星空以及遥远的古代,却不愿提及

现实。跟他想象过我的将来,一个不称职的奶奶,因为我不会带小孩,以后我的孙子……他说:"妈妈,这也太遥远了吧,我都还没上小学,还没上大学,还没工作啊!"

2008年元旦,语出惊人

话说元旦晚上,一家三口极早上床玩闹。几个月来一直就没睡过好觉的老姜很早就开始打呼噜了,只有我和小姜在讲故事、讲笑话,直到口水都说干了才想起要喝水。狠心的我推了推老姜,让他去厅里冲杯盐水给我们喝。推了几次,加上小姜也在帮忙央求着,老姜才睡眼蒙眬,很不情愿,一边数落:"你看看,前晚吃烧烤,今晚母子俩拼命吃煎炸小食,现在喉咙痛了吧!"然后一边起身摸索着出门端水。我和小姜则在一旁捂着嘴巴窃喜。

老姜前脚刚走,小姜伸手与我击掌:"妈妈,大功告成!"

我睁大眼望着他:"你怎么知道这个成语?"

他语无伦次,也说不出大功告成的大概意思,却能准确地说:"妈妈,我就知道可以用这个成语。"

我又问:"刚才你为什么要帮妈妈叫爸爸端水?"

他回答:"这是我应该做的啊!"

一阵感动。

老姜可能太生气了,一小杯白开水就放了两勺子盐,可能居心不良,想趁机咸死我,我喝了一口就好像嘴巴里塞了一把盐一样。苦不堪言的表情,却引来小姜的好奇心。有福共享,有难同当,他也闭着眼睛喝了一口,咸得直眨眼睛。

又是一阵感动。

安顿好，老姜躺下。小姜突然说："爸爸，我看你也挺有钱的，又讲道理，怎么就不知道关心家人呢？"

我笑出了眼泪，理亏者老姜，则歪头故作入睡，眼里也尽是笑意。

江西后代学粤语

有心栽培小姜的广东话。一日，随意用粤语讲了几个他幼儿园里小同学的名字。

"梁绮雯。"

"两块五啊！"小姜反应超快，我话音刚落，他的"两块五"已经脱口而出了。

听得我瞪大了眼珠子，说："你怎么会想到'两块五'啊！"

"黄梓毅。"

"王老吉。"他这回说得很小声，却说出了这三个字。

我捧腹大笑起来，真不知道他小脑袋瓜子怎么会这样联想。

午餐会话

我很少和儿子一起吃饭。中午，天气又转冷，关紧门窗，和儿子美美地共进了一次午餐。

开始，小家伙想独自一人吃，看边电视边吃。我说："如果你看电视吃饭的话，你就成了这样的人。"然后做了一个嘴巴鼓鼓、两眼发直的怪脸。

他大笑着说："那我是不愿意做一个怪物的。"边吃饭边聊天，感觉挺不错。聊起昨晚对面楼层三更半夜的狗叫声，我说：

"管理处也不管管,影响了居民休息。"儿子说:"我还一直想养条狗呢,可你不同意。"我告诉他:"姨丈几年前被狗咬过,当时立即就去医院打针,要不会得狂犬病的,而且打一针还不够。以前在老家有个亲戚小孩被猫爪子抓过,没有及时打针治疗,一两个月后就慢慢死去,死时口中一直学着猫叫的声音,可惜了,不到十岁的小男孩。"

儿子听得目瞪口呆,然后问:"那被老虎咬了会不会学老虎叫啊?"

"老虎一口就将人吃到肚子里了,哪还容得你叫啊!"

"那恐龙呢,被恐龙咬了会不会学恐龙叫啊?"

"恐龙也一样啊,一旦遇到那样的庞然大物,就必死无疑。"

然后我告诉他,被小动物咬过之后,会有一段时间的潜伏期,如果在这潜伏期里得不到很好的治疗,就会很危险的……

冷冷的冬天,和儿子的午餐时光却热乎乎的。

暖烘烘的被窝

天气冷,母子俩共用一台电脑。儿子老是问我用完没有,我实在烦他啰唆,就让他先出去,等我收完邮件就叫他。

儿子说:"不行,我一刻都不想离开妈妈,我想跟妈妈在一起。"

我心里一热,但还是给了他一个白眼,虽然知道那只是他想催我快点用完电脑让他自己玩电脑而说出的话,但我还是有些感动。孩子不会说甜言蜜语,我当他说的话是最纯真的话。

母子俩都不愿起床,最后让母亲端茶递水到床边来。

好享受,虽然有些"大逆不道"。

吃完早餐，两人在床上下跳棋，战局一胜一负；看少儿杂志，猜脑筋急转弯。

第一个问题："太平洋的中间是什么？"

"'平'字。"儿子想都没想。

……

这么容易猜出来？想了想，这是少儿杂志啊！

午睡，迷蒙中感觉儿子进了房间，我问他："有什么事吗？"

他亲了我一口，说："妈妈，我想你。"

下午上班，他说："妈妈，你什么时候才能天天和我在一起啊？"

我说："过年吧，过年咱们肯定天天在一起。"

管好你的身体

小姜给爷爷打电话卖乖："爷爷，本来我们要回江西过年的，可现在路被堵住了，回不去了。"

我们疑惑后不久便哈哈大笑，说："我们根本就没打算回去啊！而且你怎么知道路被堵住了呢？"

"电视上说的啊！"小姜笑眯眯地说。

老姜说："你不要让爷爷担心了，爷爷还真以为我们准备回呢。"

家里阶层分明，小姜对有关顺序已经掌握清楚了：外婆管妈妈，妈妈管小姜，小姜管老姜。

"那我管谁呢？"老姜经常问这个问题。

"你管你的身体就行了。别老是喝酒！"小姜毫不犹豫地回答。

"好，说得好！"我拍掌叫好。

说成语

"妈妈,你不要让我不忍可忍啊!"每当我激怒了小姜,他都会把"忍无可忍"说成"不忍可忍"。

"怎么半夜三更还有鸡叫?"在农村的深夜,小姜听到鸡叫,很是疑惑。

幼儿园毕业典礼 身兼数职

7月11日这一天,小姜挺难忘的,对于他的家人,更难忘,不仅是因为他四年的幼儿园生活终于结束了,也是因为那天的他实在是太累了。

一个人身兼数职,除了是当晚的主持人之一,还有另外的三个唱歌节目,不停地换衣服。在礼堂里,天气又热,老师却不让他们喝水,怕喝了水要上厕所,到最后唱《感恩的心》时,别的同学遵从老师的旨意开始哭,他却已经疲惫不堪,哭不出来了。

晚上做噩梦,他不停地蹬脚,说梦话:"我嗓子又痛,脚也累了,为什么还要说话?"确实,他从上午开始彩排,直到晚上8点也没好好休息,生怕忘词,所以老是口中念念有词。几天前他高烧刚退,但感冒一直没好,主持节目还是流着鼻涕的。

过程虽然很艰辛,但留下来的回忆是很美好的,并且这个小小主持人的角色为小姜以后的学习生活也打下了基础,他变得自信大方了,我再也不用担心他在人多的时候表现得不自然了。这个毕业典礼后,他会侃侃而谈,他会将整首《感恩的心》唱完,他挺骄傲的,因为终于可以成为一名小学生了。

守护地球

小姜跟小表姐阿宝一起聊天,天马行空,还说起了类似获奖感言的话。

他说:"大家好,谢谢我的教练对我那么好,谢谢大家多年来对我的尊敬,为了感谢你们,我唱一首《感恩的尊敬》。"

小姜还问:"你知道我现在是做什么工作的吗?"大家莫名其妙地望着他。

"我在做守护地球的工作。"

一年级的第一篇作文:《春天醒来了》

冬天,植 wù 们都在冬眠,动 wù 们也在冬眠。

春天来了,动 wù 们醒来了,植 wù 们也醒了。啄木鸟开始 wèi 生 bìng 的大树治 bìng 了。

世界从头开始了。

(老师的评语:文章写得真生动,有趣极了!)

渴望红领巾

这天,小姜班上选少先队员,因为生病缺了一个星期的课,再加上他在幼儿园里打下了厚实的文化基础,一年级的简单课程让他有些不屑,上课和同学讲话,让老师不满了;而且小动作很多,对同学不是捏鼻子就是抱抱,让人不痛快……因此第一批的少先队员名单里没有他的名字。

我告诉他时，他眼眶是红的，咬着嘴唇，说了一句："我才不稀罕呢，戴着红领巾多热啊，脖子不舒服。"

心里有些发酸，不是因为他的表现不好，而是只有我知道，没有任何人比他更渴望得到一条红领巾。前些日子，他不知从哪里捡来一条干净却烂了一个角的红领巾，总叫我帮他系上，还下楼到处炫耀，还说："妈妈，你帮我问老师，什么时候可以入少先队？"

越想得到，就越容易失去。我深深理解他盼望红领巾的心情，可是结果让人失望。他身上太多小毛病需要纠正了，如果我是老师，我也不会认为他是最优秀的，虽然目前来看，除了纪律，他在学习和其他方面都是可以的。他识字最多，出口成章，《三国》熟读在心。朋友宁说，他情商高于智商，我也觉得是这样，智商不见得很高，可是各方面发展比较均衡。

我有些遗憾和难过，为他的"不能得到"。

老姜说，他恶作剧太多，老师当然不会让他入选。而且，让他受点挫折教育挺好。我说："他受没受挫折我不知道，现在是我受挫折了。"老姜笑了，很大声，比我平时特地说笑话时笑得还要大声。

对于小姜的成长，我以为自己已经有足够的心理准备去承受遥远的未来以及现在，可是投诉来得太快了，一年级开始的第一个月，我就被列为调皮男生的家长了。他藏男生的戒尺和女生的课本，还撒谎，比起同年同月同日生的那个乖巧懂事、不用大人操心的女孩莫理诗，小姜顽皮多了。

可是尽管心中有无数把火，我却告诉自己一个字——忍。我了解他，多过他了解自己，必须耐心开导他，因为正如他自己说的，他知道哪些事不可以做，可是控制不了自己。只要他愿意说出自己的心里话，不骗我，一五一十说出事情的经过，我就觉得我可以教育好他。

他的人生还有很长很长的路，我不能一直陪着他，可我要注视着他；心里很焦虑很着急，可我不能太急于求成。现在才知道，教育是多么深奥的一门学问。

一生一起走

昨晚，在新安影剧院看了励志片《隐形的翅膀》，一个失去双臂的女孩如何自立自强的故事。儿子看得很认真很投入，比起在廊道里追逐的孩子，他真的很乖。而我，坐惯了新南国影院的座位，新安影院罩着布的凳子又让我找回了五华老家电影院的感觉，有股霉味，有些亲切。

看完，随着人流出来，问儿子："这部电影给你最大的感触是什么？"

"我一定要做一个残疾人，像志华一样用脚吃饭，自强自立。"

"啊？"我睁大眼睛，问，"你想做残疾人？"

母亲教导他："要学她的精神，而不是向往做一个残疾人。"

回家路上，儿子一直哼着周华健的《朋友》："朋友一生一起走，那些日子不再有……"突然他停了下来，问我："妈妈，那我是不是一生都要跟着刘诚杰走啊？"

"为什么？"

"歌里不是说朋友一生一起走吗？刘诚杰是我朋友，我肯定要跟他一起走了。"

家有儿，暖人心

　　日子过得匆匆忙忙，却碌碌无为，焦虑、压力、缺觉、犯困，今天在来单位的公交车上睡着了，接了个电话迷迷糊糊中却将对方的名字叫错了，只能道歉，无法想象我还能在公交车上睡着。

　　等人吃饭的餐桌上，接到小姜从午托班打来的电话，我很紧张，以为下午学校又要开会叫我带凳子给他。可是他说了一句话，我的眼泪就唰唰地流了下来。他说："妈妈，没有什么事，只是想和你说说话。"我的喉咙突然哽住了，纵有千言万语却哑然失声。这两个星期忙得晚上没时间在家，只好把他送到弟弟家住，也没空去接他放学，有时见面也只是几分钟几句话，来去匆匆。孩子对我的牵挂突然令我心头一振，这段时间的萎靡、灰心，却在这一刹那重新找回生活的方向。

　　小姜说："我在午托班吃饭，觉得好像很久没见到妈妈了，就想和妈妈说说话。"

　　挂了电话，还在回味他刚才说的话，他又来电话，说："妈妈，我介绍我的朋友给你认识吧！你跟他讲电话。"然后便有一个清脆的童声响起："阿姨，我叫王璐，我也是一年六班的学生。"和小王璐说了几句话后，心里是明晃晃的亮，像腊月里早晨的一缕阳光照射而来，很温暖。瞬间，心情也阳光起来，其实忙一点苦一点算什么呢？

外婆，我爱你

　　前两周工作很忙，把读一年级的小姜送到弟弟家寄住了一段时间,现在工作没那么忙了,晚上可以把他接回自己家住了。

可是回家住的第一晚,小姜说了一句"很想外婆"就开始哭了起来。我起初没在意,因为他是母亲一手带大的,现在母亲帮弟弟带小孩去了,小姜经常会说些想念她之类的话,我已习以为常了。

可是小家伙越哭越伤心,越哭越大声,我赶紧说:"那你给外婆打个电话吧!"一拨通电话,他就说:"外婆,我很想你。"母亲本来接电话的声音很清脆很大声,听到外孙说想她,突然也哽咽无语。几分钟后,弟弟发来了短信,说小家伙如果喜欢在他家住,就让他住那里,现在他不在大家都不习惯。

后来,我让小姜把想外婆的话录在我手机里,周末时让母亲听一下。他说了一些"祝外婆万事如意、心想事成、一生幸福、恭喜发财"的话后,我让他自己给这段录音取个标题,只见他在手机上按下了五个字——"外婆我爱你"。

也许没上奥数班、绘画班、书法班、钢琴班等兴趣班,小姜没什么值得骄傲的特长,可是他懂得爱人,懂得感恩,这让我觉得比上任何兴趣班都实用。

担心就是喜欢

我和儿子有许多已进行及待进行的计划:学英语,本来说好让他好好学,学会了教我,可与他一起学习的过程中,我记单词记得比他快,背得也更快,甚至一些很长的单词我也能脱口而出。我很高兴,小家伙也表扬了我:"我们是英语同门学生了。"

最近我们母子经常唱的歌是光良的《童话》,关于这首歌我还给小姜讲了一个真实的故事:在汶川地震中,有个班的学生在地下一起唱《童话》熬了十个小时,结尾是"幸福和快乐是结局",带

着很多童话般的期许。后来，光良还特意从台湾飞到四川看望了这些小孩。睡觉前，他会朗诵《读者》里的散文给我听，长的就分几个晚上读，他想听的时候就由我来读。这两晚读的是去年第 24 期的，里面有篇《离爱远行》，是一个儿子写给妈妈的散文，很感人。

晚餐，炒了个糍粑瘦肉包菜，他盛赞。我装作很委屈的样子说："可爸爸不喜欢吃我炒的菜啊！"小姜说："爸爸说你好的话你就记住，不好的话你就忘了。"

新学期发了书法的课本，我迫不及待拿出来看。小姜说："妈妈，我们可以一起写啊！"我赶紧点头，然后立即对老姜下发新书房要有张长书桌的命令，同时脑子里开始幻想母子俩一起拿着毛笔的样子……

前一晚，我凌晨 2 点回家，便睡在隔壁，因为第二天 9 点老姜还要上班，我不想吵着他。老姜不知道我已回家，手机又关机，以为我出事了，很紧张，到处找人，后来才看到走廊黑板上我写的字，得知我睡在隔壁。我告诉了小姜这件事，他说："爸爸很喜欢你啊。"我说："何以见得？"他说："他很担心啊，担心就是喜欢。"

教育方面，跟朋友有意见不一的时候，她说她家里的衣架子都打折好几个了，孩子不听话的时候就要用棍棒教育。我说我们从来没有打过孩子，她说那不行，这样他不怕你的。为什么要他怕呢？我坚决不打。

夏天的状态

和小姜在一起的时光总是快乐的，放学后时间还早，我们娘俩就去游泳，游完到金蝶轩小吃一番，天色还早，海风不大，就到楼下打羽毛球。回到家,做作业,然后再冲凉,睡觉。有时我们都觉得不饿,那就八九点再做饭,那时两人就吃得津津有味,小男孩直夸我的手艺棒。

我们一直聊着天,聊他们一年六班的学风班风从全级倒数第一升回正数第一,得了周钻石班……还有我觉得那个很小很小的小女孩邓雨欣的声音很响亮很好听,举手发言很积极,小姜却说她老争着讲话,也不管老师有没有叫她回答问题。(有一天我和邓雨欣一起走,聊了许多,她是个很漂亮很可爱很能聊的小女孩,看到我们聊得投机,小姜吃醋了。)

知子莫若母

如果前一天的行为很令我生气的话,第二天一大早他就会乖巧地做好自己的事情,然后9点钟不到便甜甜地来一个微笑:"妈妈,我今天乖不乖啊?"

给他一个白眼,我说:"才几点啊,装一下斯文就想得到表扬了?"

"嘻嘻嘻……"他笑起来两颗门牙的缝更明显了,那难看的门牙与我的一样,漏风,用老姜不标准的普通话来说:"像仓库(窗户)。"

他已经开始长结实了,双臂强劲有力,背部也厚实起来。游泳时他总喜欢来背我,站不稳两人便一头扎进水里,也喜欢让我抱起他往水里扔,溅起水花的同时,我们也哈哈大笑。

斗气、冷战,知子莫若母,互相都知道对方心里想着什么,都想主动求和,所以一直在等待着对方的行动……

不过一般都是我主动递上一杯牛奶,握手言和。小姜对老姜乐呵呵地说："老爸，以后如果我生气更久的话，就会有两杯牛奶喝了。"

不愿去又不愿回的外婆家

想小姜了，那个小家伙前天坐公交车时趴在我的大腿上睡着了，结实的双臂让我明显地感觉到他的成长如此之快，他那口齿伶俐的老爸说，希望他将来能当一名律师，律师这个行业不单单能养家糊口，收入也是可观的。小家伙总能不停地说话，丰富的想象力可以故事接龙永不厌倦。

近日我和老姜都比较忙，把他送到外婆家了，他永远都是不愿意去，也不愿意回来。真是一个相当矛盾的矛盾体。

你的老同学很有眼光

周六，在新一佳门口见到发小美兰时，小姜站在我身后有些羞涩，我让他擦干净嘴巴边刚吃过黑森林的蛋糕碎末。

从小玩到大的美兰平时工作比较忙，也有一段时候没见到小姜了，当她看到高得快与我齐肩的小男孩时，很惊喜地说："哇，长得很帅，很有男人味嘛！"

后来我跟老姜提起这件事，小姜在一边很自大地说："妈妈，你这个老同学很有眼光啊！"我看着可爱的他，笑而不语。

上班时，偶尔听见同事给在学校寄宿的女儿打电话，嘱咐她要多吃多锻炼之类的话语，每当这时我总会有些心酸，会想到有一天小姜外出求学闯世界了，并不是怕自己孤独，而是要这样不停地牵挂他，怕他没吃好没睡好，真是儿行千里母担忧。

所以我更加珍惜现在和他相处的每分每秒,我们一起游泳一起进步;我把他扶上滑板,让他能自由潇洒地玩滑板;我们一起练毛笔书法,他教我正规的握笔姿势;我们一起吃香喷喷的可乐焖鸡翅,他还带着小同学到家里品尝;我们一起酿春卷,他放肉我来卷……每当看到大街上有小男孩很乖巧地跟在年轻妈妈的身后时,我就会想起我的儿子,想起他也像个小跟屁虫一样拉着我的衣角。

昨晚看池莉的小说《看麦娘》,说易明莉想念女儿容容时,就会看看橱柜里女儿小时候玩过的洋娃娃等一些小玩具。我这才记起,要帮小姜收集些小时候玩过的东西,长大后让他看看,应该很有趣。

歌唱祖国

《歌唱祖国》,这首歌最近在我家很流行,小姜唱的时候表情很激动,而且不分场合地引吭高歌。他说:"妈妈,如果我在北京的话,唱着这歌我会流泪的。"

他一直听《歌唱祖国》,吃饭的时候要听,要我下载到 MP3 里,而且一定要听林妙可的版本,说现在林妙可是他们班上的红人,而他则是林的铁杆粉丝。

看国庆大典时,母亲一直问北京的广场到底有多大,人民大会堂又在哪个位置……小姜则说:"北京,我是一定要去的!"

他的这种情怀,是我所希望看到的。我也希望他能以这种情怀为动力,为自己的人生加油,为建设更美好的祖国贡献他的力量!

与儿子一起学习

早上和老姜不约而同发出一样的感叹,小姜现在责任心强了,坏脾气少了,帮大人干的活多了,作业也经常受表扬,字写得也有进步,羽毛球技术也渐长了。

他怕黑暗怕寂静,却不怕寂寞,因为他一个人的时候也可以找到很多事情做,我觉得这个特点跟我简直一模一样。

他喜欢哼歌、喜欢听笑话(自己讲的却不好笑)、喜欢挠爸爸痒、喜欢指使爸爸干这个干那个,这些小爱好也跟我很像!

他喜欢阅读,喜欢去图书馆(每个星期就等着学校图书馆为他们班开放的日子),喜欢吃麦当劳、肯德基,喜欢写书法、游泳、打羽毛球,这些也是跟我一样。不过,他不喜欢踢足球这也是受我影响,我特意不让他踢球,因为容易受伤却对长身体没多大益处。

我们母子学什么都是一起的,这样就不会浪费学费了。比如花450元学游泳,不但他学会了,我的泳技也有所进步;如今他学羽毛球我也跟着在一旁练,不用订场不用交学费,何乐不为?正是长身体的时候,小姜食量猛增开始发胖,于是想让他练羽毛球拉伸一下身体,而不是一定要学得有多精。现在看来,效果明显,小肚子下去了,手臂结实了,吃得更多了,就是看着很累,每晚拖着疲惫的身躯回到家,总说脚酸,要我用热水给他泡脚。

小姜每天都会写一篇日记,写精彩的事,班上捣蛋鬼打人啊,老师罚了谁啊,自己受了什么表扬和惩罚啊……如果实在很平淡无事可写,就看图写话,看我买回来的一本图画书,看到什么写什么。不知不觉中,厚厚的笔记本已经写了一大半,有一晚他很得意地说,明天带去学校,该不会被同学们抢着撕去要签名吧!

一年级时,跟大人还有些矛盾,现在这种情况几乎消失了,他现在都是有话好好说,眼泪来了还是会好好说。

和小姜就是这样一起成长,一起面对各种各样的学习过程,他收获很多,而我也发现,自己还是有激情去学东西的。

帮我减压

好累,无形的压力令人觉得生活和工作都格外紧张。

中午匆匆回来煮饭给小姜吃时,已经是 12 点 20 分,他早已饿坏了。

小姜已经很乖了,中午帮忙洗碗、晒衣服,他边收拾碗筷边说:"妈妈,你快去休息吧,下午还要上班。"

晚上回家他作业已经做完,只等我检查和冲凉,因为他冲凉太慢,我们提醒他没有大人在家不要一个人冲凉。

因为勤于帮忙做家务,所以他很快就可以存满十元钱,今天有个儿童画刊的作家到学校来签名卖书,他说想用这笔钱买一本书,还差四块钱算借我的,以后洗碗抵账。

听到他的话,我的眼泪就这么流了下来,止不住地流。哭完后觉得很舒服,原来减压就是这么一回事。

老姜说请保姆吧,不用老往家里跑。我不同意,如果我太忙的话,那就锻炼小姜吧,让他多干家务,早点独立。

小姜最近老要讲笑话给大人听,很好听很搞笑。他自己坚持每天记日记,写校园事件,很随意地写,不在意内容和词汇,而我也只是看看错别字而已,让他自己发挥。不经意间,一本厚厚的笔记本快写完了，他要我帮他收藏好，长大后再看。

来都已经来了

看电视剧《中国家庭》，其中里有一段换子情节。

我调侃小姜："如果现在你突然发现自己不是我亲生儿子，你会不会去找你的亲生父母？"

他歪着脑袋想了几秒，回答："来都已经来了，我才懒得走呢，还找什么找！"

母亲来电问小姜期中考试成绩，小家伙很是利索地回答："数学73、语文68……"随后不断地重复，"这是阿宝的，是阿宝的！我的数学是91.5分，语文和英语没发。"

五一假期结束的前一晚，问小姜："书包都收拾好没有？"他坚定地点头，道："收拾好了！"点头之后他又回头轻轻地问老姜："老爸，收拾好没有啊？"

小姜和老姜大眼瞪小眼。

入夜，让小姜刷完牙就寝，没多久（他的牙刷可能都没弄湿），我就听到了洗杯子的声音，我隔墙大声问："不会这么快就刷完了吧？"

小伙子回答："瞧您说的，这是什么话！"

8点，晚饭还在喉咙里，我刚洗完碗，他就悄悄过来说："老妈，我刚吃了一个面包。"

"啊？不会吧。"

小姜说，"我正在长身体啊，多吃点没关系。"

两个人在家，很安静

刚从上海回家住了两晚，老姜又去阳江出差了。

母子的二人世界还真悠闲，想什么时候吃饭就什么时候洗锅下米，想去哪儿也不用跟谁打招呼，想到外面玩多晚也没有电话催。两人走在大街上，儿子会主动牵我的手。他队友有些是初中生，高高瘦瘦、清清爽爽的，我时常望着那些小帅哥，幻想我儿子读初中了会是什么样。

老姜带小记者团从上海回来的当晚，我们聊天到凌晨3点钟，我真的困死了，小姜听得有滋有味，那些小记者的故事太吸引他了。不过老姜的总结就是，对孩子的教育成绩和分数不重要，素质教育更重要，有些小孩排队时看到前面的人帽子掉了，非但不捡起来还踢一脚，把帽子踢到别处让人找不着。这种行为让大人看到很心寒。

虽然老姜觉得儿子已经算是比较有教养的小孩了，可他还是觉得有太多缺点需要改正。不过令我欣慰的是，不管我提出的要求他开始是多么不乐意接受，慢慢地还是会把观念纠正过来，不至于闯进死胡同里走不出来。

两个人在家，很安静；三个人在家，很温馨；一大家人在家，很热闹。

给牵牛花听音乐

前天骑着单车特地转到一期那边，不看还好，看了眼泪夺眶而出。

触目惊心的横幅让人看了伤感且愤怒,"还我儿子""还我同学""还我兄弟""无良深业"等字眼,让我站在那里心潮起伏,想起那个十岁的男孩独自走在去天堂的路上,很悲伤。

可能离自己太近太近了,尽管过去了几天还是走不出来,那个叫轩宁的男孩是儿子羽毛球班上一个队友的同班同学,说起他,孩子们有许多话题。报纸上轩宁的照片很憨厚很可爱,这让我想到,如果那是我的儿子,我该怎样痛不欲生?

所以珍惜,尽量珍惜,生命无常,且有限。

上午,儿子开着英语点读机里的音乐,把刚长出新芽的牵牛花放在点读机旁边,我惊讶。

他说:"给牵牛花听听音乐,然后它就成了音乐牵牛花。"

我说:"这个主意好。"

冲冷水澡

这个夏季,最大的收获是儿子开始冲冷水澡了,尽管我冲凉喜欢用很烫的水,可希望小男子汉能学会坚强忍耐,身体也棒棒的。不过这样挺好,现在感冒了几乎不吃药,而是自己扛过去。

小区里有个小男孩出了事,许多出口处都贴着相关事宜的通告,儿子看了后显得有些慌张,说:"妈妈,我们赶紧搬家吧,这里这么危险。"我说:"哪里都有危险啊,走着路也会有危险,吃着饭也有危险,我们自己提高安全意识注意就行了。危险并不是存在于某一处,危险随时会有,也随时可以化险为夷,只要提高警惕性。"

昨晚上班,老姜发来短信,说他在看电视剧《新三国》,没想到三国里的人物儿子都知道,一些情节还说得头头是道。我说他早就看完《三国演义》了,现在《水浒传》看了三分之一。

关于阅读,对他的要求不高,不需要很精通,能大概了解一些就可以了。

小家伙长胖了

从云南回家出电梯的刹那,眼前呈现的是儿子那张满怀期待的笑脸,他笑着说:"妈妈您终于回来了!"然后便帮我拿行李,身体疲惫的我心里很暖。

猛然发现,儿子又长高长壮了,他围着我又蹦又跳,说着每天发生的事情时肢体语言丰富,双手张开,上下飞舞;说起梓鹏欺负他时表情夸张,说被梓鹏捏疼了……我问老姜:"怎么几天不见,儿子变成演说家了?"他说:"你不知道喔,你走那天,他不肯出门去衡山,拼命摊开双手比画着说不去的理由,好像懂很多道理一样,不过最后还是被拖着上了王叔叔的车,上了高铁后慢慢地被新鲜事物吸引便开心起来了。"

同行的人中有四个年龄相差无几的男孩,八岁到十五岁不等,在深圳长大的两个孩子活泼开朗幽默,另外两个相对沉默,略显成熟稳重,四个我都很喜欢。因为男孩们不矫情,更重要的是,他们都很大方,而这一点是儿子必须要学会的,做一个不计较、不埋怨、不推卸责任的小男子汉。

很喜欢和我说话,又很喜欢贴着我的脸,不想做作业时也不喜欢我多啰唆,想睡觉时会跟我说"妈妈可以先不写字,让我睡会吗?"这些我都一一应允。昨天在飞机上听了一个多小时一个数学教师的育儿经,他说孩子不打不成器,不逼不成材,兴趣班能学多少就学多少,肯定是有益无害,成绩不上去再怎么提升素质也是徒劳……在他口中，其他任何东西都没有学习成绩重要，有了成绩就有了一切的保障。我是一个尽职的倾听者，没有反驳只有询问，但是心里有一层厚厚的过滤器，自己能接受的可以考虑，不能接受的肯定不会效仿。既然别人无法改变你，你也肯定改变不了别人，又何必多说无谓的话呢？我绝对不会用棍子，也绝对不会让沉重的兴趣班令他累弯了腰，即使做不了优秀的孩子，平凡的孩子我也爱。

能令儿子开心的事情有很多，即使一阵清风他也很享受，一条小手指大的鱼也能令他欢喜，欢喜于小生命的坚韧和摇尾时的可爱。

前天·昨天·今天

最近三人就寝前多了一个项目，就是石头剪刀布，看谁能笑到最后。

幽默的老姜还特地开辟一个复活赛，就是第一个输的那个还可以在一边养精蓄锐等待起死回生的一刻。每晚小姜同志都摩拳擦掌，跃跃欲试，是第一个吆喝着猜拳的人，可惜老姜永远是胜者，我和小姜则永远都是复活赛的主角。阴险的老姜说，他能猜出我们的心里想什么，可怕。老姜说等他忙完经济特区成立三十周年增版之事，我们三人去唱K，尽情地唱。难得他会说出这样的话，开心。

小姜二年级的暑假接近尾声了，很丰富，很值得记录下来。我们去了龙门、南昆山、衡山、五华等地，唯一遗憾的是，原计划的上海世博会没去成。

昨天，母子去体育馆游泳，在深水池施展着优美的动作时，一个女孩大声叫着儿子的名字,小姜却是一脸茫然地说:"我不认识你啊!"

那女孩说:"你不是打羽毛球的吗?"我很喜欢那个小女孩的爽朗和直率,而且她游泳的姿势特别美,游得也很快。不过小姜瞄都不瞄她一眼,自始至终没跟她说一句话。游完上岸洗毕,小姜很想吃雪糕,我说在肉丸和雪糕之间你只能选择其一,他说选雪糕,不后悔。可是雪糕刚吃完,他又摸着肚子可怜巴巴地靠上来:"妈妈,我想吃肉丸。"受不住他那可怜样,咬咬牙出了三块钱买肉丸。吃着肉丸,他又装着一副难咽下去的样子,"妈妈,好渴……"我说:"儿子,我快给你吃穷了。"末了,他数了数,游一次泳额外开销十元五角。

今天,到单位打羽毛球。一段时间没交手,小姜的高吊球很厉害了,打得我老要往后退,他再也不是那个我站着就能应付的小男孩了。去反斗乐园玩,我很骄傲,终于有了新的投篮纪录,第四关,310分,相信周围的朋友短时间没有人能破了我的纪录。儿子也抱着一堆硬币玩得不亦乐乎。

傍晚,在友谊书城,他选择了三本书,《赛尔号》《史记》《山海经》,这让我意外,他对历史的热衷可能与老姜经常看历史片有关。我则坐在一边看完了龙应台的《亲爱的安德烈》,伴着轻柔的钢琴声,带着感动的情绪读完,一本母子三年间的书信合集,封面上的安德烈很帅,很有德国男人的俊朗,这让我想着十八岁时的小姜会是什么的样子。

回家路上,他说:"跟着妈妈真好,可以随意地到处走,不像爸爸,又要想着车油费又想着哪里吃饭。"我说:"现在你还会跟着我到处走,再过几年,你就不会跟着我了。"小姜说:"是啊,我不想你带着我,但我想带着你出门啊!"

心里一阵感动，不管是否信口开河逞一时之能，可是现在听在耳里，已经很舒心了。

春天里，哼《春天里》

春天里，我和小姜每天都哼《春天里》。

昨日一大早突然很想写字，行云流水、一气呵成那种，倒墨执笔，却懊恼自己的不长进。很想有朝一日，家门口贴上自家撰写的对联。就像我小时候的春节里，在五华老家写着爸爸创作的对联，虽然被严格要求且时常挨骂，但最后大功告成贴在自家门上心情十分舒畅。

本可以一家三口好好边吃晚饭边聊天的，一个电话老姜就火急火燎地要出门，不过，他还算有良心，说做好红烧肉再走。于是，我和小姜同学饱餐一顿，也挺惬意。饭后，母子俩看周立波的节目，直笑得飙泪。本来想回看《墙来了》，没找着，小姜说看《武林外传》再乐一回，我说想看小沈阳，最后商量了一下，统一看周立波。两个小时，笑声不断，小姜也记下了许多经典语录，说要讲给老姜听。

网上买拉杆书包送了本凯蒂猫记事本，小姜说要把封面撕了，因为那粉红色他不喜欢。我想了个办法，找了张A3纸把封面包起来。小姜说："妈妈你都会包书皮，那我们前些天干吗还要到书店买书皮啊？"我说："我怕我包的你不喜欢，而且颜色也没有店里的好看。"他说："没关系，自己包的更好，可以任意画上自己喜欢的画。"我说："那好，以后新学期我们都不到外面买了，自己找漂亮的纸来包。"我还告诉他，我小时候的书都是自己用报纸包的，那时候哪有钱买书皮啊！

帮妈妈按摩

超负荷的工作,我累得骨头都疼。

下班刚进家门,心里想着饭后让儿子帮我捏捏肩膀捶捶大腿,没想到亲爱的小姜同学一看到疲惫的我就主动请缨:"妈妈,我帮你按摩吧!"我鼻子一酸,脱口而出:"我儿子真好!"

一看有人可以欺负了,这两天便都让小姜洗碗。虽然开始是有些不情愿,可我一副可怜兮兮的样子让他心软了。猛捏猛捏,真舒服。我说:"这右手拿鼠标都拿了一天了……"话还没说完,他一脸羡慕相:"啊,我也多想拿鼠标能拿一天啊!"

一起看迈克尔·杰克逊以前的演唱会,儿子现在疯狂迷恋他的舞蹈,他说下午有个家长看他跳舞笑得前俯后仰的。

我们一起看镯子的《牛魔王成长史》,里面吃饭的照片、幽默的语言,让我们母子俩笑了,儿子感慨:"原来小孩小时候都这么捣蛋。"

来自巴厘岛的明信片

太阳很好,把小姜房里的枕头、被子等狠狠地晒了一天,想必他闻着阳光的味道能酣然入梦。

有些安静时刻,想记下来。那种静,使人好像听到岁月如流水的声音。各做各的事,小姜埋头拼乐高,我看书或看《非你莫属》,当应聘者口若悬河满嘴跑火车时,两人不约而同发出两声干笑。

作为儿子,我不知道他是否享受这种耳边喧嚣而内心万籁俱静的时刻；作为母亲，很享受茁壮长高的他在这样很普通的夜里相伴。外面的世界对他而言越发宽广，日后也不知还有多少这样安静的时候，能让我们母子两人谈谈心，冬天时一起躲在被窝里看《放牛班的春天》，假期里一起泡在书城看书……

今天，我俩收到年前在巴厘岛给自己寄的明信片，一张邮票七千卢比，人民币将近五元啊，为的是保留那份无拘无束的旅行回忆。当时在酒店小姜问写什么，我说随便什么都可以，几个字、一幅画，都代表着你此刻的心情。果然，傍晚从信箱里取出来时，看到自己熟悉的笔迹，似曾相识的风景，漂洋过海来到了手心里，奇妙和兴奋的感觉把一整日上班的疲倦冲洗干净了。那时那日，旅行者的心情是何等轻松惬意。一旦回到现实生活中来，就只能靠只语片言来回忆了。

今晚，我与伦伦一起回忆，一起吃大餐，最后找老姜报销。

春天里的某个黑夜，巴厘岛依然离我们很近。

来自马来西亚的信

本以为小姜在马来西亚花了两马币往深圳家里寄的信会如石沉大海，没想到时隔两个月，那信还是漂洋过海地来到了家中的信箱里。我每到一个地方都会给儿子寄明信片，整理时，那些西藏、丽江等地的美丽画面也让我想起旅行时的悠然自在。

因为自己喜欢，我也会让小姜在每个陌生的地方留下些回忆，只言片语在以后也会带来美丽心情、美好回忆。幼稚的字，且歪歪扭扭得不成样子，连他自己都觉得不好意思了。

听音乐的欢乐时光

偶然的机会，联系上了九年前同产房的朋友，那个出生时长得小猫一样的小宝宝如今是个勤奋好学的小学生了，她主动要求学画画、拉丁舞、数学、写作，为了让父母答应她再学一门英语，她写了一封情真意切的信给爸爸，说自己很享受学习带来的乐趣。天哪，我让小姜去学街舞、学正规的舞蹈，没想到他却一本正经地说："妈妈，我喜欢业余的舞蹈，喜欢自学。"我忍不住要问，为什么女孩子就这么有自觉性？为什么她们对自己的要求就这么高？好像男孩子一点都不着急，得过且过。

小莫的刻苦连她妈妈都觉得不忍心了，周末根本没有喘气的时间，而且一个人时还在家里煮饭洗衣服，非常独立。

在小姜面前我不好说太多赞扬别家孩子的话，可还是为他捏把汗，当别的小孩在外面学这学那时，他却在家里画画、看书、养鱼、上网、看电视，好悠闲的日子。

本来觉得要让他多享受童年时光，毕竟他性格开朗，多话，而且朋友也挺多。可友人手机里的一席话让我开始忧心，当同龄人都在拼命学东西时，我们却这样悠闲，对吗？

平时作业做完了，母子俩把时间放在电脑上，为了找他朗诵时的背景音乐，我们两人听了很多纯音乐、乡村音乐，还下载到手机里听……就这样享受学习的光阴。

第一次胡萝卜炒饭

工作很忙，在爱子心切的老姜的百般催促下，终于在晚上9

点回到了家。

厨房有些凌乱，胡萝卜碎散落在灶台上，锅里还有些许剩余的炒饭粒。小姜同学的解释是，虽然在7点吃了自己炒的一碗饭，但是很快又饿了，可是只有饭没有菜了，于是就想用爷爷教他的方法炒个胡萝卜，但是第一步削胡萝卜皮就失败了，怎么也不弄干净，还撒了一地碎屑，最后放弃了。咳嗽又不敢吃饼干，就只能喝牛奶，等待老妈。

虽然脸上一直挂着微笑，我的心里却有些微疼，告诉他："假日时要教你炒个最基本的菜。"以前试着让他开煤气关煤气，但是自己炒饭还是第一次，可能炒得太少了，所以很快就饿了。

想象他一个人的晚餐，也许他心里是有些惶恐的。

平静不平淡

格外柔和的春天来了，又向夏天慢慢靠近，生活也在不知不觉中又往前踏了一大步。姜同学如今完全可以独立了，读二年级的他，自己放学回家做作业，自己炒饭吃、看好时间睡觉、起床穿衣、刷牙吃早餐，不用监督和提醒。只需睡觉前让我朗读一些文字，如《西游记》《三十六计》等，但我个人更喜欢给他读些励志方面的文字，如名人名言，关于生命、关于勇气和挫折之类的。这样的独立虽来得有点晚，但是我和老姜还是很高兴，他本人也极有成就感，很兴奋，觉得自己比以前更有力量了。

鼓励他多读、多说、多看、多写，他自己也承认，这些都已经做到了，但是提到多写……他就有点愧疚了。

老姜说，即使不能经常按时回家吃饭，也要在周末和假期安排和家人的出游活动。这一点，他说到做到了，虽然我还有很多未竟的心愿。我喜欢看他们父子抱在一起嬉戏，喜欢听他们用可爱的客家话对话，喜欢听到他们牵挂对方的电话铃响……

好像有一段时间了，我没有用那种训斥的语气对小姜了，更多的是朋友间的交流，更多的是我告诉他，"很多妈妈不会的，你学会了要教我啊，因为我很笨的。"

今天期中考试，一早我就告诉他一个好消息，家里的手提电脑修好了，以后他家里有两台电脑的愿望终于可以实现了。

他对父母有一点很疑惑，为什么妈妈的语文水平好，而爸爸则是数学好呢？昨晚他的结论是，他要自己每一科都很平均，不偏科。

在辅导小姜语文作业的时候，他会说："妈妈你比我们老师还懂啊！"哈哈，我有些骄傲，说："毕竟你娘也是学中文的嘛。"

阳光吾儿

母子二人昨日和妹妹及阿宝去万佳，在一蔬菜档口前，小姜同学突然奔向一个中年男子，叫了几声叔叔。

抬头望去，我好像不认识。待那人朝着小姜微笑点头时，我突然想起，原来那是黄不了的爸爸。回到家，告诉老姜："你儿子很有礼貌，老远跑去跟人打招呼。"

周六，小姜跟着爸爸组织的小记者团出去了一天，上午爬铁仔山，下午到F518看制造机器人。疲劳且收获甚微，他也扬言不写什么感受，说自己不是小记者，只是跟着爸爸出去混混而已。我没勉强他，只让他多参加社会实践。

晚上上班，同事宁豫问我："你儿子参加了小记者班吗？"我点头。

她说，周六早上有人在马路对面拼命向他儿子万思桐招手，又喊又叫的，那百来个小记者都穿着马甲戴着帽子，思桐不知道是谁叫他，没理。反倒是宁豫，想着肯定是认识的人才跟他们打招呼，也朝他挥挥手。后来想想，可能是小姜在人群里叫的。

这下我可以证实了，原来，小姜是外向型的小男孩，开朗、阳光。这样的性格，跟外婆的教育是分不开的。因为我母亲就是一个性格开朗，喜欢结交各路朋友，并且与几十年前的老朋友们还一直联系着的人。

这周又将会是天昏地暗忙碌的一周，还好，任务布置分明到位，中午我扫地搞清洁，小姜洗碗。

十里加急，迫在眉睫

我让小姜用语言形容每周一下午时间紧张的状态。"急急忙忙，十里加急，迫在眉睫，刻不容缓，时间就是金钱……"他一口气说了几个成语加句子，还有其他的我没记住。

今天的暴雨夹带着些许雷声，让我放弃了一些工作上的安排，打算接他下课然后送他去活动中心跳舞。果不其然，他全身湿透，球鞋渗满了水，还好，他把拉杆书包的雨罩罩上了，不至于把书弄湿。黑色星期一，带着他回家换衣吃点心后，再去跳舞。

每周一都格外累，如他所说，上午三门主科加一节体育课，脚已经酸了，下午下课后又要急急忙忙地赶往中心再跳一个半小时的舞，那真是步履蹒跚了。但他累并享受着，见到我后还主动给我表演新学的动作。所以我乐意每周一给他倒泡脚水，让他惬意片刻，享受一下劳累后的美妙。

午休时给他读的文章题目叫《一只鸡蛋的温情与心酸》，晚上睡觉前读的是《别人的命运是我们幸福的标尺》，这样的读法很快提升了我的朗诵能力，个人感觉可以去当播音员了。妹妹说阿宝被老师选中朗诵课文，我想着下次小姜睡前的文章就让她来朗诵吧。

小姜提出能不能读些笑话之类的文章，我说可以适当调节，但是要以好的人生观、价值观的内容为主。如一只鸡蛋的故事，这是宁夏西海固山区某个村落推行"营养早餐工程"，给学生每天一个鸡蛋的福利待遇。这样一个平时小姜连正眼都不瞧的熟鸡蛋，引发了一段段温情和心酸的故事。

仅仅是记录

怀孕时，把小姜在我肚子里的表现记录在一个本子上，因为担心电脑辐射对他有影响，文字句句是泪，无助、担心却无可奈何。

出生后，本子搁置高楼，童年的点滴写在了"特区根据地"的网站论坛上，那里的小姜是天真稚趣的。有一天，我想把那些童年的文字一篇篇复制，不是留给长大后的小姜，而是留给年老后的我们。待他长成玉树临风的男人，在偌大的世界飞奔时，白发苍苍的我和老姜会在午后的阳光下细细地品味儿子曾带来的欢乐……

少年小姜，正处在如饥似渴吸收知识的阶段。慢慢地，开始放手让他做许多事。成长的记录从童趣转化为少年时期积极的学习状态和丰富的生活片段。他想认识星球的一切，了解历史，懂得地理……世界上有太多美妙而未知的事物，就如龙应台的一本书上说过的："孩子，你慢慢来。"我也对儿子说："你的世界很宽很广，不急，咱们慢慢来。"

只是记录而已。他不优秀、不突出，有时候的倔脾气会让我甩手不理他，安抚他的永远不会是我，有的只是老姜和母亲的细声软语。我选择在情绪起伏时让彼此分开冷静一下。

仅仅是记录而已。包括他不会循规蹈矩地听话，只是把自己的主意说出来，然后问这样行吗，于是鼓励他要有想法而不是人云亦云。我们三人一起阅读，一起玩手机游戏，一起看漫画说笑话，没有考虑过教育的得失，只是享受过程——尚未老去的我、老姜和尚未成年的小姜在一起的时光。

他说过一句话，让我永远铭记并感动："妈妈，无论你做什么，我都会支持你。"

他知道他这句话的代价是，有几晚他必须自己一个人吃饭做作业，等我8点练完羽毛球回来才能陪他。为了我能参加比赛，他愿意承受寂寞。

很感谢小姜同学。

姜家小趣事

晌午，突然接到小姜学校下午要穿礼服参加合唱比赛的通知，急忙把洗衣机里的湿礼服拿出来熨，边熨边回看上周末的《非诚勿扰》，边和小姜聊天。

一女嘉宾说，理想的对象要工作细心严谨，遇事沉着冷静，生活中风趣幽默。我跟小姜说："好像我老公就是这种人。"

"我觉得你儿子倒很像这种人。"小姜一本正经，脸上不带一丝笑容地回答。

我刚喝了口水，差点没被这话呛到。

一男嘉宾说，有个小癖好，每周日不管多忙、多晚下班，一定要收拾打扫房间。我又跟小姜说:"如果我老公有这个小癖好就好了……"

"反正你儿子是没有这个小癖好的。"不等我说完,小姜就说出如此这般让我瞠目结舌的话来。

末了,把小姜同学这两句话转告了老姜,他大受刺激。下午下班他踩单车先回家,把饭菜做好,只等驾车回来的我洗手吃饭了。

六一:乱

小姜整支爵士舞的练习已接近尾声,"迎大运 庆六一",这套舞蹈派上了用场,明后天分别在超市和广场表演。

这方为购买表演服忙里忙外,因为像小姜这般的大童实在是难买衣服,而且还要与一、二年级小朋友衣服的颜色款式相仿,派头要酷,跑得我焦头烂额;那方突然接到活动中心通知,小姜除了表演舞蹈外,还要兼任两场演出的主持人。

哗,一下子炸开了。虽然当主持已经有过几次,怯场是不会的,可是只有一天的时间准备,小姜慌乱了。

他赶紧拿主持人手稿,与另一位四年级女同学会合,先短暂配合一下,回家利用一天时间背熟稿子;关于主持人衣服,女孩妈妈说她有白色婚纱裙时,我一下愣住了,俺们啥都没有,小姜一向不爱穿正式的衣服,唯一一次春节买的西装只穿过一次。看到我茫然的表情,女孩妈妈打了个圆场,可以穿校服那套礼服啊,配个领带什么的。

我苦思冥想,小姜以前有过一条领带,不过好像早就被他玩耍时扔了。突然想到王同学,他一表人才,他妈肯定有给他买过西装领带什么的。打电话一问,也没有,不过小领结什么的倒有,也是以前礼服上配的。

领结有了,皮鞋呢?小姜最不爱穿皮鞋了,买过几双没穿几次就小了,后来我再也没买过皮鞋,黑色运动鞋倒有几双。不过连老土的老姜也说,主持人不可能穿白衬衫西裤,脚上却穿着黑波鞋吧。

还是想到了王同学。王妈妈说:"有!咱们家有黑皮鞋!"值得庆幸的是,小姜和小王穿同一码的鞋。真是雪中送炭的好阿姨,谢谢了!

……

乱,乱得有些无厘头了。越想越觉得我不是一个合格的妈妈,相反,女主持人的妈妈很淡定。说服装,她说她家有,几套啥颜色的都有;说周六早点来化妆,她说不用了,她们在家化好妆再来对一下词就可以了……我坐一旁像个傻子似的,除了盯着儿子积极地埋头读主持词外什么忙都帮不上,路过的人看到了肯定会疑惑,这个不相干的人坐在这干吗?

还是乱,因为据最新消息,明天我可能要随大队去市里参加羽毛球比赛,儿子的第一场表演我不能陪伴左右了。他要带两双鞋两套衣服,虽然就在家门口的万佳演出,可我多想像跟屁虫一样侍候他换衣换鞋,亲眼看看他在台上的风采。没办法,只能把"经纪人"的角色交给老姜了,而且母亲和亲戚、邻居等都会看到他努力的结果。周日又是阿宝的生日……哎,哪里都需要人啊。

我只能等周日再看他的另一场主持和表演了,并且也翘首期待"六一"那天阿宝的歌舞表演。据说她为了练习舞蹈成绩下降了,代价有些大。

在此谨代表小姜同学感谢惠姨和小姨,百忙之中帮忙找表演服、领带,虽然最终还是从别处拿来,但你们的热情相帮让我们感动。

一起为小姜同学加油吧。

讲笑话出师了

小姜把微型小说里的洛可可改名为"洛奇奇"了，并且收养了一条小狗"黑龙"，经过阳光镇后，到达了白痴镇。今早对他笑言："你可以把你老家冷水村写进去啊，在那里发生了什么奇妙的事情发挥想象。再有余笔的话，把我老家五华水寨镇也写进去吧，让我出生的地方沾沾你的光。"他故作深沉状点头。

感觉这微型小说像他曾经看过的《鲁滨孙漂流记》了，天马行空，走到哪写到哪。周末饭桌上，小姜像往常一样讲笑话，第一次讲完笑话，老姜笑得差点喷饭，成功率超级高。

我说："儿子，你讲笑话的技术终于可以出师了。"

今早我突然有个想法，待他小学毕业时把他从未出生到六年级时的文字和照片，整理成册送给他，作为他童年时光的纪念。使用铜版纸，画册大小，图文并茂。成年后，成家后，让他回首这些美好的时光，有老妈，有老爸，有他所热爱的无数事物。

向往着美，把一切看成美，这就是开心的原因吧。

前进路上行进了两个半小时……

上午睡觉，下午游泳、吃鱼生、与弟弟瞎扯……这就是我的星期六。

在五区吃完晚饭，小姜一直摸着肚子直嚷撑，我突然有个念头，三人步行回报社开车回家。

有阿宝相伴，不能吃苦却碍于面子的小姜丝毫没有了平日的娇气，说："走吧，这算什么。"于是三人边走边聊，聊《爱情公寓》里的吕子乔、一菲、曾小贤，一路乐呵呵。周末的前进路，灯光特别璀璨，想起学生时代曾于晨曦时分与同学张勇在前进路上跑步，那时的前进路空无一人，能一直望到路的尽头，那种气势总让人难以忘怀。

路过万悦国际大酒店，阿宝随口说了句："我还没住过酒店呢。"小姜一脸诧异，转向我说："老妈，阿宝怎么连酒店都没住过啊？"我回答："她晕车，带她去哪里都不方便啊。"

路经东方明珠酒店，于是便去好友王老板的糖水店歇歇脚。

从8点30分走到11点，用时两个半小时。下午游完泳三人已经全身发软了，再来这么一趟暴走，确实累！回去跟老姜说："这样走你绝对做不到！"

老姜嬉笑："我儿子和老婆能做到就行了。"

观球记

话说11日傍晚，老姜破天荒地在6点左右回到家，小姜也兴致勃勃地说要赶紧做完作业，他和同学商量好了，要为参加世界杯亚洲区预赛的国足加油。

气氛有些热烈，作为主厨的我不得不加快动作让全家尽早吃完晚餐进入下一个环节。

其实这些年来我基本不主动看球赛，而是被动地跟着自称"资深球迷"的老姜看。有时在办公室偶尔说漏嘴说老姜看中超中甲之类的，被男同事笑说："这年头还看国内联赛？！"因此，我也笑过老姜，但脸皮颇厚的他面不改色心不跳地说："我愿意。"

言归正传，作业一写完，小姜同学就跳起来说，"吃零食喽。还要泡咖啡奶茶……"我极诧异，为什么看球赛要搞这么多东西？小姜得寸进尺了："我们家有啤酒吗？"

晕，谁告诉你看球赛一定要零食啤酒侍候着的？

他不管，吃了两块饼干喝了一杯奶茶后，他撑得胃痛了，靠在我身上哼哼直叫。稍微好点后，他拿起去世界之窗秋游时买来的望远镜看球赛，调到合适的清晰度让我观赛，嗯，果然不一样的视觉效果。不一会儿，又拿着我的手机录像，后来重看录像发现全是我和小姜的尖叫声。

当一守门员拿着球发大脚球时，小姜蹦出一句话来："这是越位球吗？"

我和老姜大笑起来，我说："你这个伪球迷啊。"话毕我跟他解释起越位球的具体规则。单从理论上讲解小姜不能理解，后来我用实物为他摆出越位的情况，他点头了，不过也不知道真懂了没有。

中场休息，小姜第一时间给同学打电话，可能听爸爸妈妈侃球了，他在同学面前分析得头头是道，说中国队只打一个前锋，郜林状态不错，不过可能伊拉克会赢下这场球……

侃完了，下半场越看越没意思，又恢复国足以往的风格了，回传，回传，再回传，我笑言："你们不觉得××球霸回传球时的动作最潇洒吗？"转而又跟小姜说："你现在知道为什么你小时候老妈不让你学踢球了吧。"

小姜第一次全神投入地看球，国足在多一人的情况下，0：1输给局势动荡不安且经费捉襟见肘的伊拉克队。不管怎样，中国男足亲手将自己的2014年巴西世界杯之旅结束了，亚洲二十强也很快与他们挥手告别。

老姜和小姜很挫败，我则埋怨老姜："为什么要拉我一起看？弄得我好好的心情被搅坏……"

赴宴记

下班已是凌晨1点,归家进门,发现家中依然灯火通明,老姜和小姜各自上网看电视好不精彩,颇有周末嗨到底的阵势。小姜殷勤地迎上来,给我递上老姜带回来的乳鸽,我被这浓烈的周末氛围感染了,随口一问:"俺家有酒吗?"

老姜一脸谄媚地说:"老婆,是不是和光明乳鸽一样的味道?"

乳鸽餐结束,便开始聆听小姜去豪宅的赴宴记了。那豪宅是本小区内的复式,一层有巨大的投影,二层用来健身,有电脑和iPad玩,有鲍鱼吃,有巧克力等无数零食,这样的聚会,令前去的十来个同学激动不已。

有一个新同学我还未见过,据说英语很厉害,这学期一来就是科代表。其家里之有钱,许多小孩回家都跟父母说过。

小姜回来说,同学家装修漂亮,苹果手机人手一部,零食任意吃,几部电脑和游戏机任玩……还有两个保姆。

我问他:"羡慕吗?"他点头,然后又摇头,我说他虚伪。

家长会结束后

每每家长会归来,小姜老姜必定会在沙发上端正而坐,细听返家的我展开笔记本,一一道来老师对小姜平时表现以及对学习情况的总结。

还是中规中矩,不是拔尖类,也不是落后分子,在中上游水平悠闲晃荡着。情商高于智商的小姜不知道我和老姜心里的着急:您老人家就不能再往上走走?把小学基础打好,读初中时能厚实点儿。

可我不能表现急躁，我一急他更会急。就这样吧，咱该吃肉时还吃肉，该运动时还运动。突然想起来一件事，昨晚小姜的英语老师一亮相，哇，阳光小伙一个，真如小姜的作文《我的老师》里写的那样："黄老师有着刘德华那样高高的鼻子，姚明的国字脸，给班里带来了一股阳刚之气……"当时看了我心里还嘀咕了一下，有这么帅气的老师？真人一出现，果真令家长会现场发生了一些小骚动，接触女老师多了，男老师给人的感觉确实是不同一些。此时，我心里暗暗窃喜了一下：我的儿子长大后可能也会像这位老师一样高大威猛、阳光灿烂。

洗碗记

洗碗逸事，有一点点搞笑。

过去不久的一个周日中午，我与小姜、阿宝三人在家喝粥，我熬了一个上午的排骨粥。喝到第二碗时，单位吴主任来电说："找张姑娘一起出来吃饭吧，去沙井。"推脱不掉，我就赶紧问两个孩子："谁洗碗？只有四个。"

当时他俩都犹豫着，我走之前还没有一个结论。如果平日只有小姜一人，那他肯定是冲在前线的了，但此时阿宝也在，他就要摆摆谱、耍耍滑头了。

第二天我问小姜是谁洗的碗，小姜说，他用洗洁精洗第一遍，阿宝第二遍冲水……话音刚落，他突然拍着脑袋一副大彻大悟的样子："哦……怪不得洗完碗后，去上网时右手连拿鼠标的力气都没有了，而阿宝还有力气一边看电视一边玩玩具，原来是我洗第一遍碗比第二遍冲水要辛苦得多。"

第一辑／亲子时光　　105

我无语了，被他的话噎着了。儿啊，不就是洗四个碗吗？

还有一日，中午我先吃完饭，然后立马上班去了，留下碗筷让他洗。晚饭也是他煮的，我回家后再炒菜。米的分量和水量都很准确，我表扬了他。

晚饭后，我伸了伸懒腰，故意夸张地说："儿子，这回你可千万别跟我抢着洗碗了，你再争的话我跟你急！"

我的话让小姜捧着肚子笑了，他说："老妈，我再跟你争的话，连我自己都鄙视自己了……"

我说："我就喜欢你鄙视自己！"

中等生的作文

命题作文——"美好的愿望"，老师很抬举，给了小姜满分。我初看时很是惊讶，要知道，平时周末作文，都是我先跟他聊聊大概方向和中心思想，然后他打草稿我做修改，最后他工工整整抄在作文本上。那时得 A+，有老师赞扬的评语，我们都觉得是有家长指导的缘故，不足为喜。但这次考试，他完全是自己的思想自己的文笔，这让我喜悦了一小会儿。第二天清晨，我猛夸他，他讶异道："老妈，你不会是喝酒了吧？怎么说话颠三倒四？我觉得写得像流水账啊，不值得高兴。"

嗯，胜不骄败不馁，这样的儿子我喜欢，虽然他老挤不进出类拔萃的那一类。面对身边的高智商同学，小姜始终很淡定，不卑不亢，走着自己中等生的路。

以下是小姜四年级期中考试作文。

美好的愿望

我有一个美好的愿望,那就是世上再也没有残酷的对决,没有血腥的厮打,没有战斗的号角,但世上始终有一个道理,那就是:胜者为王,败者为寇。有些人认为只有战争才是真本事,但是他们错了,和平虽然不酷,但是只有和平才可以让世界平静下来。

如果你喜欢战争,并且去参加的话,它将像恶魔一样夺去你的生命。要知道,一把枪,能杀死很多人;一颗子弹,足以打死一个人;一把刀,可以沾满许多罪恶的鲜血。而和平,却会让你去仔细"品尝"每一天,不会因为战争而惊慌失措,每天搞得人心惶惶。

如果可以,我想回到第一次世界大战之前,让各国和好如初。战争,与打闹不一样,而是残忍地互相厮杀,只有和平才能定人心。对决,就像野兽间血腥的撕咬,不是你死,就是我活。战争就是死神,冷酷地夺走一切生命。有些人,为了霸占领域不择手段,可以为了欲望失去一切,甚至生命。每当贪婪靠近你,你眼里只会有无穷的欲望,战争可以给你带来一切,或让你失去一切。

或许这是一个梦,也可能是一个事实。如果真是一个梦,我宁愿不醒来。如果是事实,我将另眼看待整个世界。我希望可以实现这个愿望。

他穿上了我的新鞋

我新得了一双耐克鞋,款式偏中性,脚感没得说,舒服轻便。今早突然想着让同穿七码鞋的小姜试试,也许过不久他的脚猛长,七码也会显得挤了。

他受伤的右脚还裹着护脚腕套，费了些劲才穿进去，走走，跳跳，他立刻爱上了这双鞋。

虽然母女一样尺寸的脚有许多，但母子同穿一双鞋，感觉很是奇妙。

现阶段的小姜，在飞快地长大。

欢迎挫折和困惑

慢慢放手，安静陪着，一起走过。

听了朋友一席话，我有些醒悟，也许那些话是尖子生父母说给普通孩子的父母听的：不要太在意成绩了，快乐就好。反抗过，挣扎过，不甘心过，觉得那是尖子生父母站着说话不腰疼的结果，后来几天里，脑筋慢慢地转过弯来了。何必太在意分数，分享其他的快乐最好。

会把自己在杂志里看到的好文章，或是小姜感兴趣的人和事的文字折起来留个记号，放到茶几上，不在家时给他电话，告诉他书里哪一页有你爱看的文字。他比较留意关于日本的事情，我上个星期就把《中外文摘》里一篇《日本人眼中的外国人》给他折好，估计他会喜欢阅读，果然他很喜欢，并且和我一起分析为什么日本人看不起美国人和英国人，却偏偏敬重德国人。小姜还爱看漫画，意味深长的漫画，虽然自己画得不成规矩，但画里的文字"嚼"来很有意思。每天《晶报》里的漫画我都会看后抽出来，放在显眼的地方留给他看。

昨天开了个家庭小会，总结小姜四年级以来的变化。学习上，大人不用像低年级时一个字一个字盯着看了，周末也不用催着他完成作业，他自己心里有数，做完作业才可以放心地玩。单词背诵也是自己过关，大人有时间就听写抽查，没时间就自己背。周末写作文他太依赖我，总要我先讲讲重点的要素，打草稿让我修改后再写到大作文本上，后来我发现他单元测试时的作文写得很不错，没有我在身边，他发挥得更淋漓尽致，思路很开阔，就是错别字多了些。

生活上，基本上可以脱离父母自己独立生活了，就是夜深人静时会害怕。开始有很强的自尊心，不愿意去亲戚和同学家吃午饭了，说不好意思，宁愿自己叫外卖。

有时候很庆幸，因为有许多我解决不了的事情，也不愿意想办法去逗儿子开心，就推给老姜，让他去挖掘儿子愁眉苦脸的原因。有一次，儿子睡前捂着被子在哭，我听到声音觉得好奇怪，但赖在电视旁不愿意动身，就让老姜去问。

经过老姜耐心询问，原来是儿子没能进入班上的足球队，原因是他技术不好，而所谓的"足球队"就是下课后一伙人踢小小的饮料瓶盖。这让小姜很沮丧很伤心。老姜开导他："儿子你不跟他们比足球，跟他们比学识、比阅读，把你看过的书和知道的知识说给他们听，他们就佩服你怎么知道这么多东西。要拿自己的长项和别人的短项比，而且羽毛球你也比他们厉害。至于足球，让妈妈教你几招就行，教你过人、传球、射门。"

第二天，小姜很开心，一蹦一跳地放学回来，说用老爸教他的计谋让同学们心服口服，并且他们还发了球赛券给他（就是几张白纸，写了××球赛）……成长路上的小故事还有很多，十岁的小姜，仍然童真无限。

困惑也是扰人的。儿子问："为什么我作文每次都是 A+，作文之星却轮不到我呢？"我说："可能你们班绝大多数的人都得 A+，总体写作水平不错。"

儿子喜欢英语黄老师，觉得他有着与女老师不一样的阳光帅气，可他困惑："为什么黄老师教了我们一学期，他还是记不住我的名字？每次叫我回答问题，都还说穿着什么颜色衣服的同学呢？"这让我有点无奈，老师连最起码的记学生名字的能力都没有，我不知如何解释。而得不到自己喜欢的老师的尊重，让小姜有些泄气。

无须抗拒挫折和困惑，它们会让我们更坚强。

放手的是学业，更多关注小姜内心的成长以及与之精神上的交流。行走的力量很强大。2012年初，我们又走在旅行路上了。

春天的儿子

年后，初春，夫妻俩节目安排格外多，但不管怎样，晚上是绝对在家和小姜一起的。

小姜话特多，带他去同事小余家吃饭，老想插话和我们一起聊天，不怕生，话题是我们出行的所见所闻；吃肉多，鸡翅乃其最爱，把主人家一盘鸡翅都吃掉了；爱讲笑话，我没笑时，他自圆其说："这是我们小孩爱听的笑话。"

如果中午没见到面，那晚上的话就会有一箩筐那么多。我煮晚饭，他守在厨房外面跟我讲话，我说你先冲完凉再讲吧；吃晚饭时他有许多话讲，我说你快吃完做了作业再讲吧……直到在床上陪他说会话，才能静下心来听他讲一天学校的见闻。

上周小姜的一篇游记见报了，班主任很高兴，让全班同学向他学习，并且隔壁班的同学也向他打听这件事，小姜自然士气提高不少，表示要多写点高水平作文。但他很清醒地知道，同学们反应强烈不是因为他写得好，而是因为在报纸上发表了。

一次由爬山引起的小脾气，三人平静下来总结原因，觉得这本来是件小事，无须小题大做。最后小姜的见地是："以后当我六神无主无从选择时，要不就沉默，要不就让妈妈来帮我做判断。"得出的经验是：迷茫之时，需要冷静。不然血压会高，情绪也会伤。

不能不记的易蒙停

话说前晚夜黑风高之时，小姜出小区帮我买止泻药，一去就是二十来分钟，令我有些担忧。

后来他空手而归，说阿婆所说的同仁堂里这种药刚卖完，明天才有货。他不甘心，又骑车找了几家药店，还是没有货……此事我也没放在心上了，因为肠胃很快好了。谁知过了一天后，今天下班回到家，儿子指着茶几上的两盒药说："老妈，我用自己的零花钱给你买了易蒙停。"

啊？我一激动，把包一扔，上前就去抱我那表情云淡风轻的儿子。老姜在一旁看得妒忌了。

晚饭时候，我还在念叨这事，但他们父子都不当一回事的样子，倒显得我小题大做了。

但是十岁的小姜这次确实让我感动了。记之。

上周日和他同学妈妈聊天，说起一些我们家人出行的好玩之事，她深感遗憾，虽然她儿子成绩优异，科科第一名，对自己要求很严格，但是精彩的成长故事太少了，能值得一说的除了考试比赛得奖，其他的都是平淡的，只顾每天掌握新单词、抄好词好句。这个沉稳优秀的小男孩总是不愿意被人超越，被超越了心里就很失落。

成绩中等的小姜人缘很好，同学甚至他们的家长都喜欢和他交朋友，和他谈天说地。所以我宁愿他综合素质全面发展，而不只是纯粹的学习好榜样。

这样成长着，不去预想将来他是否还会这样对我好，不去想他有个怎样的未来，当下的儿子已经让我很舒心了，尽管我又要上班又要回家做家务，累点也值得。

小姜在楼下和同学玩捉迷藏，真的想大叫一句："伦伦，你妈喊你回家吃饭啦！"碍于形象，我只看没叫，看他在小树林里来回奔跑找人也挺好玩的。

惊喜

千禧后的小姜在如流的岁月中慢慢长大，很多变化令人猝不及防，身材的高度与宽度不断增加，脚板仿佛一夜间猛长到要穿九码鞋，音乐欣赏方面也涉及嘻哈之类。但我从他的写作中发现，他的思想有了一定的深度，这一点令我讶异、惊喜。

事情经过要从期中考试的语文作文说起。当天考完后他和我聊天，我听说他将命题作文标题写成了"我渴望战争，这只是一个词组"。我蒙了，哪有这样的标题？

也许是他的表达不对，也许是我听错了，看我急了，他没解释，沉默。我说了两句也没继续，后来老姜也觉不妥，问："为什么要渴望战争？"

直到试卷发下来，我一看作文得了满分，再细看内容，原来他叙述了战争是侵略者必要的手段，是这个世界无可避免的事实后，在每个段尾都着重强调："我渴望战争，这只是一个词组。"

一共强调了四次。最后一段写道:"战争与和平是并存的,我渴望战争,但更渴望这是一个和平幸福的世界。"

写战争是因为他去年在韩国看到了三八线,了解它的意义,而今又在报纸和电视上得知朝鲜蠢蠢欲动,那天他爸爸特意翻开了留给他看的通版报纸。

我跟他道歉:"儿子,妈妈要奖励你,一来为那天跟你着急,二来这作文确实是花了功夫写的。"他提出要我送两本漫画书给他,加起来不到二十元。上午在当当网买了书,下午就送到他手上了。

"五一"假期,语文老师布置的作文是"热爱生命"。闲聊着,儿子说:"我打算用归真堂活熊取胆这个题材。"

正端着平板电脑逛淘宝的我怔住了,抬头望着他说:"你老师上课讲过这件事吗?"他说没有,是看报纸看电视知道的。我赶紧把平板电脑往他手里塞,说:"你再了解一下相关的数据,看些视频,抓住生命和热爱两个关键词,然后就写这个题材。"

尽管最后老姜觉得语言还待修饰,但我觉得已经可以了,四年级的小姜,能够将视野放到社会时事这方面,已经很令我们惊喜了。从小培养阅读习惯的好处就在于此,有一天,当你发现他的思路不再跟着你走,那是因为他真的开始成长了。家里每年都订阅杂志,他每天看一篇后打个钩,科幻自然、人与动物、名人故事等,看完就和我分享,闲暇时候我们一起在家看电影。我知道老姜总感动于我们母子相伴的时刻,这次他外出来电,言语中总是充满着想念。

我渴望

古今中外都发生过许多的战役。曾经，中国有许多勇士，为保家卫国而牺牲，是为了什么？因为一个词：战争！我渴望战争只是一个词组，可战争就是一个现实，一个残酷的现实。

说到战争，曾经，人们学会了与野兽格斗，形成了一个战斗的形势。多年后，人们变得贪婪、自私，互相打斗，形成了竞技。每一场竞技结束后都有战利品，败者差不多都残疾了，有些还在竞技场上阵亡。后来，人们变得非常好胜，随之去侵占，建立自己的殖民区，这样才显得自己非常强大。这种竞技让多少无辜的人卷进这个只会让人丧命的竞技场中。所以，我渴望战争只是一个词组。

战争中丧命的不只是大人、军人，还有许多孩子和牲口，那些存活的希望随时可能消失……想到这些，我不禁泪流满面。残暴的军官用无情的子弹瞄准每个人的身体，感受杀人的乐趣，可这样会非常"疼"，所以"我渴望战争"只是一个词组。

无情的子弹、残暴的侵略者等，只用战争就能代替，战争与和平是反义词。我有一个渴望，每个战场上的战士都有这个渴望。我们希望，战争只是一个词，让战争这个词不再是现实，让人们拥有幸福快乐的生活。

教师点评：

这是一篇期中考试作文，是一篇令我欣慰的文章。小小的孩子，对战争的体会是这样深刻，对和平的渴求溢于言表。这是一个关注时事、关注社会的孩子的呼声。我骄傲，我有这样的学生，或许二十年以后，他会成为联合国秘书长，那么，世界就真正太平了。

母子信件

母亲节已经过去一个星期了,这封信掉在家中的某一个角落,总是找不到。直到这周末老师布置了要交书信的作业,老姜才翻箱倒柜地翻了出来。

此时此景甚是温暖。记之,留之。

妈妈:

谢谢您。十年来,您和爸爸教会我怎样做人,教我知识,我却一直身在福中不知福。母亲节到了,我也懂事了,也会去分担家务了。所以我想对您说:"妈妈,谢谢您。这些年来我令您操心了!我一定会去分担一些我力所能及的事情。我一定认真学习,让您不再担心我的成绩。"

妈妈,对不起。当我叫您帮忙时,你马上出手帮我,而你叫我帮忙时,我却嘟起嘴巴,摆出脸色给您看,让您生气了。

妈妈,谢谢您。您用努力换来我的幸福,我会让您更少操心,愿您快乐常伴。当您身边的朋友发生了什么事情时,您总是会先想到:"如果我也发生了这样的事,凯伦怎么办?"这使我非常感动。

今天是母亲节,我想对您说一声:"妈妈,谢谢您!虽然我没有礼物送给您,但我的祝福是真诚的,我不会再让您担心了,我一定会听话。"

爱您的凯伦
2012 年 5 月 13 日

儿子：

　　看完你的信，妈妈心里很欣慰。虽然昨天你的行为让我很生气，但后来你用行动承认了错误，并且在信里你也发自内心地道了歉，还知道要帮大人分担力所能及的家务了。

　　其实你已经是个很懂事的孩子了，爸爸妈妈工作忙，早出晚归，让你一个人在家做功课、帮忙煮饭，你煮饭的技术越来越精湛了，甚至比妈妈煮的饭还好吃，所以妈妈也要谢谢你！

　　儿子，妈妈的厨艺不精，经常让你吃难以下咽的菜，但你从不埋怨，还是照样吃得津津有味，只有一条规矩让我必须记住，那就是不吃剩菜，因为你觉得吃剩菜会影响身体健康。这个妈妈记住了，并且会努力做到。

　　儿子，和你一起成长，是爸爸妈妈这辈子最幸福的事情。这周末我们全家去惠州度假的路上，我们像往常出游一样，途中玩成语接龙，效仿江苏卫视《一站到底》的节目规则，玩知识问答游戏。这一次你说了一些令我们惊喜的话，你告诉我们，这个世界上有五大神秘生物：野人、尼斯湖水怪、巨蜥、恐龙和天蛾人。尽管你说这些生物的存在还有待专家们探究，但你小小的脑子里盛满了对大自然生物无限的好奇，足以表明你是个多么热爱生活的小男孩。你还说了日本海女坚持不用潜力器下海寻找珍珠的原因……

　　你开始流连于书店而忘返，一有时间便往知百味书店里钻，捧着你喜欢的书籍看得如饥似渴……四年级，你身上开始有令我们不断惊喜的东西出现，而这种惊喜，爸爸和妈妈非常喜欢！儿子，我们一起加油！

　　愿我亲爱的孩子永远健康，开心！

爱你的妈妈
2012 年 5 月 13 日

小男孩的天空之城

不记得从何时开始，家中十岁的小男孩对音乐愈发关注，从周杰伦的《双节棍》到林俊杰的《杀手》《曹操》，那时我当他是流行歌曲的发烧友，不曾在意。直到有一次从弹钢琴的同学家回来，他告诉我，他听到一首很美的钢琴曲，并且喜欢极了——理查德的《梦中的婚礼》。我突然一喜，原来经典音乐他也喜欢。再后来，他不断有自己的音乐发现，这些发现带给我惊喜，让我也享受他介绍的动听音乐。

那是一天中午，放学归来的小男孩一进家门就兴致勃勃地问我："老妈，宫崎骏你是知道的，那你知道久石让吗？"我还没来得及回答，他又说："上午第四节音乐课，老师让我们听《天空之城》，很棒的音乐，介绍给你听，你也会喜欢的。"

没容得我思索，小男孩很快从电脑里找出了这首曲子。于是，这顿午饭与十岁的小男孩在久石让的《天空之城》中度过。客厅里一直回荡着这段带有淡淡忧伤的音乐，就像小男孩讲给我听的动画片《天空之城》里的故事一样，音乐即使有些凄美，但仍充满憧憬、向往、奋进和不屈不挠，明知是悲剧的结果，亦义无反顾、勇往直前的精神……

不仅小男孩迷恋，我听后也被深深吸引了。后来一遍遍听，一次次哼，悠远的旋律犹如悬空的山谷，令人思绪飘浮其间，继而回荡不止……

宫崎骏1986年的动画电影、久石让的经典音乐，让千禧后小男孩喜爱至极，这不能说他仅仅是对音乐痴迷，原来发现美好并且勇敢地展示才是童真的本质。洗澡时他肆无忌惮、自我陶醉地哼唱，歌声响彻浴室，并且盖过了厨房里的锅碗瓢盆声；上课时他小声地哼，回家后还告诉我，有些同学也跟着他哼唱……随时随地唱，令他那开始厚实的胸腔激荡澎湃了。因为喜欢漫画，所以看宫崎骏，听久石让，他发现音乐原来是这么魅力无穷。

他告诉我，听着《天空之城》，有种自己飘浮在空中城市的幻觉。而动画片《天空之城》的结尾恰恰就是这样，柔和凄美的旋律，仿佛身处于梦幻般的城市……这样的片段让小男孩的眼里绽放光彩，有忧伤，更多是遥想。当我们母子二人一次次在音乐中沉默时，一丝丝的感动也弥漫至我心头。

虽说这只是一段音乐，但我更愿意称它为小男孩的记忆之声，也许不会长久喜爱，也许这段音乐之行短暂如烟，但它在小男孩的童年记忆里绽放过光彩。无声的激荡，是思绪在飘浮；轻轻的哼唱，是情不自禁的喜爱……而这也是属于小男孩自己广阔辽远的天空之城。

既生姜，何生赵

小姜竞选小队长的名额被同学赵天顺所得，心情欠佳的他仰天感叹："既生姜，何生赵！"而后两行热泪潸然而下……为此，我还与同事双丽在饭堂就这六个字讨论了一番，只因我说就三国里的"既生瑜何生亮"而言，这是贬义的，因为周瑜是嫉妒诸葛亮的，这种人心胸狭窄。忘了双丽说了什么，一旁另一名同事倒说了许多，大概是说要因人而异。

而后我们一家三口商讨这件事时，小姜明显气场弱了，因为看电视剧《三国演义》时，我们都觉得周瑜的智慧不及诸葛亮，却处处在比较，而且还不服气。想起几年前羽毛球赛陶克非又输给了林丹，媒体大大的标题是：既生陶，何生丹。

当时我和小姜都笑了，觉得引用得很恰当，没想到时至今日，我的儿子也要说这悲情之语。我觉得很有趣，需记之。

"六一"将至，小姜又要开始跑场表演了。但这次他放弃了主持，并推荐同学做主持人，借口是自己有过舞台主持经验，要让给"后代"去体验。我笑了："后代？是后辈吧。"我又纠正他，"同学就同学，说得你自己资历多深一样。"

被推荐的同学及其母欣喜不已，但还是想拉上吾儿一起站上台。一度我也在纠结，为什么别人想上都没机会，活动中心老师找上门来要吾儿去主持，他却还要放弃？锻炼对一个孩子来说多么重要。我想试图说服他，但挣扎过后很快便放弃了这个念头。既然不喜欢就不勉强了，免得日后他更抗拒。机会和锻炼固然重要，但他的选择更重要。

周末，我一转身发现父子两人以同一个姿势躺在床上，很惊讶地发现，儿子好像比老姜还要高了，才发现日子向前走得太快了。

校园如此多娇，让学生竞折腰

"校园如此多娇，让无数学生竞折腰！"小姜同学在学校又被罚了，于是发出了这样的感慨。

此时，他正紧锁眉头在房间里奋笔疾书，被语文老师罚抄两课寓言故事，接近千字。本来今天轮到他洗碗的，看他忧心忡忡的样子，我就免了他一次家务活。其实让他抄书练练字，我心里挺高兴的，本来午饭后就是练毛主席诗词的时间段。此次被罚因为已经报了名却没去新湖中学参加宝安区英语单词大赛，被放了

鸽子的班主任很生气，所以后果很严重。昨天中午我是很支持他去参加比赛的，考场就在家门口，去年在别的学校比赛塞车都赶着去。但当他打电话找同学一起前去时，联系的人不是没报名就是没在家，他自己又说了句，英语老师知道我参加了鼓号队，说我可以退出比赛，免得时间冲突。

既然这样，我们也没勉强他。谁知事后语文老师说一律不放过没请假的同学。于是乎，中弹了。

说起被罚，上一次英语作业漏做一项，罚抄句型二十页，直抄得他头都抬不起来了。我实在看不下去，出手帮他抄了十页。

小姜上学至今，我已有两到三次帮他抄作业的行为了。皆因不想他被罚抄到厌恶读书。全家天马行空闲聊时，老姜说："日后儿子令我们大跌眼镜真的成了拔尖分子，那我们可以骄傲地说，这是老妈帮忙做作业开放式的家庭教育所致；倘若成了不折不扣的后进生，那也不能怪他，是你娇宠的后果。"

其实我们心里是没底的，未来怎样不敢多想，但小姜作为一名男性，我一直支持和尊重他的决定，并且多以他的意见为最终决定。因为我希望他做一个有主见的人，而不是唯唯诺诺、左右摇摆的男孩。

工作很累，有时趴下了就不想站起来，但想到小姜，内心就会坚强和柔软起来，活着不是全为了孩子，但孩子在你最苦最累时是鲜艳的彩虹，只要看到他，不管多灰暗的心情都会亮起来。

午餐时，我们娘俩讨论起了辩论赛，我告诉他以前老妈在学校时是辩论队的四辩，曾经有个辩题是"人不为己，天诛地灭"，我们是反方，但是最后输了。这引起了他极大兴趣，于是后来经常出些题来母子辩论，我让他最好能够引经据典，用经典例子或名人故事来印证，这就是辩论时最有力的反驳。晚餐时，我和老姜都又饿又累，无力多说，就听小姜喋喋不休……就这样，与小姜一起的日子走到了他人生第十一个年头的夏天。

这个秋，碎碎念

尽管只是五年级，但身边一股强烈的初中风吹得我们不知所措，朋友们的孩子上初一，宝中、考试、分优差班、午托……听着诸如此类的话题，我这颗之前尚还冷静的心也开始躁动。路何其远，心却只能躁不能动。既来之，则安之吧。

这个初秋，碎碎的片段，碎碎地记：

梓鹏，四岁洗碗

如果不是亲眼所见，没有谁会相信这个调皮捣蛋的小男孩会独自承担起洗碗的任务。梓鹏站在小板凳上，一个个擦碗，很认真。

小姜说，梓鹏会洗碗，我是绝对相信的，他那么爱劳动。

大肥和二肥

这个十分久远的称谓，源于小姜的一句话。他说："妈妈，我觉得你们五朵金花，你和霞姨最胖。"

当时我正走在小区里四处无聊张望，一听此言，我回头盯住他，笑了笑说："你果然好眼力，想当年，你知道霞姨叫什么外号，我叫什么吗？她叫大肥，我叫二肥。"

馨月娘，听到这称谓，可亲切否？

不再跟班的柯老师

柯老师，是个毫无争议的好老师，教语文有方法有经验且有成功的例子。根据过往事实，但凡好老师，都会离六班而去，柯老师的离开也验证了这条四年来不变的道理。能记住的好老师不多,但在小姜心目中,柯老师在文学方面给他带来了很多帮助。

暑假的进步

思想和视野的进步,尚无结论,天天唠叨着的吃饭不剩饭,倒是已经有了明显不一样,从以往像鸡啄米粒似的四处散落在桌上或遗漏在碗里,到现在的碗里一粒不剩,这个表扬可以有。对家庭有了责任感,见客厅地下有吹落的纸屑会弯腰捡起来。洗碗除了把碗洗干净外,其他的锅也会洗干净。

多吃点

小姜说:"老妈,你总是让我多吃点苦,我做到了前面三个字:多吃点。"

引得我和老姜大笑一番。

关于五华

中秋国庆的去处,小姜很为我着想,并且提建议:"要不我们回五华吧。"我笑了笑说:"你娘我都不提这件事了,你还说来干吗!"

因为提多了却没去实行,最终我选择避而不谈。但心里是感激儿子的,他知道我的愿望。

离别伤情

阿靖回去前晚,小姜说我们去阿婆家吧,我没同意,因为最害怕离别。第二天下午,小姜给阿婆去电问:"怎么不过来我家呢?"阿婆在电话那头说什么我不得而知。

我问小姜:"阿婆为什么不过来?"他说:"可能阿婆还没从阿靖回老家的情绪中调整过来吧。"

确实,我们一家都有离别恐惧感。记得少小离家时,母亲和妹妹凌晨摸黑送我去车站,心里很悲伤很沉重……

午间一席话

中午，儿子推门而进，一看他清凉穿着，我傻眼了，说："送你两个字——无语。"

他说："回你四个字——一时糊涂。"不过很快又说，"一世糊涂。"

我说："再回你四个字——难得糊涂。"

后来被阿婆一通骂，别的家长都要送衣服去学校了，他还把外套脱了放学校。

饭间，儿子说了一件他很气愤的事情，臭名远扬的坏蛋同学往他笔盒里吐口水。随后他又自嘲："岳飞都能忍受胯下之辱，这点小事我还是不会放心上的。但是，就像鲁迅先生说的，不在沉默中爆发，就在沉默中灭亡！"

我问："岳飞受过胯下之辱吗？"他笑了笑："好像有，不记得了。"

最后小姜对此人此事做总结陈词："不管怎样，我长大后肯定比他要……"我以为他要说有出息，谁知他接着说："要正面得多。"

二次从军记

鉴于去年第一次军训没带手机、格外想家的教训，这次我特意往小姜背包塞了部手机，关好机，嘱咐他等到晚上教官没在时再偷偷给我们打电话，谁知当天下午就收到学校短信：出发前，手机和MP4被没收了。

第一辑／亲子时光

小孩不在家的三天，家里没开火，召集平日没时间聚餐的同事了结心愿，逛街逛到多晚都没牵挂……后来，小姜回来后问我们："我不在家，你们很开心吧?!"

老姜回答："老妈牵挂你，不知道你过得好不好。"三人大笑。

确实是这样，第一晚，试着打他手机，关机了。

第二晚，十点多，有一个陌生的未接电话，心里狂喜，莫非是儿子借谁的手机打来的？其实是一个亲戚打的。问黄不了妈妈："孩子军训去了，你感觉如何？"她答："很无聊啊！"

第三晚，是到儿子同学家见面的。小姜张开双臂，在门口大喊："老妈，我回来啦！好想家！"声音沙哑，黑了瘦了。

然后就开始侃侃而谈训练基地里发生的趣事，其实出发那天他还拉肚子，发着低烧。

晚餐，一家三口吃着爸爸炒的家常菜有说有笑，儿子突然沉默然后感慨："还是家里好啊！"

经历了劳累颠簸及想家，小姜写了很长的作文，情真意切，草稿上一个字都不用改。

"7890"自助游西安

所谓"7890"，是70后、80后、90后、00后。

关于结伴者

根据多年的旅行经验，能找到称心如意、互相容忍和迁让的旅行结伴者是一件不容易的事情。但这次的西安自助游让人觉得很愉快很舒服，且归来还久久回味。

小姜，即将年满十一岁上五年级的小学生，从两岁半第一次跟着我们海南自驾游的无理取闹到今天，性格依旧开朗外向，能说会道，但也暴露了不少缺点，有待改正。在西安的最后一晚，我语重心长地把他五天里的表现总结一番，并告诉他，妈妈有话不愿意憋在心里，喜欢及时交流沟通。他说："有道理，看我以后表现吧。"思桐，十三岁的即将上初二的河南籍男孩，阳光幽默，树立大哥哥的榜样，多次指正小姜的不对，一路唱着张雨生的歌并深深打动了我们；小马，二十六岁，性格非一般地直，理性沉着，包容性很强的暨大研究生，我很喜欢她，说不清楚喜欢她哪方面，她总让我觉得心疼。

关于景点

除了陕西省历史博物馆是免费的（但排队用了将近两个小时），其他的上城墙及在城墙上租单车骑、大慈恩寺及寺里面的大雁塔、大唐芙蓉园（欣赏园内音乐喷泉较好的位置）、钟楼鼓楼、骊山及索道等都是要门票的，但十六岁以下的小孩参观兵马俑是免费的。所以，这个旅游城市是无票不通行的。

华山，也许是思桐和小马一生难忘的记忆。我极度畏高，主动放弃前行，小姜倒是跃跃欲试，但我了解他爬宝安公园都是嘟嘴不乐意的，又怎么能登上单程五六个小时且又险又陡的华山呢！最后商议分批行动。年纪最大的我是愧疚的，因为既然同来就要一直结伴同行，他俩都是小孩子，我心里很不放心。可即使去到华山坐索道，我们十几二十分钟就结束了，也等不到他们下山。

他们不断地猜拳、抓阄，决定思桐和小马最后要背着红牛、朱古力、干粮等前往华山。他们上山下山将近用了十二个小时，小马来电告诉我，他们坐上了回西安的大巴，但已经筋疲力尽了。当晚思桐爸爸到达西安时，不停地称赞他们，说想不到他儿子有这么顽强的意志力。

关于回民一条街

五天里，回民街好像是我们的厨房，饿了就往那里钻。我们下榻的钟楼邮政酒店步行至回民街十分钟不到。

思桐说，跟着马姐吃面，跟着小姜吃羊肉串。小马除了爱吃biang biang面（此字很复杂），见到羊肉泡馍、肉夹馍也是两眼放光，喜爱有加，还说要带回河南给其母亲吃。

爱吃羊肉串的小姜明显又胖了，回民街的羊肉串很地道又便宜，让他每餐都嚷着要吃，但我们及时制止，特别是我，老拿思桐哥哥的身材跟他比，说他太胖就不好看了。而本人对这条街没有特别的嗜好，吃得下但没有特别爱吃的，除了街上随处可见的两元一杯的酸梅汁。肉夹馍对于我来说，就着稀饭还能吃下去，要不会太硬，我不爱。凉菜系列倒是很喜欢吃，一有机会就要点。

关于西安女孩

这个女孩是这趟行程非说不可的一段故事。她是思桐爸爸西安朋友的女儿，才十三岁，这个北方女孩的个子就快一米六五了，身材结实，皮肤很白。第一个让我们惊讶的举动是，他爸爸车里已经坐了五个人，容不下她了，小女孩主动打开后车厢，自己蜷缩在车厢里，我们总问她累不累之类的，她都是微笑摇头。

后来到了餐馆，她又买饮料，帮忙点菜，倒酒倒饮料，一直落落大方地和我们交谈，菜没怎么吃，总是进进出出帮她爸爸联系司机来接我们。回酒店的路上又指挥着司机看路，那负责任的态度根本不像是读初二的女孩，倒像是出来社会参加工作已久的小秘书。

女孩的待人接物不仅让我和小马称赞不绝，连两个小男孩也不停说，太成熟了！

关于心情

每每从回民街往住处走时,都会经过钟楼旁的金花广场,走得腿脚酸累的我们就坐在台阶上聊天,迎面吹来习习凉风,煞是舒服。

思桐唱张雨生的《大海》《我的未来不是梦》《天天想你》,那音质,听得我们都陶醉了,更让人想不到的是,这个男孩还会唱《黄土高坡》。我一边拿着手机录像,一边也跟着他唱这些年月已久的歌,小姜在一边配舞,小马则看呆了眼,最后也毫不示弱地放声唱起民歌来。

行人来来往往,我们嘻嘻哈哈地放肆歌唱,谁也没觉得这是一群不正常的人。

小姜唱他喜欢的林俊杰的《曹操》《杀手》,思桐依旧是主唱,光芒四射,还跳着刚学来的街舞耸着肩……

这就是我们的旅程,美妙的歌声一直是主打。可爱的孩子,加之小马渊博的知识,很轻松地走在路上。经常觉得外出行走,前往什么样的城市是次要的,优秀的结伴者和好心情才是高质量旅行的关键。

旅行最能体现一个人的素养,这样的素养与文化高低无关,与身世、贫富无关,是包容、迁让,以及忍耐,这也是我希望小姜能在这次行走中学到的东西。

矛盾中行进

母子两人的晚饭,是小姜高谈阔论的时间段。最近在当当网买了几本历史书,其中《刘邦传》他一直爱不释手,很想看却不忍拆封。看完一些片段就赶紧与我分享,讲述逻辑清晰,还带着

些许幽默话语,偶尔有些悬念,在我听来,还是很引人入胜的。只是我吃完一碗饭了,他才扒了几口。

分享阅读,并且提高他的语言组织能力,我们做到了。小姜困惑道:"为什么梓鹏总喜欢跟着我啊?我吃什么玩什么他都要跟着我。"我答:"因为小男孩都喜欢跟大男孩玩,你幼儿园读小班时也总跟在大班的男孩身后跑,虽然他们都不认识你,但你跑得很享受。其实,你就是梓鹏的镜子,所以做人做事要以身作则。"

不过小哥还是很照顾小弟的,细声细语,被缠得不耐烦了也不会嫌弃。在梓鹏眼里,哥哥的东西都是最好的。梓鹏是个很可爱、不淘气的小孩。

梓鹏妈妈回老家生孩子去了,将近半年母子不能见面。他妈好想他,可不知为什么,五岁的男孩却不肯和妈妈讲电话了,手机放在嘴边也不出声。

我跟梓鹏说:"你妈妈很想你啊。"他答:"我也想她。"

"你不讲电话,妈妈很伤心。"

他答:"我也伤心啊!"

"那为什么不讲?"

"等妈妈带弟弟来宝安了,到时再讲。"

从对话中可知这是一个很固执的小孩,但和姑姑的对话,同样流露出对妈妈的思念之情。

前些日子和小姜闹矛盾了,而且至今他都无法释怀。

出现问题时,家长是一致对准方向的,于是小姜被我和老姜批得体无完肤。他沉默,关在房间里写了一封自称为遗书的文字,即日上午恢复喜笑颜开时拿出来给我们看,我惊讶得嘴巴半天合不上。字写得工整又漂亮,词句表达精准,语言流畅优美,而且一字未涂改,一个错别字都没有,当老姜听我充满感情地朗诵完后,给了句评语:很优美的散文!

我把这文字与他哥寄的明信片一起放入那封存的盒子里,把孩子们成长的印记保存好。

不惧怕出现问题和挫折,只有经历过才会成长。老掉牙的话语不想再重复给他听,最重要的是能做到无话不谈,我们知道彼此心里想什么,就够了。

昨晚他摸着嘴角边的一粒小疙瘩,问:"老妈,这是青春痘吗?"我说:"是上火了。"

四月的尾巴

下班匆忙回家安排好小姜的晚餐,准备去游泳,儿子说:"老妈你也吃点东西再去吧。"这话让我心头一热,原来当妈的要的是这么少,一句关心的话语足矣。

中午,小姜告诉我,单元作文题是"感动",他写的是雅安地震的事,写了李克强总理到灾区慰问时吃方便面喝矿泉水、微笑女孩一笑便是整个世界等感人事迹。我点头赞许。

数学考试不理想,得了前所未有的低分,他自己认真总结失误原因:花太多时间在附加题上了,加之平时的一大缺点——马虎。不知道老姜电话里跟他说了什么,午饭后小姜就捧着数学练习题埋头苦练。自始至终,我一句埋怨话都没说,于是能听到他更多的侃侃而谈以及交心的话。而且现在看到他成绩低,心里也不像以前那么焦急了。

雅安一带地震,小姜问为什么地震总发生在四川,我在厨房隐约听到老姜说什么板块接缝、地壳转换带……后来我对老姜说："你看爸爸的角色多重要。"

和儿子聊地震。生死在瞬间，许多恩怨、得失也灰飞烟灭了。小姜好像能懂，但不管懂不懂，母子之间心与心的交流，我都觉得很好。

儿子班上有十个同学的家长被老师叫到班上"喝茶"了，原因是作业没完成。我问儿子："从幼儿园到五年级，我一直没有被叫到学校'喝茶'，能不能坚持到小学毕业啊？"

他拍着胸脯，自信地说："你放心！"

放牛班的春天

小姜进了校合唱队，参赛曲目是《放牛班的春天》。去年冬天，母子俩一起躲在被窝里看完这部电影，感慨又感动。

想不到与这部电影还挺有缘。冲凉或闲暇时，当他"罗里罗……罗里罗"地哼着法语歌时，我笑，怎么那么像养猪的五华人在吆喝着猪来吃食呢！

这事逗得一家三口仰头大笑。

关于学习，一件不得不记的事情。小姜数学曾一度跌到六十几分，但期中考又很快升上来，姜同学告诉了我们原因：

数学老师李高满曾在课堂说："你们在学校不开心了，可以回家找父母哭，我不开心了我找谁哭？我父母在广西，我不可能一下子回到他们身边哭啊！"

就是这些话，引起了小姜的恻隐之心。他决定好好学数学，不让李老师伤心，因为他的父母不在身边。这也是他数学进步的一大原因。

必须记下来,是因为这两天整理过去十多年的文字时发现,好多事都忘了,不重新看都不知道原来发生过那样的事,说过那样的话。

这是善良、心软的小姜,遗传了我和老姜的性格。如果说这是优点,那他将来肯定会朋友成群。

戴眼镜了

离十二周岁还有三个月的小姜同学,大男孩的种种迹象逐渐明显。

开始不笑,很正经很严肃,问他,还记得上一次你仰头大笑是什么时候吗?想了想,说他也忘了。还记得让我们一起笑得眼泪狂飙的事情是什么吗?也忘了。

即使笑,也是咧咧嘴角,很勉强地扯出一抹浅笑。但跟他讨论一个话题,他会坐下来引经据典,把古往今来的关于此话题的相关的故事一一道来,当我目瞪口呆望着他嘴巴半天合不上时,他站了起来准备走人,说:"老妈,明白了吧?"

不知是合唱团里嗓子用得过多,还是真的到变声期了,声音有点沙哑。一天中午我不能回家吃饭,往家打电话时,小姜从话筒里传出来的声音突然让我有点惊诧,声音变得浑厚了。

在装酷少言这个问题上,他的回答是,前些时候因为合唱比赛在即,老师让他们少大喊大叫,别把嗓子弄坏了。于是乎,他连笑都吝啬了。等比赛过后,表情已经形成习惯,就变得严肃起来了。

一不留神,就把孩子已经长大,需要独立空间、平等交流这么重要的事情给疏忽了。但出去淋着雨、用大毛巾包着头躺在露天温泉池里时，他开心得直喊："幸亏这次跟着你们出来了，没想到这么好玩。"广东大峡谷的美丽风景尽在脚下时，他忍不住狂念诗，又说，"其实出来还是挺好玩的……"我告诉他，大人们的安排不会是没有道理的。

这少年

小姨给了小姜五十元零花钱，让他欣喜若狂，说第一眼以为绿色的是一元钱。趁此机会我告诉他，他还小的时候吃过小姨的奶，长大能赚钱了，要记住这些帮助过他的亲戚和朋友，需要出力时一定要提供力所能及的帮助。不知道他听进去没有，将来能否做到，但我希望他做个重感情的人。就像梓鹏一样，知道表哥喜欢吃砂糖橘，去幼儿园的路上会提醒阿婆买给表哥吃，让小姜感动得直叫："中国好弟弟！"

小伙子自从瘦下来后，穿衣特别帅气，开始重视发型，很自恋。

以下这篇已经写在手机里两个月了，当时的心情如今回想，事过境迁，似曾相识，依旧和儿子感同身受，有种淡淡的失落。

今年与同年同月同日生的黄不了一起举办的生日会（地点在他家，去年在我们家）散后，回家的路上，儿子说："我有点失落，盼了一年的生日，这不是我想象中的 party（聚会）了，也没有去年的味道了。"他指的是，生日会前他主张大家都别带平板电脑去黄不了家，但没有得到响应，还是差不多人手一个抱着玩了，可他还是遵循自己的初衷，没带。大家都低头玩得很猛，于是他要了我的手机玩。

他说了一句话："如果大家只是来玩平板电脑的，那何必来呢，在自己家玩就行了。"当没得到认同时，我看到他是落寞孤寂的，尽管在家他也玩。青春期在不经意间不期而至了，他心里有不可名状的失落感。当时王璐也一起相伴回家，但我觉得他不懂小姜在说什么。相对于其他同学，小姜的思想略成熟些。

过了一个月，肖同学生日，因为提前在邀请函上说了不许带电子产品，这回生日会内容以猜歌猜谜语为主，挺好玩的。

现场很吵，小姜突然对正在包饺子的我说："老妈我想一个人下楼走走，安静一下。"我一边心里讶异着，一边点头说去吧。

有家里距离较远的同学先回家，小姜主动请缨送他们出小区，显示出一种很有担当的男子汉气概。我开始认真地观察儿子，长大了，原来是这样的。

但当天下午，早归的孩子们告诉了我一个震撼的消息：班上调座位，姜同学主动要求和调皮的陈同学做同桌……名声不怎么好的小陈已经骚扰同学们整整六年了，躲他都来不及，小姜还主动靠近？好不容易等儿子放学，和他聊了聊，终于得知他内心真正的想法，并且理解了他的做法。

老姜对此事的关注程度不亚于我，也许是父母的紧张让小姜一丝都不敢懈怠，课堂上他完全将陈同学的骚扰置之度外，比之前上课更认真更投入，甚至裤子被捣蛋的陈同学剪了个洞都没有察觉……六年级上半学期，小姜成绩突然发力，比过去的五年都好。这让我们松了一口气，一直成绩平平，终于有了靓丽的风景。

我跟他说过，你自己选择的同桌，就要承担不可预知的后果。没想到，这倒成了他奋勇向前的划桨木。

早上母子一起看《读者》里舒婷一篇写友情的文章，他问舒婷是谁，我推荐他看《致橡树》……一起读书的感觉特别好。

不管将来他从事什么行业，都希望他能有基本的文学素养。

中学时代·亲子陪伴碎碎念

亲子时光就是陪伴。感情在陪伴中萌芽、滋生，无关物质和宏伟大志，无关诗和远方，就是家人间的碎碎念。雷雨天里、阳光下，窝在家里吹牛或互损；旅行路上，扯着嘴角在远方欢笑，腿都走软了还伸脚绊一下……亲子关系不仅仅是家长陪孩子，更多的是孩子的存在让父母懂得更多，比如责任，比如不断学习和成长。小姜是2001年下半年出生的，如今已是一名高二学生。将他出生至小学毕业间的零碎记录结集成《飞扬，海风年华》，算是给他小学毕业的一份礼物；一年前则将他自己初中三年的散文整理成《向上吧，韶年》，也许十年后、二十年后的某个闲在家中的阴雨天，他可以从中回忆初中生活的美好；两年后的高中毕业还会有本暂时未知的册子……人生每个阶段的印记，与文字一起沉静相守。以下是我从他初一开始的记录。

粤语日

周一讲客家话，周三粤语，周五英语，这是我和小姜之间约定好的语言交流日。小伙子有个愿望，希望初中毕业时能说一口流利的粤语。

客家话是越说越好了,以至于表舅听了都诧异:"什么时候学会一口这么正宗的客家话了?"粤语讲得结结巴巴,还有许多听不懂,但他既然有学语言的念头,我就会耐心指导。至于英语日,我是虚心向他学习的。

中午,儿子说上午老师讲了乔家大院,我顺着说:"晋商。"

"啊,老妈你知道晋商和徽商?"儿子睁大眼睛问。

有所知而有所不知,是我在儿子面前的一贯做法,问:"关于晋商,你还知道什么?"

听着儿子侃侃而谈着清朝时期的晋商如何经营壮大各种行当,当时的家业又堪比如今的多少,心想一个能让学生在课堂听了,回家又能给父母讲一遍的老师,其教学方法和人格魅力可见一斑。

我介绍他读余秀华的诗,说她的诗很有疼痛感,但不颓废不灰心,是那种有力量的疼痛感。读过后,小姜总结:"很有乡村气息,诗词很有功底。"

"不管成为怎样的人,都要学会欣赏……"我还没说完,儿子打断我说:"欣赏文字的魅力。"

白天谈古论诗,夜晚的空气里则充斥挫折和伤感。"校长杯"篮球半决赛落后两分无缘冠亚军。"老妈,看到郭洪铭躺在地上,说不出话来地嗷嗷叫,我心里难受!"他眼里的一丝泪光让我不知说什么。

既然轻视了对手,那就接受失败,面对挫折吧。不管是体育竞技还是生活及其他,就是这么残酷。

一颗少年心的升腾与跌落

游完泳，我在宝体停车场与打完篮球的小姜会合。只见他伤痕累累，眼镜被球砸到，镜片划伤了脸，说当时有皮开肉绽被撕裂的感觉。运动伤痛，汗流浃背，这个少年眉头紧锁。

午后两人朗读，我略显愧色："不好意思啊，你娘的普通话夹带着很重的客家音。"这话让小姜嘴角上扬，窃笑，没鼓励亦无打击，只说："像我们生物蓝老师的普通话。"我读的是《春日里一朵花》，听过朋友与邓丽君的故事，本文作者写了一篇美文怀念邓丽君。读完，两人畅谈20世纪90年代的港台歌曲，也是这篇文字，让邓丽君在小姜脑海中留下深刻印象，总是聊起她的经典歌曲。

继续朗读，《厨房》——一篇写乡情的小文。我调侃道："是不是来点略带乡愁的背景音乐？像《舌尖上的中国》，晨暮的乡村，深沉浑厚的旁白，叮咚响的山泉水。"两人不着边际地瞎吹："背景音乐不能是悲伤的二胡吧，不能是西洋风的萨克斯吧，更不能是中国特色锣鼓喧天吧……"吹牛归吹牛，当读到"做瘦肉汤给他们滋补，自己却从不尝一口"时，小姜说："这不是说我阿婆吗？"此处停顿了一下，无处不在的亲情，让我俩心底柔软了……

雨天的午后，清凉舒适且安静，母子相对而坐，对笑话仰头呵呵两声，对美文美句沉吟片刻，对微言大义加以解释，读沈从文的诗，品龙应台与母与子的静默相处。

姜同学则用自认为很字正腔圆、很有播音员范儿的普通话读了百度来的山东省资料，没去过山东，只能聊自己大概对山东的所知，趵突泉、蓬莱岛、儒家文化、泰山……

这天如此周折，从美好到伤痛，一颗少年心的升腾与跌落。

篮球记

打完球，从单位回家一进门，吆喝了一声："我回来啦！"儿子一边从房里屁颠屁颠跑出来，一边长长地"哎——"，然后夸我中午炖的鸡汤如何好喝。那表情分明就是逗乐的，末了，一脸献媚讨好地问我一句："有给我带什么好吃的吗？"

剩下的鸡汤被儿子盖好，保温着。喝在嘴里，笑在脸上。儿子则捧着我刚买回来的酸牛奶激动万分地说着下午篮球赛他一共投进了3分。总分42分，他投了3分，作为一名中锋，这个成绩还真是说不出口，但一个没有篮球基础也从来不看篮球赛的小伙子，春节到现在能对篮球投入这么多的精力，是我和老姜没有想到的。让他体验体育竞技运动带来的快乐，特别是感受团体项目的那种集体荣誉感——妈妈从中得到过的满足感，希望他也能享受。

这得益于他身边同学的引领。小学时是黄不了同学带领他"在足球场上感受夕阳下的奔跑"（摘自小姜原话），中学是班上几个校篮球队的同学看他个子高，拉他进班级球队。练球很累，但他也承认体能上去了，对篮球知识开始有所了解。

喝着酸奶，儿子绘声绘色地讲着他进球后的掌声雷动，他自己都不敢相信球进了，队友也惊呆了，场外的同学们也惊讶了……他的语言组织有些夸张，但我很配合，也略显夸张地睁大眼睛问："真的如此扣人心弦？"凭他的球技，我可以想象生硬的投篮动作，但他把细枝末节说得生动逼真，有些诙谐，把我逗乐了。

说到篮球，我顺便给他讲了我们单位很多年前与发行部比赛的一件事。刚开场，我们的比分栏便被风吹成了 2 分，但无人去翻过来，没想到整场比赛结束，还真的只进了 2 分，惨败给发行部。上天都只安排了这 2 分给我们，不得不说是天意啊……如此诡异的搞笑事件，小姜也被我逗乐了。

但不是周末，不能长聊，笑完，他说得继续做作业去了。

聊影视和书籍

姜同学下午看了《老炮儿》，有许多的观后感，军大衣、日本武士刀、冰面的刀痕……因为我还没看故说不上什么，但大概情节还是了解，主要听他说。

亦说起《恶棍天使》，我个人感觉这是一部出了影院就不会再想起的片子，当时会咧嘴笑笑，会因一些童年情结感动，可结束后便会忘之脑后。编剧和演员表现都很一般，但不能说是烂片。

聊《武林外传》，昨日距开播十周年了，十年之久让陪伴过这部剧的人感慨万分。我们娘俩都是《武林外传》之铁粉，十年前他五岁，看得乐呵呵口水流。再后来看《龙门镖局》，袁咏仪的港式普通话也是经典。

假期三天，我们一起游泳、读诗、写字……我开始看《追风筝的人》，他又重新与我一起轮流翻阅，已是青少年的他可以坦荡地和妈妈说书中情节了。一起做心理测试，测试父母在孩子心中的样子以及孩子的心理健康程度，彼此的内心都是随时向对方敞开的。

聊影视，聊书籍，聊歌曲，聊着聊着，他就这么大山般屹立在我们面前了。我喜欢井柏然手写微博,喜欢里面这句话:"不输给过程,就会有好的结果。"自然,亲子关系亦如此。他不是人群中最光芒四射的人,但他是我们彼此心里最贴近的人。

流转光年,在这一刻停止

带小姜和梓鹏去72区,我们家2001年至2008年生活过的地方。当车愈行愈近,他嘴巴上扬,突然又捂着。我不解地望向他。他赶紧说:"我没哭。"

因为近乡情怯吗?我笑了,说你现在的心情跟老妈回五华一样,离得越近越忐忑激动,我理解。

当看到他行走每一处,就站在原地叙述当年发生过什么时,喋喋不休却努力回想那个小伙伴的名字时,我突然明白,他一直惦念着回来,原来是因为有这么多的回忆。

他回忆着在某个天台上贪玩逗留至天黑,被阿婆找到后一顿责骂;看到如今眼里已很狭窄的幼儿园操场,他说起当年玩游戏的事情:"还记得这里吗?我和小伙伴经常在这里玩耍……"

这个午后,时光隧道一下子回到那些我们彼此都少不更事的年月里。他说:"老妈,还记得我一直想要扭扭车,小伙伴们都有,而你因为需要五十元,没有给我买。"一旁的梓鹏不屑说:"扭扭车,我家有啊!"

"有时候,遗憾也是一种美,现在有没有这种感觉?"虽然我故作淡定状安慰他,但也想不明白当年自己为什么不掏五十元给他买。

围着小区漫步,小姜的儿时回忆满溢而出,对于哥哥的激动,梓鹏好奇追问:"姑姑,你以前住这儿吗?"

三人像是开了一场忆旧会，口中的回忆已经泛黄，那些记忆里有童真的烂漫，有调皮招惹的祸事，有遗憾，有想念……光年不再流转，这一刻，时光倒回。

游走完这个令他魂牵梦绕的地方，小姜文思涌动……

陪伴十四年的朋友

八年级第一天，从漫长的假期重新回到校园集体生活，小姜有很多话要表达。思想变化、老师变动、课室位置、上课内容……也许，青春期的骚动就是不断地交流表达。

头发再打薄一些吧？文字再刚硬一些吗？视野再开阔点？开学家务减免一些了，打球还是打不过你啊……

聊吧，天马行空，信马由缰。我们不是母子，是相互陪伴了十四年的朋友，损你、揭你的老底，也捧你赞你，说你像孔雀般美丽，然后呵呵两声结尾。

明晚学校组织男生去宝体看世界杯预选赛，中国队对阵中国香港队。跟他讲起了国足的黑色三分钟，听完，他说可以在看球时跟同学吹吹牛了。

跟你说

十四年前的今日（农历），为了你能平安诞生，爷爷、阿婆、爸爸、妈妈等家人胆战心惊，全身哆嗦地决定剖宫产。

记得妈妈用日记形式编排的小学毕业成长册吧，那是从怀孕开始到你十三岁的文字记载，有个阿姨看后对我说："真想做你的孩子。"

我却想说，做你的父母，是我们的骄傲。

执意闭门里有过青春期的莽撞和偏激，有过迷茫没有方向……我们耐心等待，给你时间空间。等你茅塞顿开，等你知道主动学习是为了将来有更多更好的选择。

耐心陪伴的结果是你敞开房门和心门，与我们没有争执只有商量，只有每天倒豆子般诉说衷肠，你迫不及待的样子令我感动，我想你一定有好多好多话要跟我们说……一颗正在慢慢探索世界的少年心，陪伴的日子里说你所学，问我所知。

信赖不依赖，撒娇不撒野。平等待你，不娇宠不溺爱。刚刚过去的暑假，繁重家务应该属你难忘之事了，细数，你真的帮我干了许多活。

你就如那春风，吹入我心窝，忆起，如蜜般甜。

想起一段话：亲子关系不是一种恒久的占有，而是生命中一场深厚的缘分，我们既不能使孩子感到童年贫瘠，又不能让孩子觉得成年窒息。做母亲，是一场心胸和智慧的远行。

喋喋不休说家史

秋雨绵绵，万家灯火时，归家。

天气突然变凉，凄风冷雨，想起小姜一个人在家还饿着肚子，赶紧加大油门。

晚餐，娘俩嘴里吃着，还说着。

他：今天课堂作文写亲人。

我：你不会又写阿婆吧？

他：我写舅舅。

我扑哧笑了：很好奇，你怎么写他？

第一辑／亲子时光　141

他：舅舅以前给我零用钱二十元，我一直记着。

我：不会因为他给你二十元，你才写的吧？

他：那倒不是。小时候去舅舅家，他总是说你们又来我家了，浪费水电之类的。后来长大了慢慢才知原来舅舅是开玩笑的。

我：他就是嘴痒，爱说笑。

……

小姜说，舅舅小时候的成长故事，四十五分钟里他写了三页多。吃鸡腿让两个姐姐先咬一口，和大姐（我）吵架，被逼把我买的衣服脱下来（身上仅剩的内裤也是我买的），家境贫寒提前辍学外出打工……

这是一个80后的心酸历程，不知道在小姜笔下是如何展现的，但听他讲着讲着，我觉得鼻酸了。老一辈及上一辈的成长故事，不管调侃还是互损，不管是一家三口还是满堂人回顾，讲啊讲啊，甜的苦的，家族里的一些人和事就这样记在了孩子心上。

亲情的烙印，会让他有幸福感吧。平日里家人在一起说起家史的喋喋不休，没想过会起什么教育作用，只是一种交流方式，只是想告诉他，那些事你的亲人们经历过。

帅得连老妈是谁都忘记

小姜发了个空间说说：游泳完发现自己从没这么帅过。立刻被其同学围攻吐槽。

他告诉我一件事："前两日放学与张同学同行，张同学说，'这学期发现你颜值很高啊！'哇，我顿时觉得今天天气真好！风景好美！"

我一阵狂笑说:"被夸了一下,是不是自己姓什么都不知道了?"
"错!是连我妈是谁都忘记了。"
于是乎,狂笑更是不止。

十六岁,生日快乐,我的儿

《涅槃》,是你踏向十六岁里程碑的一个记号。帮你保存好你写的这篇文章,待你成年或老去的某一天看到,会不会哑然失笑:这可爱、故作深沉且叽里呱啦的涅槃……

爸爸带你到派出所换身份证,说很快就十六岁了,于是工作人员告知十六岁可以不用监护人,可以自己来换身份证了。那时,你腰杆不由自主地挺了挺。

十六岁,继续叽里呱啦,继续天马行空,继续你的夕阳伫立、思乡情怀,还有我们一家三口斗地主决战到底的气魄以及那阵阵魔性的笑声,不要停不要断。

生日快乐,我的儿。

母子

晚餐时分,与小姜聊信仰、传承;聊我们曾经在旅途中遇到的人和事;聊老师对他的误解,他选择的沉默……

我们侃侃而谈时,外面寂静无声,偶尔有飞机划破天际的片刻电流声,雨停了,风仍在……此刻,好像再多的时间都不够我们聊,安静而热烈,毫无保留。心里涌过一股暖流,我们能够给他的,远远不及他给予我们的。

与 00 后聊粤语歌

逛书城，偶遇一本粤语老歌集，让小姜爱不释手，于是暑假的初始，一本老歌集展开了他与粤语歌的一场际遇。

大雨滂沱后，一个光亮的夏日午后，他问："老妈，你知道许冠杰出生于 1974 年吗？他有四兄弟，名字里有文、武、英、杰。"

悠远却不陌生的名字啊，我放下手中家务，说那是个很老的香港歌手了，唱过许多经典歌。

两人讨论，然后一起在手机音乐软件里搜索许冠杰的歌。至今春节期间还响彻大街小巷的《财神到》，喜庆亦朗朗上口，人人都会哼几句；《天才白痴梦》，曲调轻松，寓意深刻；《沉默是金》，张国荣低沉忧郁的声音听来令人心碎，许冠杰亦是唱得触动人心；《浪子心声》，"命里有时终须有，命里无时莫强求"；《半斤八两》《阿郎恋曲》……哇，越听越经典，越听岁月越往后退，退到我听这些歌的学生年代。

00 后听许冠杰，有些想象不到，有些不可思议，我没问是什么吸引他，也许是一种莫名而来的情怀，也许是他曾在街角处偶尔听到时不经意触碰到某根心弦，那一刻喜欢便记住了。

他推荐过不少自己喜欢的英文歌给我，Fade，Talking to the Moon 等。逃跑计划的《夜空中最亮的星》，就是听他介绍喜欢上并且学会了唱。

而我则鼓励他去遇见，去热爱，去欣喜，去怦然心动：儿子，学唱粤语歌吧，它们有着很不同的味道。

与青春期男孩聊青春

话题是这样开始的。我说中午我去舅舅家，一进门小家伙们没有像往常那样热情地叫姑姑，气氛有些凝固、严肃。只见梓涵瘪着嘴，脸上挂着泪珠，还不忘跷着二郎腿，穿着小小的牛仔裤，又可爱又酷。

原来是小家伙的吃饭环节出了点小问题，被他爸爸打屁股了。

说起那令大家疼爱却调皮的小家伙，我和小姜都笑了。聊梓鹏现在一年级了，正慢慢适应自己睡觉。然后小姜便回忆自己是几岁开始一个人睡的。

小姜说："记得小时候我摔倒，你们从来都不扶我一把，还笑！"

"摔跤又不是大事，爬起来就行了。"我说。

回忆是一扇投影，呼呼而过却总有精彩瞬间刻印在心，看着投影突然领悟，啊，原来那时候你们的袖手旁观并非真正的漠然；啊，原来走过千山万水，心会越来越强大。

关于女孩，我甚至问他："你是外貌协会的吗？"他说"是"。

"容颜会老去啊。"

"起码现在还没老。"

好吧，00后的思维，我一笑置之。

老姜下午跟我说："明年的现在，儿子该很紧张了，中考在即。"

现在我很少看他作业，只顾着与他谈心，侃大山，不知如我们这种父母该不该批判。

成长对话

诗和远方

"老妈,我的诗和远方在哪里?"

正在叠衣服,儿子的一句问话让我心里一动,停下手中活。

"诗和远方很抽象,每个人的概念不一样。可以总结为一句话,是美好的愿望。你的诗和远方就是学好当下功课,为将来有更多更好的选择做准备。"

也许我的回答很官方很笼统,并非姜同学想要的答案,但青春期如他,提出困惑,交流讨论,他会慢慢找到他要的答案。

学霸 or 学渣

小姜同学矛盾挣扎地问:"我要做每天啃书做作业的学霸还是做死猪不怕滚水烫的三流学生?"

"两样都不是你的菜。做你自己吧,儿子。"

老爸话少?

光荣劳技五天回来,小姜讲起他们班教官,不爱讲话,不像别班教官教学生唱粤语歌《皇后大道东》。

我问:"他不开朗?很内向?"

"不,不是内向,是成熟。"

话少就是成熟?我笑了。

"像老爸一样,成熟,话少。"

我大笑,这是本年度听到最好笑的笑话,开车的老姜也笑了。他是在想问题的时候话少吧。认识老姜的人都知道,如果他都属话少的人,那我们就是哑巴了。

游泳,夕阳,聊天

去游泳,母子两人忘记带深水证,因实在受不了人多、游三步走两步的节奏,小姜说要不他重新测百米吧,还是想到三米深水池去好好游。

我们领了临时深水证,在泳池撒欢、翻滚,没有设目标距离,我用少得可怜的游泳知识纠正他,并叮嘱:"看到隔壁的高手怎么游吗?别太着急起来换气,让身体在水里先滑行一会儿。"

游完泳,漫步在傍晚的海滨公园,海风习习,两人对着夕阳拍照。

聊留守小孩,他说曾在湘西花垣职校的学生QQ空间里看见一些照片,他们骑着机车,飞驰在田野乡村间,虽然看似自由驰骋、狂傲不羁,脸上的失落却掩盖不住。再怎么装得满不在乎,也无法驱逐内心的孤独与空旷……

无人知晓,在每个少年的梦中,总有人是一场春风,吹得你迷离;又或许是恰好你经过时听到和看到的故事,回味起来,有些酸涩,一样的少年,不同的心境。

母子一场,亦是师徒结伴,我不懂的地方太多,他一一解释;他不明白的人生亦太多,我告诉他,妈妈高中时期在西乡麦当劳打工的艰难岁月,今日看来很值得,很累很饿,面对一堆美食却只能拼命咽口水……庆幸他持有那份善良,亲人们的经历,他认真听,并感同身受。

闲谈

小姜:"这个暑假我打算谈一场恋爱。"

老姜(浅笑):"有目标没?公的还是母的?"

小姜(抿嘴笑):"要不然高中写作没素材。"

小姜妈(早已遏制不住大笑,把碗放下,捂着肚子):"让我先笑会儿啊!"

小姜:"暑假我的零花钱是照常给吗?不是的话我得想办法打工。"

小姜妈与老姜(异口同声):"不是。"

公费

儿子:"老妈,晚上宝一外街舞社来我们学校参加联谊交流活动,结束后大家 AA 聚餐。这饭钱……我们家是公费吧?"

老妈很是豪爽,手一挥:"公费没问题!十块还是二十?"

儿子的脸开始慌乱:"啊?"

老妈又补了一句:"还是五块?"

儿子被老妈貌似不经意的一刀刺蒙了,夹着菜的手停在半空,少年的眼神迷离起来了。

正当此时,手机响起来,对儿子呵护备至的老姜来电,询问晚上联谊事项。

三人开着免提聊了起来,老姜问儿子晚饭如何解决,我回答道:"我打算煮几个番薯给儿子带去,其他人吃饭,他就吃番薯。"

啊,父子俩都蒙了,怀疑自己听错了:"你说什么?"

三人一起大笑,特别是小姜的笑,快哭了。他知道他老妈做得出来的,所以当知道可以不带番薯后,我说垃圾满了,他换垃圾袋的动作是前所未有的迅速。

养龟记

对话背景:小姜养了三只龟,沙滩、椰树、彩石、晒背灯、过滤器等一应俱全。尽管小主人呵护备至,但是慢慢地,小龟们还是染上了眼疾。用红霉素浸泡三天后——

小姜(刚刚换完水,盯着太阳底下的龟们,叹了口气):"那只不严重的好了些,严重的倒没什么效果。"

老姜:"那就要调整治疗方案了,或者再做一个疗程。"

小姜:"这个可以考虑。"

老姜:"要不要请专家会诊?"

小姜:"不用,我觉得我的技术跟专家差不多了。"

说得有多认真,治得就有多用心。但是这些话让还在吃饭的娘亲我快笑喷了。

饺子梦

将近一个小时的晚餐,我是个笑而少语的倾听者,倾听一个青少年的就业梦。

开始,小姜说:"我想做一个导游,专门接待外国人来中国旅行的导游。外国人来中国都是想了解中国文化历史的,所以我可以介绍几千年的人文啊……

"我还可以搬砖,知道郑渊洁吧?他成名之前是无线仪器厂的工人,每天的工作就是早上和晚上按一下开关电源就无事可做了,然后他就开始写童话。我搬完砖也可以写写作……

"刘慈欣你是知道的,他写《三体》前好像是教物理还是化学的老师。(被我轻轻打断:他没有当过老师,是高级工程师,曾经写过小说,叫《乡村教师》。)哦哦,好吧,科幻类文章我很喜欢,就是那种情理之中,意料之外的跌宕起伏。(我点头:你之前写过类似的小文章。)

"东野圭吾的《解忧杂货店》,(我说,好像是鹿晗演的?)不是,是王俊凯主演,别去看,电影已经毁了原著。太温暖的鸡汤就是一个败笔!(哈哈哈,我开始张嘴大笑,因为他认真又遗憾的点评)。东野圭吾的另外一部小说《嫌疑人 X 的献身》,(我又插嘴:王凯演的。)我没看,情节是同学告诉我的……

"从《堂·吉诃德》说到了《少年维特的烦恼》,易丹老师(他语文老师)听我分享了维特烦恼的读后感,她说她没有我这样的经历,我知道她并不喜欢我的作文。上周我写了一个梦的作文,八百字得了 A+,再看同桌的一百字也得了 A+,评语是文字很美。(我插话:徐远航吗?)不是,换了同桌,女的,之前宝中的。(看我笑了,他接着一句:胖胖的。我大笑。)"

最后我说:"像《吐槽大会》里的池子所说,这次聊天关键词很多啊。"小姜答:"嗯,得划重点了。"

几点可以吃饭

接到小姜十二点补习下课,回到家已是十二点半,两人饥肠辘辘。

一进门他就问:"几点可以吃饭?"

我说:"没那么快。"

他说:"那我先洗澡。"

我埋头切肉、洗菜、剁蒜末满头大汗时,心里想,等一下吃饭时要告诉他,别忘了还有做家务一事。

洗澡出来了,他又来问:"可以吃饭了吗?"

我招手说:"帮忙把鱼腥草洗干净,煲汤喝,我一个人忙不过来。"

趁他搓着草根,我说:"我们两人一起回家的,我也饿你也饿,如果你能主动问需要我帮什么吗,听来多舒心啊!将来你和你老婆一起下班回家,你就跷着腿等吃饭,你觉得这样真的很好吗?"

不知道他有没有听进去,将来成家后的他能分担家务的话,也许会出现更多和谐的画面。

成都成长记

除了参加夏令营和湘西义工助教等团体活动,过去的四天三夜是姜同学第一次没有父母的陪伴,与两个高中同学赴成都旅游。记之留存。

第二次踏上蜀地,出发前他极向往,说道:"这不是旅行,是享受。"因为不是住国际青年旅社,是星级酒店;因为同伴是平日可以谈理想讲未来,可以侃侃而谈无休止的同学……想象中,这是一趟美食+狂聊+闲庭信步的慢旅行。

四年前的成都人民公园,小姜和大一岁的万哥玩嗨了,当即边喝茶边跳起街舞,无知无畏,年少天真,把街舞男孩的热情释

放得淋漓尽致。但他在该地留有深深的遗憾，那就是有人上前做生意掏耳朵，被我拒绝了，原因是小孩子还不能掏。这个遗憾他一直留存在心——有一天再来人民公园，一定要掏耳朵。

于是，此次他完成了这个心愿——花一百元掏耳朵。"啊！"我睁大眼，"还按摩了？""不止，还用药水洗了。"

人性就是这样，被禁锢得越紧，越用力挣扎，最后换来一声感慨："老妈，以后我不会再去成都了。"来日方长，谁知道呢。

以往旅行途中他经常听父母说，明早几点起床啊几点去哪儿，最大优点是不赖床、准时准点，他从没有起床气，虽然还没有组织者的气质，但也不至于拖后腿；虽然不是个爱收拾会检点的大男孩，但住酒店也不会乱糟糟衣服扔一地（毕竟他有一个多么爱整洁的爹，耳濡目染了）。此次，他目睹了同学那乱七八糟的行李箱、乱扔一地的衣服、早餐叫不起的赖床鬼，还有出门就找的士不愿步行、手机不离手、合照不愿配合……

"真累啊！"姜同学发出内心深处一句感慨，原来出门当指挥官这么累。

我一直暗笑：这趟旅行，值。从跟随者到引领者，角色的转变，看待问题的角度也不同。

两个高中同学家里经济不错，上千元的 T 恤随便买，姜同学说曹同学去成都前买了两件牌子上衣花了三千元。当时我就担心了起来，他会不会攀比？他说："我穿的是六十元的衣服，也许是身材较好吧，我没觉得我的衣服掉价，还是挺有自信的。"

价值观不随波逐流，不盲目崇拜牌子，清楚自己需要什么，在这趟行程里，小姜做到了。

听他一席话，我那颗悬着的心慢慢放下了，因为他在成长道路上又迈了一大步。

小姜老师督促我学习

晚修临出门前,小姜掏出一个小笔记本,说:"老妈,你那本不是丢了吗?我给你买了本新的。"

一看价格,二十八元,我说:"我买的都是两元到五元之间的。这本好贵呀。"

这本属于珍藏版了,与他在潮州捡的送给我的石头放一起。

他曾以师者的口气督促我,学英语应该随身带个小本子,把新单词写上;要有个错题本;要天天读;与外教交流打好腹稿,不要结结巴巴的,时间就是金钱,不要浪费……

得知我昨天下午在图书馆看小说后,他建议我把《百年孤独》看完,家里书架有。我答应他,没空去图书馆时一定在家好好看。

期中考试遭遇滑铁卢了,小姜成了班里退步最大的学生。原因一目了然,除了参加学校各种活动的排练(校运会、十大歌手、艺术节),还有自己的爱好(看电影、看演唱会、跳舞、写歌词),以及初中同学、高中同学周末的小聚,这些活动让他把课本知识硬生生地冷落了。

从来没有因为成绩红过脸,也从来没家长会后的暴风雨,但这次不得不面对现实和好好总结了。

幸好,他的态度是:我得把心沉下来了。我笑道:别沉了上不来啊。

为了弥补缺失的知识,周末两天奔波在补习数学的路上,下周将继续这样。赶作业的他很累,但还会讲笑话和撒娇,说明他的心不累。

有时晚自修回来他经常在房里写歌,有一晚他对我们说:"你们以为我每次都在写歌啊,我跟谁谁(喜欢的女孩)聊天呢!"然后咧嘴狡猾地笑。

我们也笑说:"耽误了自己没关系,别把人家女孩子的功课耽误了。"

晚餐对话

母子两人晚餐时,说起高中阶段正式上课第一天的各科老师,姜同学兴奋、感慨、展望,口若悬河至成语乱用,不知所云。有错之处我赶紧打断他:"虽然妈妈偏科很厉害,但成语还是懂一些。"

颜值最高的数学老师、不是班主任但依然热烈谈谈早恋问题的政治老师、街舞超厉害的英语老师、用一首莎士比亚的英文诗让学生们用各自喜欢的形式翻译的语文老师,老师们都觉得,先学做人再考试,先爱上知识再谈考试……一种有别于初中生活的新感觉让小姜顿时很有冲劲,更何况,新安中学是我的母校,也是他定下的目标学校。还有连面都没见到就布置作业的历史老师,有什么特点呢?他很期待。

讲完各科老师的特征,小姜说:"接下来我讲一段数学老师讲的话,可能你会听不懂。"我又打断他:"是老师说可能你会听不懂,还是你担心我会听不懂?""我觉得你可能会听不懂。"小伙子直言不讳。

"放马过来啊。"我表示不服。

"0.999999 等于多少?"

"四舍五入,等于 1。"

"三分之一等于多少?"

"我再怎么偏科这个还是懂吧!"我不耐烦地说道。

接下来他又列了一堆数字,我开始头大,说:"你究竟想表达什么?"

"数学老师的结论是,结果不重要,过程最重要。耐心对待每道题的过程,是关键。"

"我一直就是个不在乎结果看重过程的人,难道你不知道吗?"我大叫起来。

"好好好!"小姜过足了嘴瘾后,绽放花一样的微笑。

"你给你们班的同学和老师打多少分?"

"97 分。"

"知道为什么少了 3 分吗?"小伙子说,"好看的女生没有……"

"好吧,看颜值的 00 后,首先自己得坚持锻炼保持身材啊。"

昨晚爸爸问他,觉得高中的书本怎样,回答是,果然是高中啊!

少年·寄居蟹

海里游泳时,小姜的脚踩到一块硬物,捞起来后,原来是一块石头,在石头缝隙发现一个海螺,又在小海螺里看到了一只寄居蟹。

他捧着海螺里的小蟹上岸,坐在沙滩上研究寄居蟹,爱不释手。潮起潮落里,一颗十六岁的少年心因这只永远不可能再长大的蟹起起伏伏。

小时候他想养狗养猫养宠物，但都被害怕动物的我否定了。但这回，他问："我可以像以前养家里的乌龟那样，把这只寄居蟹带回家养吗？"我点头，因为我同样对寄居蟹好奇。

带回家后，小姜对寄居蟹百般呵护，怕它离开了海水被细菌侵蚀，夜里下楼去买盐来消毒，但是超市关门了；怕它饿着却不知道给它吃什么，忐忑中给小蟹喂龙眼肉；找了块舒适无比的棉布给它当小床，希望它安逸些，不再像在海里那样风雨飘摇，颠沛流离……夜深人静，他一直在寄居蟹旁边捣鼓，时而有水声，时而静默，昏黄暗淡的灯光下，渺小得还不如一个食指大的海螺以及缩在海螺里面更细小的寄居蟹，与小姜高大健壮的影子，是这个暑假里海边的动人瞬间。

"寄居蟹不适应自来水，死了。"第二天一早，小姜告诉我们。话里尽显遗憾和失落。

我看了看，不知道是眼花还是其他，我看到寄居蟹的爪子动了动，但是再撩拨，却没了反应。

"不管是生是死，让它回到属于自己的地方吧。"小姜说，"与其让它苟延残喘地活着，还不如去海浪里冲击颠沛。"

我去海滨栈道散步时把寄居蟹放回到大海里，一起送回海里的还有一只白色的小贝壳。

当再次坐在沙滩上感受海浪与细沙，小姜说："看还能不能遇到寄居蟹。"环顾四周，大海茫茫，能再次相遇何其渺茫。"往前看吧，"我告诉他，"前面有更精彩的人和事物。"

十六岁的这个夏天，少年与寄居蟹，有相逢的喜悦，有分离的惆怅。

压力

晚上,小姜问:"有一个坏消息、一个好消息,你们要听哪个?"

"坏消息。"我和老姜异口同声。

"化学考试最后一道 6 分计算题没做。"他有些沮丧地说道。

"没事,不懂的弄懂就行了。"

"好消息是数学 90 分,史上最高峰!"

"哇,"我瞪大眼睛,"不错哟!"

晚上老师家访,问他学习上有压力吗,他说其实还好,回到家里也没什么压力。

好吧,儿子,是不是父母给些压力就会脱胎换骨呢?

可爱的梓涵

中午在娘家吃饭,问梓鹏:"在学校里有没有听老师的话啊?"他一脸捣蛋鬼的表情说:"没有。"

三岁的梓涵立刻教训哥哥:"那你还去学校干吗?不要读书了!"

我大笑到差点喷饭。

母亲指着梓涵说:"你啊,让你认字,总是说明天认,明天认。"

我又笑得岔气了。

百米亚军

下午母亲给我打电话,很激动地说:"梓鹏参加学校运动会,100 米全级第二名啊!"那高涨情绪不亚于梓鹏拿了奥运冠军。

哈哈,看到照片,母亲站在亚军旁边,感觉她气质很高贵。我侄子是长腿小帅哥,很快有他奶奶高了。

倾听比倾诉更重要

上学出门前,小姜感叹:"一晃两年的生物课结束了。"

"三年的高中时光也会过得很快。"我说。

"为什么我十岁之前的记忆开始模糊了?为什么我会觉得那是发生在别人身上的故事,而与自己无关?……"他边穿鞋边呢喃。

"儿子,你想多了。"我快速打断了他的疑惑。

成长的记忆从未间断,故事里的主角也未曾更换,不管是小学以来一直是自己一个人的午餐,还是一家人假期旅途中的精彩,小姜会丧气会质疑会哭泣,但留在记忆里的是艰辛后的甜。比如近日他随笔里写的去年泰山登顶路途中,那支廉价却甜蜜的小冰棍。

许多同学会找他诉说自己的成长故事,他们的多孩家庭,让身为独生子女的小姜体会不到争吵抢夺、成绩对比等。暑假,我也坐等他告诉我,他听到的那些故事。

我告诉他,倾听比倾诉更重要。

少年，少年

周五的夜，显得慵懒放松。

一踏进家门，小姜说了句，老妈，×××来家里了。我心一动，但没有慌。待探头一看，是熟悉的博越和王璐。小姜是在调侃我，想看我的反应。

我问三人饿了吗，博越和王璐说不饿，我说，饿的话阿姨叫麦当劳外卖。两人不出声，一听是麦记，都笑了，孩子气展露无遗。

四人围桌边吃边聊，轻松随意，孩子们笑得前俯后仰。他们的声音已经完全是大人的浑厚，内容尚还稚嫩的对话，可爱依旧。

青春年少，轻狂时光，看着他们三个好朋友互损打闹，又想起霞妹曾动情说过的：希望我们的孩子将来中年时也会像我们这样，有可以真情倾诉的发小。

他们应该可以吧，小学到初中的同学，同小区的邻居，有这么多的回忆，就算将来各奔东西，心里还是会相伴如初吧。王璐跟他妈妈说，以后长大了回来看父母，也要看看阿姨。我一听这话，心立刻融化了。想起他一年级时拉着同学的衣服排队去午托班到现在，大人忙碌时两家孩子互相托付，时间一下过去了八年。

少年们正经历着必背必读必考之路，幸好能相伴，能互相鼓励，能一起天马行空侃大山。将来是未知的，但有那么一刻，他们仰望星空，内心辽阔……

不是所有的惊心动魄都动人,却是所有的细枝末节都温暖。喜欢看到孩子们相伴的场景,那里有他们的回忆,就像现在的我们回忆过去一样。

向往的生活

我和小姜在外上课,老姜在家搞卫生,把家中破旧的、损坏的杂物,该扔扔该修修,傍晚给我们煮好饭炖着菜,然后出门去会友。

回到家,我把英语课堂上没弄明白的统统扔给小姜,并让他练我课堂练过的句子,写小短文……青春期的孩子就这么听从我了,认真教我语法、时态,短文也如我愿,尽量不单调不枯燥……有时我形容我和他不是母子是朋友,已经不尽然了,互为老师,互为损友,畅谈过去将来、亲情爱情、奇闻逸事等,没有结论没有目的,想到哪儿说到哪儿。

曾和老姜说,自己胸无大志,甘愿平淡。他答,人生很重要的三件事,锻炼、学习、旅游,你已经在做了。

最幸运的是,所向往的生活,努力够一够,就能真实地触碰到。弥漫花香,淡雅依旧。

F5

当听儿子说,他的兄弟团叫 F5 时,我捧腹大笑起来。班上有四个女生组合叫 F4 了,所以他们就往后推了一位数字。老姜调侃:干脆叫 F518,顺口……

F5 里有五个男生，同班且是邻居，学习上互相追赶、较劲，上学放学形影不离，打闹、吹牛、生气、翻脸，成长中的青涩片段真实可爱。

已识愁滋味的少年们，每天撒落一路欢歌和惆怅，在新湖与新岸线之间……

暖流掠过

忘了是哪句话引得母子两人仰天大笑，差点喷饭，是狂妄嚣张还是自吹自擂？细节想不起来了，反正也是八九不离十的话题了。

停顿片刻，我说，想念暑假阿宝、梓鹏来我家住的那几天，饭桌上讲着讲着也是遏制不住地狂笑……像他们一样孩子般地天真烂漫，笑出眼泪。

聊电影，聊历史，当儿子得知我竟然知道溥仪这个人后，惊奇大叫起来。

我答，连溥仪都不知道的话，我也该去撞南墙了吧。

接着聊婉容，这回轮到我惊奇了，那个年代的爱情，他竟懂。

晚上打球回来进家门，写着作业的他从房间出来说："老妈，给你留的饭菜在电饭锅里，保温着……"

下个月就满十四岁的少年，令我心头如一阵暖流掠过。

国庆，外甥女阿靖要回五华结婚，她发的微信朋友圈难舍难离，而老姜的回复更让人感慨——永远的家人，一辈子不离不弃。

停下脚步来品味生活，滋味万千。

我是听众

傍晚下班都快到家了,觉着时间尚早,就打算给儿子做顿丰富的晚餐。他曾说过,跟同学开玩笑,自己是靠坚强的意志力活下来的。虽然话语略显夸张,但每天中午就一个炖菜,而且色香味单一,这么多年的午餐,他也熬过来了。

于是把方向盘扭过来,掉头去了福中福市场买了他爱吃的牛肉和虾。

洗洗切切煮煮,待上菜也七点半了。两个人的晚餐,比三人争先抢话的热闹稍显安静,但讨论热烈依旧。老姜早上出门前在茶几上的一张南都报上写了几个字:请读本文。晚上小姜问:"董桥是谁?"

"不管他是谁,他的散文你爱看吗?"

最近我在看董桥《中年是下午茶》一文,画下好词好句给小姜浏览,他佩服得直点头。刚好南都有一个版面登了董桥与友人的书信,老姜便嘱咐,中午阅读时间可以看看。

"暑假看看妈妈买的这几本书,第一次看不懂看不进去没关系,人家阅人历事无数,却能用云淡风轻的美文美句慢慢带过,细细看,耐人寻味。"

我的指引也许不是最正确的,但我会告诉他我阅读的真实感受,在他成长的每一个阶段。文笔巧或笨是另一回事,阅读交流是我们沟通的方式之一。餐桌上、旅途中,交流无处不在。

小姜的话匣子一打开,课堂上老师讲过的题外话倒豆子一般,他把精彩片段一一还原……我是听众,被他带着领略我已离开多年的课堂风采。

有一天，他终将展翅翱翔，而我们会慢慢老去，这些互相陪伴的日和夜，希望他将来回想起，心底的那盏灯温暖光亮，且令人舒适。

脱口秀

三人晚餐，话题迭出，争论不断。几乎在姜家菜单中消失了的煎鸡块又重新出现在餐桌上，让小姜欣喜若狂，吃相不堪入目，等瘦肉鸡蛋汤上来时，鸡块已经被狂扫一半了。

小姜说过一件事。同学问他午餐是怎么解决的，他答：我是靠坚强的意志力活下来的。夸张的幽默让我和朋友听了哈哈大笑。

有一次，晚餐丰盛诱人，小姜两眼放光，说："这回我不用靠意志力了……"

我就是在这种姜氏幽默氛围里走过来的。当年尚年轻的老姜，此时正年少轻狂的小姜，与其说他们骨子里有天生的幽默感，不如说是我助长了他们的幽默细胞，因为通常他俩说的经典段子，最容易笑的总是我。有时生活闷，想笑却笑不出来，我说："老姜，你给我讲个笑话吧。"他说："什么笑话？"我说："就是那个村里修路的笑话。"他说："这个不是讲过很多遍吗？还能笑出来？"奇怪的是，每次听到这个笑话我还是能像第一次听那样觉得有趣好笑。

有人说，你真有办法，能让老姜这么有成就感……没办法解释为何他讲笑话就能让我从内心发笑，但绝对是性情所致。

今晚餐桌上，他俩讨论名人历史。小姜说，拿破仑说过，中国是一头沉睡的狮子，当这头睡狮醒来时，世界都会为之发抖……

加些诙谐的语言,争论慢慢变成了脱口秀。但腹部稍用力,小姜就"哎哟"叫,原来他在学校体育课做了一百零四个仰卧起坐,腹部肌肉痛。一听说疼痛消失就会转变成腹肌后,他把胸挺了挺。"但要坚持。"末了我加一句。

再多彩的生活都会回归柴米油盐酱醋茶,再平凡的日子都会有点滴的快乐,我很享受与他们在一起的日子。

写给即将成为大学生的你

亲爱的儿子:

如果我们都带着思考和行动去过每一天,那么这样的日子是有印记的。这种印记代表着生命的意义,这种意义具有某种力量,让你坚定和强大。

高中三年,你说,高一不知道在干什么,高二谈了一场自认为的恋爱,高三拼了命地学习。我因你简洁的总结怔了一下,确实,当回望这些过程,原来你已爬过了一座山。但你征服的不是那三年,而是你自己。迷茫时,犹豫时,心痛时,给自己立下目标时,咬牙奋斗时……你懂得用歌曲、舞蹈、书籍、影片缓解压力,用文字诠释自己的心情。希望阅读、写作和歌唱等这些宣泄情绪的出口会与你相伴一生,不要去触碰那些对健康无益的危害品。

过去的十八年,有过痛哭、大笑、拥抱,甚至还有争执,身为父母,庆幸当你在经历这些时,我们和你是在一起的。从你上幼儿园开始,你就乐于与我们分享,不管好消息还是坏消息,这是爸爸妈妈最引以为傲的事情——家人就应如此,彼此分享,互相分担,互相打气支持。

高考结束后,你对知识的向往更加迫切,如饥似渴地看书、泡图书馆、学日语。今早我们还说,如果儿子在大学里保持这种求知欲,不虚度不颓废,将来肯定是社会的人才。

希望已成为一名大学生的你,在异地他乡要继续把握方向,多学东西,一步一步地按照自己的计划往前走。另外,在学校要尊重师长,和学校的同学、室友和睦相处,多听听别人的意见,三人行必有我师,取人之长,补己之短。

大学生活固然精彩,但要懂得分辨是非,不能盲目跟从,一切以学习为主。积极发挥自己的特长,如写作、外语、歌词创作、体育和街舞等,提升各方面的能力。

最后,要懂得保护自己,健康饮食,不暴饮暴食,多喝白开水,少喝饮料。保持适当的运动,千万不要过早成为肥胖一族。

爸妈等着你分享你的大学生活,一如幼儿园、初中、高中,说说你的校友、你的学习以及其他。

爱你的爸爸妈妈
2020 年 9 月 1 日

辉萼楼

第 二 辑
岁 月 留 痕

天地清音，纹路清晰

——6月19日散记

近日我总觉得非常热，不知是不是游泳游多了，体质变热了。最喜欢找个安静的下午待在图书馆，偶遇某本书某个朝代某件不为人知的新鲜事，偶尔抬头沉默地看看身边的陌生人与书。

说说6月19日遇到的人和事。敬一丹在一次专题演讲《我就是想记录》里说道："我不想遗忘，不管是被动的还是主动的，所以我选择记录。"深以为然。

晨泳，总与一位自由泳猛将擦肩而过，我游一百米他游两百米，速度甚快但水花压得几乎没有，即使从身边越过也是悄无声息。游泳最快乐的事情莫过于同条泳道遇到一位有风度又有速度的泳者，但始终未见其真面目，因为大家一直在游，不曾停留。上岸我也没有回头，留个悬念吧。

七十一岁的康阿姨在沐浴室一直问："怎么没见你在哪条道游，你的泳帽不是红色的吗？"河南的清洁工阿姨估计腿伤又发作了，天天见面和她聊几句已成习惯，今天她没来。

上午，微信里，发小坝花说要发文章给我。我一直让美貌与智慧并重的她写写散文，全然不理她那副破罐子破摔的态度，使劲催她："美食、旅游、亲情、友情、爱情等文章，写啊！"她则经常用她那劳动人民的纤纤玉手梳梳即使没有风也会在空气里凌乱得不成样子的一头卷发，说道："让我想想，让我想想。"一想便是几年。

终于有了这篇沙漠之旅，鉴于她嘱托过"帮我好好改改啊"，我便自作主张把标题改为《在沙漠与星空相遇》，一篇在沙漠与星空邂逅的美文就此面世。

午餐，花甲、河虾、烧猪骨头、莲藕花生汤，小姜照例打开了小岳岳的相声视频，母子俩笑得差点岔气。准高三学生的压力、动力和火力都齐全了，但为娘只能做一件事：陪伴，只谈娱乐八卦、读书、电影旅行，学习的事情让老姜去谈。

午后，驱车前往康桥书院参加诗词大会复赛。一落座，旁边一位小胖子选手问我："阿姨你是谁？"

"我是记者。"

"你叫什么名字？"

我把名字写给他看。"你是不是很出名？"他问。

"不出名。"我摇头。

小胖子叫高一旗，就读于黄麻布小学，从预赛冲到复赛，他准备得很充分，飞花令环节里的各种字他都复习得很全面，手里一直拿着一沓被翻得皱巴巴的诗词资料。

可爱的一旗同学很厉害，前面两组选手的问题他在台下都能答出来，还偷偷把答案告诉我。这让他信心百倍，感觉冲向决赛胜券在握了。

后来，他妈妈也在旁边落座，一脸期待，不停叮嘱。

在"风"字飞花令环节里，一旗同学确实一站到底了，把其他四位都比下去了，但由于其他环节得分不高，最终没能进入复赛。我一直安慰他："你已经很棒了，评委老师们对你印象很深，一直夸你呢。"

但一旗不再兴奋了，两眼无神，他妈妈则在一旁一直催他赶紧走，连合影都不想他拍了。

就此与他别过，不知道他日后还会不会在诗词的道路上激情洋溢，如赛前那样。

傍晚，同事相约打乒乓球。其实都是半路出家，胡乱挥拍的，但大家点评起来有模有样，好像都是高手一般。

三人比赛，出汗、尖叫。

回家时，报社大楼尚且安静，夜班的喧嚣大幕还没拉开。

晚上，儿子晚修回来，提议一边吃西瓜一边聊英语。我严词拒绝："今天我要写东西。"

冲完凉，他走出来问我："看看我的发型酷不酷？"

"像个二傻子。"

阳光清透，夏阴拂凉。每天都是新的开始，日升日落，天地清音，生活充实细密，有着清晰的纹路。

奔跑的十二天

这个夏天，侄儿梓鹏最难忘的当属在宝安体校参加田径训练的十二天。

今早告诉他"你可以回家了"时，九岁的他眼里闪过一丝不舍："这么快回家了？明天回去行吗？"

前两天聊天时我说，等鹏离开我家时，我要为他写一篇文章，但没想到会动笔，可能觉得笔尖的直接触碰，更能表达内心吧。

第一天送鹏到体校田径场训练，烈日、暴晒、口干、流汗不止，看着他在跑道上喘气、迈步、摆臂，仅热身运动就是四五圈，心里有一丝不忍。其实我们也是这么被残忍对待一路走过来的，在跑道上腿发软，听到起跑枪响心脏急剧跳动……尽管知道孩子的潜能无限大，甚至比大人更有韧劲，心里还是怜惜。拍视频发到家人微信群，我妹（鹏小姑）不忍直视，直呼心疼。

每天顶着火热夏季的阳光训练，鹏回来没有说过一个累字，经常分享的是分组足球比赛，自己进了几个球，拦截了对方多少次进攻。

他有个机灵善辩的四岁弟弟，所以全家人的注意力经常在可

爱调皮的弟弟身上，捏他逗他亲近他。鹏生性内敛，不善言谈，经常被忽略，被弟弟拳打脚踢，做家务、带弟弟，这样的劳苦形象，属于九岁的鹏。

与鹏朝夕相处了十二天，猛然发现，他令人心疼、喜欢和惦念。

吃完饭，他主动收拾碗筷，脸上没有一丝不情愿，很自然很熟练，像家中大人一样手脚麻利干脆。地板哪里脏了湿了，他都会主动拿拖把、抹布清洁干净，这是在城市里长大的孩子身上比较少见的。朋友埋怨我对小孩太残忍，因为鹏站在厨房才跟水龙头一般高，她心疼这个跟自己孩子年龄相仿的鹏。其实，她把镜头里的鹏看得过于悲观了，色调并非如她想的那么灰暗。因为鹏已经习惯，觉得这是他理应做的事。

小姜和鹏是阿婆一手带大的，阿婆是他俩心中最柔软最温馨的部分。有一晚，哥俩睡前谈心，聊辛苦了一辈子的阿婆，小姜揉了揉眼睛，鹏以为哥哭了，也开始流泪……第二天他俩告诉我这件事时，我笑了，感动地笑了，鼻子却酸酸的，感动他们对阿婆爱得深。

鹏爱看球赛，这以前我是知道的，但是现在才知道，对足球的热爱于他已嵌入骨子里，这可能源于足球之乡五华对他的熏陶，也可能是父辈们对足球的热爱感染了他。逢有球赛的夜晚，原本与姑丈并肩看球，聊着看着，鹏竟然慢慢地依偎在姑丈怀里了。大热天，激烈的球赛，两个紧张的大小球迷专业地讨论讲评……这样的看球画面经常出现，温馨可爱。

像哥哥姐姐那样，鹏每天会进行英语趣配音，儿童稚嫩的声音柔软可爱，我总喜欢一听再听，简单的字母和单词、句子从他嘴里蹦出来，在我心里，俨然呈现出一片纯净的天空。

奔跑的十二天，鹏晒黑了，皮肤像刚刚泡好的普洱茶，黄黑黄黑的。跑道于他而言，是轻快的钢琴按键，优美的节奏在九岁儿童的世界里潺潺流淌。每次看他轻松奔跑的样子，我都替他高兴，他没有累倒，而是在每一个步伐里体会这一历程。

长腿、黑脸、消瘦，想捏他都无处下手。这就是鹏，内敛、沉默、没法逗。

谁也没想到十三岁时他就长到了一米七九，还是一个不折不扣的足球迷+篮球迷。鹏带着小五岁的弟弟在篮球场挥洒汗水，三分球轻轻松松，三步上篮，动作潇洒。

大布村·七月七

一早,老姜冲着睡眼惺忪的小姜(此男孩从昨晚八点半睡至今早八点半)有些激动地喊:"儿子,今天是五华的七夕!"我赶紧纠正道:"不是整个五华县啊,只有大布村。而且不叫七夕,叫七月七。"

五华县水寨镇大布村的七月七,与鲜花绽放的情人节无关,与山盟海誓的甜言蜜语无关,更与各种各样新颖别致的礼物无关。我们的七月七,是深植于心中的一种村落情怀,浓郁且悠长。关于吃了肚子不痛的药粄,关于访亲待友、串街走巷的喜悦感……这种情怀根植在大布村村民心间。

在我小时候的记忆里,七月七这天一早总是隆重而忙碌的。其实在一个多月前,村里的老人们已经开始在晒谷场晾起了鸡矢藤(一种长藤植物,生长在野外,叶绿味香),用大大小小的箕畚盛放,摆于井口边、池塘边,慢慢地晒至干枯脱落,再捶成粉,七月七前一晚就用药粉配以米粉,加水混合搓捏,做成药粄。家人经常说,吃了药粄,身体好,不生病,肚子不痛。

每逢农历七月初七,大布村李姓家家户户都碓声咚锵,粉筛晃荡,把药粄蒸熟后,除了自己家人享用外,还馈赠亲戚朋友,以保人人身体健康。制作药粄要配上白糖或红糖，再用木雕花纹板压制，就能制成精美典雅、味甜可口、风味独特、老少皆宜的药粄。

上个月在济南大明湖畔行走，草丛里露出一撮鸡矢藤，甚是惊喜，忍不住大叫，在异乡遇见小时候的常见物，勾起了浓浓的乡愁，于是便跟儿子讲起了我小时候的七月七。

除了有相传多年且风味独特的药粄，七月七这天，亲朋好友，抑或是朋友的朋友、亲戚的亲戚、邻村的、隔镇的，或是在外工作打拼的，都会来大布村过上一个热闹的七月七。在大布村村民眼里，这是个不亚于春节的大节。

但是很惭愧，这个节我已经记不清有多少年没回去过了。十年？还是二十年？不敢细数。只记得读书时，七月七那天在宝安遇到大布村的老同学，不管之前有多么不熟络，但因为这个老家共同的节日，竟然觉得对方很亲近。

七月七情结，是一种浓浓的乡愁，与风月无关，与花色无关。

冬日还暖

冬日还暖，此时，这个城市就快坠入黄昏的怀里。游完泳，在宝体空旷的篮球场边闲坐，望着来去的行人、球场上酣畅淋漓的打球者，天边最后一道金色渐渐隐没。

我想，这一生与游泳都不能分开了。游泳能结实地唤起你的身体感，那一刻，没有别的声音，只有水在哗哗流动，划水、蹬水，水花像冷烟火一样聚集又散开，各种水声交织在一起，喧哗又几近无声，和自己的身躯融为一体，令人安心。

是的，有一些低处的美好，唾手可得。

午后，有些淡淡的想念。即使在同栋楼上班，还是期望偶遇，然后深谈，你的消瘦、你的烦忧；最后相约，来年一起写字吧。

好的冬天，从更深处露白，从红尘中找到放下的部分。

喜欢这时候的花开，虽愁亦善。喜欢这个时候掠过的风，偶尔会吹得手发凉，吹醒心底掩埋久远的痛楚，仿佛上辈子的自己被吹回来了。

所有远道而来的，最终只能疾行而过。

心有戚戚然，不涕泪。这一刻，时光如水。

猴年除夕

猴年除夕日，辉萼楼锣鼓喧天，香火旺盛，堂哥在祖屋上厅手执麦克风领衔念诵世代流传的祭祖文。上厅、中厅和下厅人头攒动，男女老少聚在一起，听每年一次的念祖公，行大礼。

这是属于客家人独特的年味道。斑驳的祖门、烧得正旺的香火、煤油灯、祭祖、敲锣打鼓、念经读文……传承和信仰，除夕日是辉萼楼一代又一代人心里最神圣、最庄重的日子。

天高云淡，暖风习习，站在中厅，恍如隔世。因为距上一次除夕祭祖，已过去二十多年。小时候的除夕日很是欢腾，我听从爸爸指挥，早早用柚子叶煮好的热水洗澡，向阿叔阿伯们打听好祭祖吉时，把祭品（大公鸡摆中间，左鱼右肉，后面是豆腐干）早早地端到上厅四方桌上占个好位置，让祖公们能最先品尝到自家的丰收品。

午后的田野，晴空万里，我带阿靖和小姜走田埂串巷道。我指着一块水稻田，说起阿婆的插秧经历；经过砖厂，告诉小姜我小时候捡煤炭的故事，这个 00 后孩子不明白为什么要捡煤炭；路过残疾人培训中心，小姜指着上面的字，阿靖笑了。

小姜帮表姐提包，淘气地伸手要红包，阿靖很爽快给了个大红包，大方到令我俩不敢相信。但当阿靖看到里面的金额时，又赶紧换了个小红包……这场面令我们三人捧腹。

走了许久的路，因为县城变化太大而迷了路。但一路说说笑笑，摸索着朝大概的方向走，沿途还是快乐的。走妈妈小时候走过的路，听妈妈小时候的故事，吹着冬季暖风，迎着午后阳光，小姜的这个春节是来听故事的。

辉萼楼门前有禾坪（也是晒谷场），有小池塘，用长长的石板凳围着。孩提时代我就在禾坪练球，喜欢坐在石板凳上发呆，在小池塘里捉鱼洗身（游泳）。当我再一次伫立于此，分明看到过去的那些时光扑面而来，不由分说地把那个自卑、敏感的小女孩送了回来。

满头银发、精神矍铄的素梅大娘握着我的手说："现在听你的声音，就好像小时候的你坐在我旁边聊天，时间并没有过去。"

眼圈突然一红，但我忍着没掉泪。

这么多年过去，看过许多绮丽的风景，又回到这里，而我，已成中年。

小时候，乡音是一座城堡，里面承载着我无数梦想，梦想冲出乡镇，圆城市之梦。长大后，乡音是一曲动听的民谣，那里有水有田有小道。

你们不要老，不能老

带着文字仍旧在飞的脑子回到家，疲惫、困倦。打开冰箱，看到整整齐齐摆放好的食物，心头一暖，这些爱的给予是家人来过的痕迹，无声、默契且长久。

前天在壹方城，见两个师妹和一个像我这样的中年胖师奶。我对师妹公鸡说："你走路能不能别 O 型腿八字脚？能不能像我这样走得优雅点？……"她们大笑之后，假装很虚心地跟我学。公鸡买防晒衣专选童款，以便显示健身后的效果多么显著。坐在餐厅朦朦胧胧的灯光下，我说："历经沧海，突然发现了你的美。"

稍微有点女人味的阿猪感慨："如果当年没读体院，今天的我应该在商场卖衣服。"这话让我想起她上大学前我去超市看她，那时她还很小很小，当然个子还是跟今天一样高。我忘记跟她聊过什么，但她那时告诉过我："师姐，炒菜时蒜蓉剁得越碎炒菜越香。"每每切菜，耳边总想起阿猪说的这句话。

掰着手指数我们相识的年份，双手都已经数不过来了。在宝安搬了很多次家，但她们依旧不依不饶地紧跟着，可能是离不开我对她们的"欺负"。

"昨天是你生日啊,公鸡,想到你也三十好几了,我心里慌了。"我可以老,但你们不能啊,师妹是永永远远不能老的,要不怎么叫妹呢。

骑小黄车回娘家过冬至

我决定骑小黄车回娘家过冬至,从宝安中心区出发,经福中福、上流塘立交桥,穿前进路,来到大本营的宝安公园脚下。

睡午觉前,老姜在家人微信群中发了一则宣告:"你们大姐现在准备搭公交车过来,但到处在修路,塞车,估计要四五点钟才能到 73 区。"我笑了。越来越容易被他逗笑,本来就智商不高,如今更是被岁月严重摧残削弱了。弟弟妹妹们真的被这个玩笑骗到了,他们以为我一直在路上。

小黄车在坑坑洼洼、凌乱不堪的工地上前行,望着旁边长长的塞车队伍,很庆幸自己骑单车可以"杀"出一条"血路"来。

早几天前我建议,过冬至,不会包饺子的我们也带孩子们玩玩吧。贤惠的弟媳今天一早买菜、和面、剁肉,忙到中午,老姜怪我,看你一句话,多折腾。这让我于心不忍,那就早点过来帮忙吧,但到达时还是夕阳西下了。

没有什么比过节时亲人在一起更圆满的事情了。

昨天采访出诗集的马兴老师,他对家乡迈特村的回忆充满了美好和诗意,村庄里有海风有椰树有百年教堂,没有饥饿没有纷争没有分离,"那是童年该有的样子",太喜欢这一句话了。听过太多人说以前的生活是如何困苦,连饭都吃不上,太苦不堪言了。我始终觉得最苦最痛的生活里还是会有温情暖心的一面,不知道为什么,大多数人却总在寻找伤痕寻找泪点。

采访时经常听别人讲父母讲童年,这时我会想到,在那个简陋朴素的阳台,父亲带着我们姐弟仨看昙花一现的那些夏夜,花香飘过的童年,时隐时现严厉的父亲形象。

冬至,喧闹,饺子虽包得不成模样,但大家是开心的!

三代人的光阴

一早，和儿子一起出门，然后分开上各自的课。出门时一再交代受伤的阿妈："你手还没恢复，等我回来再炒菜。"她点头。

时至中午接上儿子，回到家已是十二点半。一进门，阿妈就说可以吃饭了，不用再炒菜了。儿子爱喝的瘦肉汤热腾腾的，老家表弟亲手做的酿腐衣、炒长豆等菜很快被阿妈端上餐桌。我担心道："锅太重，你还是要小心手啊！"

三代人吃饭、聊天，时光被拉得长长的。已是大个子的小姜，精神还是那么抖擞的阿妈，我们一起回忆一年级时的小姜个子有多高，一起聊小姜将来找老婆要找什么样的。我说："还是客家妹子好，勤劳，又不乱花钱，这里就有两个典型啊！"阿妈附和着："对对对。"小姜弱弱地问了句："潮州妹子怎样？我听说也不错啊！"

楼下小树林摇曳摆动，温和且轻柔，我们的笑声穿行在风里，像是鸟语伴着花香。

想起开学前公公在家陪着小姜住的那一小段日子，我和老姜不在家，虽然自小没和爷爷一起生活过，但相处的那些日子已成为小姜记忆里昏黄温暖的回忆。后来看他写爷爷的随笔，我的眼

泪瞬间掉落。

每天下班回家,有公公做好的饭菜,吃饭时听平日话少的老人讲家人、健康,讲婆婆生前的事情。他经常一个人一支烟坐在阳台,这种情景让人很心疼,总想跟他说很多很多话。

父母永远站在一个角落里,注视和关怀着子女。幸运的是,我们能和自己的下一代一起体会这种令人潸然泪下的爱。

少年如你

　　天骄小学篮球场，有些日子没见了，我上前紧紧握住在这里做小学生篮球比赛裁判的发小坝花的手，惊恐如她，问："发生啥了？"

　　我再拍拍她坚固如墙的小肚腩，一脸坏笑。坝花指着径贝小学一位肥嘟嘟的小队员说："像不像以前的我？"

　　我俩遏制不住的笑由此开始，那个胖小姑娘跑位、接球、投篮，反正她做任何动作都会让我忍俊不禁，她太可爱了，一脸严肃，很认真地在赛场跑上跑下。

　　坝花纠正我说："你不能因为她长得像我，就一直为她加油啊！"

　　孩子们很努力，双方体育老师更是拼了，加油和指导的声音响彻操场，这不是十个人在战斗，而是两个肤色黝黑的篮球老师在较量。

　　我大笑，坝花很严肃地教训我："别笑，她们打得很好。"

　　坝花不知道，只因为活泼可爱、大方得体、幽默风趣、优雅知性的她在我旁边，所以我总是忍不住想大笑。但是，她不让我握她的手，没坐多久，我也就灰溜溜地走了，任她在后面紧紧盯着我妖娆的背影。

文采飞扬、深沉睿智、饱读诗书的杂志编辑谢老师将新出的杂志拍了发给我，定睛一看，小姜同学的《东坡之恋》发表了。

九百多年前的一场爱恋，姜同学竟然用文字重现了。因为同样喜欢苏轼，谢老师编得也是格外认真负责。

想起美术功底一般的小姜画的那张东坡流放图，还总想笑。

轻云薄雾，总是少年行乐处。

三毛说过，岁月极美，在于它必然的流逝。

如这晨早黄昏的更换。

清凉如水

　　室内深水池，手臂划动的水声丰盈着每个游泳者的心。静默地欣赏他人优美的泳姿，没有招呼没有交流，因有相同的喜欢，语言已是多余。在沉默中学习，眼神偶尔交流却不会去靠近，这样的距离，于不想与陌生人多接触的我来说，最好。

　　忘了这样四季游泳的习惯有多少年了，也许我是泳池里最慢的那个、身材最圆的那个、泳姿最笨拙的那个，每周一两次游泳却已成骨子里的喜欢，再忙再累，下了水就是放松时刻。尤其在寒冷冬季游泳是我的最爱，体验身体极限，感受水与凉意的触碰。自由泳自学成功是今年最有成就感的事，我的老师就是几个孩子，他们把从专业游泳教练那里学来的技术动作毫无保留传授给我，于是，我从一个游得像螃蟹过街且呼吸难以调整的自由泳菜鸟，变成能轻松百米来回的水中精灵，我的自由泳终于游得自由了！那种感觉比蛙泳更畅快，比仰泳更有力，比狗爬更优雅。

　　游泳能唤起身体的结实感，那一刻没有别的声音，只有水在哗哗流动，水花像冷烟火一样聚集散开，各种水声交织在一起，喧哗又几近无声，身躯辗转、舒展，说是游，其实是在飞。

　　喜欢泳池里那种既清凉又温暖的格调，喜欢与泳者保持恰当的距离……不远不近地懂着、温暖着，彼此有独自的空间，我喜欢这种距离，不管与谁。

日常，不需要惊天动地，安安静静做一件事，遇见一个人，在一座城里。

素梅大娘，愿来世的你依然威风凛凛

一个清冷的午后，我从温暖被窝里爬起来准备去上班，看到妹妹的微信："素梅大娘仙逝了？"心里一沉，再到老屋微信群里一看，无论男女老少，都在双手合十默哀，为这位八十二岁的老人送行，充满悲痛、不舍。

冷风吹在冻僵的脸上，突如其来的悲伤让这个迟来的寒冬如刀如剑，在我心上留下深深的伤痕。一下子，有关素梅大娘与老屋所有的记忆在这个冬季如潮水般涌来。那些年幼时经历过的事情在脑海里早已泛黄，今日想来，痛彻心扉却温暖。

我对素梅大娘的记忆，始于 20 世纪 80 年代，周末晚饭后急急忙忙地赶往百合园看电视剧《霍元甲》。百合园是大娘的家——一处充满花香鸟语的大房子，围墙内一年四季都种满了绿意盎然的攀爬植物以及各类娇艳欲滴的鲜花。大娘在我心目中是个有钱人，因为当时只有她家才有电视。大人和孩子们全都挤在她家客厅，很是吵闹，素梅大娘和献粦阿伯夫妻俩却从未斥责过我们，反倒经常鼓励我，有目标不要放弃，勤学苦练，终究会出人头地。当年懵懂的我不甚理解，但冥冥中觉得，大娘说的话应该没错，因为她住着大房子，她家的孩子都在外打拼很有出息。

每当有家人从外地回来,她都会给每家每户发糖,吃着这些从来没有见过的糖果,我心里充满憧憬:有一天,我也要到外面的世界去看看。

听母亲说,大娘和阿伯都曾是教师。正是他们骨子里那份教书育人的秉性,他们对邻家的孩子鼓励多过责备。后来我出外求学,经常打电话到大娘家,托她告诉我父母几点到她家接电话,一打便是几年。忘记了她在电话里对我说过哪些鼓励的话,但那些年,她家的电话号码是出门在外想家的我心里的寄托和希望,而大娘和阿伯也不辞辛劳,为我与家人能通上话甘愿跑腿。

二十年后的某个春节,再站在大娘家的客厅里与她聊天,环顾四周,以前觉得这个与《霍元甲》陪伴了我整个童年的客厅很大很大,是我那时候的全世界,而今看来却显得很小。我走过千山万水回来,而大娘和阿伯已两鬓发白了。

逢年过节,喜事丧事,老屋前都会召集人敲锣打鼓,小时候见过素梅大娘打鼓,但并没有留下印象,直至前些年的除夕,将近八旬的她挥臂打鼓的气势震撼了我。那蹲位那力度那鼓劲,一点都不像上了年纪的老人,她带领着敲小锣、小镲、木鱼、花盆鼓等的大人小孩,上演了一出出气势如虹的锣鼓战,那个除夕之夜是热闹无比、锣鼓喧天的。威风凛凛的素梅大娘让我第一次有了想学打鼓的冲动,那一刻,在我眼里,她就是一位将军,引领将士们战场冲杀,有将对手杀得片甲不留之势。

素梅大娘,愿来世的你依然威风凛凛,穿着你的战袍,目光坚定,望向你所期冀的世界。

岁月最好的样子

一直很安静,如小米。

看到她站在雪里笑容纷飞的模样,不禁感叹时光是个好东西,没让小米有什么改变,还是那个执着于梦想、浑身散发美好的少女。

去年夏天,阿鬼说再去武汉吧,不是为了那个城市,而是去看小米。她很少说想念,很少这么直接表达自己的情感,我听了后,确实希望四人在武汉来一场重逢,在户部巷,任吃任喝,反正有余老板付账。

那年的武大樱花行,熙熙攘攘,四人欢心喜悦。

与小米共事那些年,是清凉如水的晚班,在向日葵旁边,讲钟汉良,唱《小情歌》,她给我画画,说她的梦想。柔弱如她,却很执着。

离开深圳回武汉,我送他们夫妻到地铁口,说了三个字:好好的。

分开,想念,重逢,安好。

一直在一起,如五朵金花。

在地铁上,坝花突然问:"小学时我跟谁最好啊?我都忘了。"

"谁有东西吃,你就跟谁好啊!"我一针见血地说道。

"你的意思就是我贪慕虚荣咯。"她挺有自知之明。

美兰问:"你们记得小学毕业音乐考试时,我唱什么歌吗?"

这话引起一片哗然。"我们的音乐科目还考试了?"有人问。"嗯,我们是县城的学校,肯定比较严谨,音乐课抓得也很紧。"但除了美兰记得自己的考试歌曲是《信天游》,再没有人能想起来自己唱了什么歌。于是当天K歌时,《信天游》成了主打歌。

大家聊起在海雅缤纷城曾经遇到一个班上的男同学,我指着其中一金花说:"那是你的初恋啊!"

"初恋?姓什么我都忘了。"

又是一片哗然。

岁月最好的样子,是大家永远长不大。即使走到世界尽头,还有你们。

前两天的一个夏夜,在宝城19区,见两位八旬老翁调侃谈笑,两人一头白发,皱纹深深,笑颜如花,如孩童般纯净。一瞬间觉得,岁月静好,莫过于此。

喜欢这句话:人生所有的跌跌撞撞都是为今天的平淡清和做准备。

甜粄，客家人心头的甜味

时隔一年，又吃上甜粄，嚼在嘴里软软甜甜的，品在心头暖融融的。甜粄是客家人过年的一种象征，在我童年的记忆里，左邻右舍的阿伯阿娘们再忙再累也会生柴火蒸甜粄。当蒸甜粄的袅袅炊烟从烟囱飘散开来，那是乡村的年味在弥漫。虽然制作甜粄的工序复杂烦琐，但现在还是有很多客家人保持着这一过年习俗。

甜粄的制作历史很是悠久，在粤东地区已经有近百年的历史，从"不蒸甜粄不像过年，没有甜粄不成礼"这句俗语足以看出甜粄在客家人心目中的地位。年前几个月，勤劳的客家女人便会趁天气好，晾晒今年从田地里收获的上好糯谷，春节前两三晚，就把糯谷担到附近的碾米厂碾成糯米，将糯米泡浸几晚后，待到年二十八的凌晨，便又挑担到碾粉厂碾成粉。我是家中老大，关于天没亮就被母亲拉上一起去碾粉的记忆一直不曾被磨灭。赶着年前要蒸甜粄的人实在是多，不早点去排队，恐怕下午都轮不到碾自家的糯谷，如若赶不上，母亲会焦虑会责怪。那时，我就是个排队的小帮手，小小的碾粉厂是竹排搭的，方圆几里的乡亲都赶到这里碾粉，碾粉机转动的嘈杂声，人群说话的高分贝，小小的我站在大人中间，体会着春节前的热闹。

因为我家离碾粉厂近，加上细心的母亲几乎是夜里不睡觉就挑担前往，所以排队碾粉不会占用太长时间，通常在上午就能按原计划开始蒸甜粄了。

把糯米粉和用黄糖煮成的糖浆和在一起，不停地揉搓，母亲的力气之大是我从那时候就见识了的。冬日的汗沁湿衣衫，母亲搓得满脸通红，但搓甜粄不好停歇，至少要揉搓半个小时以上，这样的甜粄蒸出来才有韧性才更好吃。

对于客家人的孩子来说，蒸甜粄才是个痛苦的过程，这种痛苦不是因为烧柴火的烟熏，更不是因为帮忙干活的劳累，而是当甜粄的香味从蒸锅里飘出来时，早已垂涎欲滴的孩子们会不停地问：甜粄好了吗？还要多久才可以吃啊？……每当这时，大人就会很严肃很大声地呵斥：不能问不能催，催了甜粄永远都不会熟！至今，我都还很好奇，这样问了，甜粄就真的不会熟了吗？

甜粄揉搓好之后，就把它摊在圆形木板上，抬入大锅内，罩上锅盖。每当到了这道工序，母亲就会着重提醒我：等你长大嫁到丈夫家蒸甜粄时，一定要记得在锅里放个小瓷勺，一旦瓷勺不响了，就等于锅里已经没水了，要注意把握火候。因为被格外叮嘱过，所以至今我家蒸甜粄时，小瓷勺在锅里的叮叮咚咚声一直清晰可闻。柴火慢慢蒸上三四个小时，可以闻到糯米香味、用筷子插入甜粄里不再粘有糯米浆时，甜粄就算是蒸熟了。

经过一天一夜的劳累制作，当黄澄澄的甜粄呈现在面前时，我们再也忍不住了，直嚷着要吃。于是母亲便会在圆形的边边角角处小心翼翼地用筷子给我们夹些，因为甜粄是春节重要的送礼佳品，待甜粄摊凉后，要切方形的大块送给亲朋好友，所以一定不能破坏了整个格局。

又吃甜粄，又忆其中往事，这是一代又一代客家人的心头之甜，每一道制作工序都凝聚着心血和汗水，这是客家人对当年丰收的欣慰，对下一年丰收的期待。对于出门在外的客家游子来说，这种美味于我们的意义无法言喻，只会在心间一直挥之不散，直至到老。

五月光阴

深圳的天气犹如三岁孩子，有时暴雨倾盆，街头片刻间成水塘，随时随地都有可能困在家门外的某地，而我经常在此类天气开车绕啊绕啊，就是回不了家也回不了单位，所以暴雨天出门，内心的阴影面积陡增。有时又晴空万里，烈日当头，耳边响起一泻千里的飞机声，如此刻。

这就是我居住了快三十年的城市，拿它没办法，但归属感稳稳的。每每出行回来落地看见"深圳"二字，心也就落了地，再温暖不过的家到了。

每年木棉花开、凤凰花开的季节，深圳就成了花海，那种火红令人驻足艳羡，于是人人都是摄影家，拍出来的照片都美感十足。

从未想过有一天我会离开这里，只因没有任何一个地方比在这里更让我心安与放松。这里有亲人和发小，有好朋友们，没有推杯换盏的应酬，只有真心前往的相聚。没有牵肠挂肚的日日相见，但知道你在，就行了。那天霞妹说的一番话几乎要令我掉泪了，嘻嘻哈哈没心没肺太久，正式的告白倒显得矫情了。

损得最凶的就是姐弟群，亲人之间讥笑嘲讽抬杠任之，然后一笑而过。开家长会那晚,看到小姜桌上的期中试卷思维导图,舅舅给予鼓励;小姨经常开玩笑,偶尔也会严肃批评;阿婆带着长大,给零花钱,与之彻夜长谈……真切感受到亲人们的陪伴,他的精神世界是充实的。

远方有光,有人歌唱,楼下的萨克斯声徐徐入耳,经典老歌让光阴如旧。驻足聆听,原来早已明了所去的方向,生活不在别处,明晃晃的光在眼前闪烁。这里的冬天有时也会清凉冷冽,但我已习惯用自己热爱的方式生活。

偶尔旧人旧事涌上心头,那种想念是沉甸甸的,托不住装不满。想念家乡那栋摇摇欲坠的破房子里我们姐弟仨成长时量身高的铅笔痕迹,那是父亲刚劲有力的字;想念在祠堂里帮伯婆织布牵线的日子,线有多长,思念就有多延绵。祠堂很安静空旷,回响着我和伯婆边织布牵线边聊天的声音——八九岁的小女孩和一位老人得有多少话说,才会这么热烈不厌倦?有一年春节站在祠堂,恍如隔世,无法想象年幼时觉得那里就是大世界的祠堂,如今已经狭小逼仄了。曾经问友人,人死后能见到已故亲人吗?她的回答是:应该不能吧,他们也许已经投胎转世了。于是心怅然。

每每想起故乡,心脏跳动是快的,呼吸是热的——我掌心里的每条脉络都通向故乡,那里的每条小径都充满了我幼年的回忆,生动却真实不再。少年时我出发,中年再回去已是过路人。

故乡是心窗里最滚烫的那滴泪,落下来时,砸在游子的脚上,疼。

像我老婆的声音

知了在楼下的小树林恣意欢唱,掺杂着各种鸟儿的声音。南方温和的上午,在家中,自由浅唱低吟,虽不是一匹野马,从不曾梦想过草原,但此刻,任意奔腾的就是我。

对着手机唱起来,*The Sounds of Silence*,*Yesterday Once More*,*Hey Jude*,《时间煮雨》《董小姐》,停驻在这静好的时光,感受生命给予的一切美。

就这样一直往前走,结识丰富的灵魂,在需要的时刻。

末了,问被噪声污染了几个小时的老姜:"我唱得怎样?"

"很不错,很像我老婆的声音。"老姜回道。

有一种夜色叫不舍

相见时，夜已沉暮。难得的相聚，话语犹如放闸的洪水，最近还好吗？作为一名教练，青春期的女足孩子们都有些什么样的故事？体育老师苦吗？累吗？在转正编的奋斗路上，又有怎样的血泪史？

两个师姐和两个师妹，还有一个从专业队里退下来，现今致力于青少年足球培训的家眷，几人谈足球、体育、青春期叛逆的女孩，让在座唯一没有从事体育行业的我只有睁大眼睛听的份儿。我与昔日队友以及师妹的感情，数数年头，二十年有余了。

聊啊聊，没有生分及隔阂的嬉笑怒骂，一不留神，就到了夜深不得不分开的时刻。与毛毛分手后，地铁到了中心站，三人还是依依不舍，于是乎，我和师妹阿猪及公鸡又去吉之岛找个地方，继续聊。

深夜十二点，夏季的露天座位，手里的柠檬水淡淡的酸酸的，是只属于夏天的清凉味道，宋冬野的《安和桥》在耳边缓缓流淌，恍惚中，觉得此刻人在旅途，正与知己轻谈慢笑。

宋冬野是这么哼的:"我知道那些夏天就像青春一样回不来,代替梦想的也只能是勉为其难⋯⋯"

一辈子可以遇到无数人,可以有千奇百怪的各种际遇,但有些人已经刻画在心中,于是,无论夜多么深,我们都不舍分离。

八旬姨父和姨妈相伴烟火丛生里

第 三 辑

行 在 路 上

有个地方名叫台湾

在旅行的路上/有些故事我们慢慢讲

你行李装满/奔赴他乡的梦想

我们将脚步放慢/仰着天/在路上

有个热情的地方/名字叫台湾

我用思念在酝酿/牢记你的模样/挥挥

手再见/祝你旅途平安!

——方文山《机场之歌》

第一天 垦丁的风很大

我们入住的恒春假期饭店位于恒春古城边上,进古城只需要五分钟,随便找一家店吃东西都便宜且味道很不错。但唯一觉得恐惧的是,晚上睡觉外面的风声很凌厉,呼啸而过还带有回旋曲,一直喧嚣到天亮。后来,包车司机刘小姐告诉我们:"这是落山风,从海上吹来被山阻挡后的声音。"如果我一个人住,这种声音会让我心生恐惧的。

我们包了一天的车游垦丁,费用是台币两千四百元(人民币四百八十元)。一天八个小时,刘小姐不但当司机鞍前马后地帮我们开门,还兼导游解说、照相,甚至买饮料和当地出名的水果给我们吃,下雨还帮我们撑伞……这贴心服务,让我们受宠若惊,台湾人给我们的印象简直温暖至极。

鹅銮鼻公园,海风大得惊人,风景也是美得令人心动,我们虽然来自沿海城市,但这片海又蓝又清澈,可以与我们去年到过的巴厘岛的海媲美,随处是美景,让人赞叹沉醉。走在海滨栈道,我们一家三口乐得忘形了……

沿路的海、大片的草地、及腰高的植物,我感觉像是走在韩国济州岛的汉拿山,有山有水有成片的芦苇丛。但下车去龙盘公园、风吹砂等景点,风实在太大,我们如此这般重量的人都被吹得连连退后,根本没办法站稳。悬崖边上,姜同学痛快地连叫几声,我眼睛都睁不开,顾不上美景在前了,一边挥手一边说:"上车!"

到恒春古城吃晚餐,陪老姜吃具有五十年历史的香酥鸭,店名很大气,装修很旧,但鸭肉味道确实不错,先蒸后炸,我们三人都喝了一点台湾啤酒。随后我又陪小姜吃昨晚吃过的铁板烧,两份羊肉、两份鲜蚵、两份青菜、两碗饭,合计人民币才三十元。我说留在台湾吧,这里消费便宜,老姜答,这里的风吹吹你就头痛,还要留下来?

从电影《海角七号》阿嘉的家门口经过,两个女学生样子的女孩上前问:"可以和你们拥抱一下吗?我们是台中来的大学生,要完成一百个任务。"小姜被老姜推出来,最后合了个照。他们开玩笑地说:"不是拥抱吗?怎么变成拍照了?"

穿越古城,碰上一周一次的夜市,琳琅满目的食物很便宜,可惜我们刚吃完饭。恒春,民风淳朴,处处是好人。

第二天　现代化的高雄

告别了第一站屏东县恒春镇,这个乡村味道很浓厚的城镇给我们留下很深的印象。昨晚在那间有着五十年历史的香酥鸭老店里,遇见一桌聚餐的当地人,其中一人胸前标着"陈牧师"的牌子,后来了解得知,他是民意代表,每到周末便会戴上胸牌,对政府有建议或意见的民众可以找他。陈代表和蔼热情,总是伸手递名片,收集民众声音,生怕委屈了百姓。

这里的生活是慢节奏的,生意人没有利益当先,点菜会提醒我们别点太多,免得浪费;当我们问路时,他们回答的热情劲好像恨不得领着我们前去。

老姜说了件小事给我听,一个老司机问他,同行的是你女儿和儿子吗?老姜把胸一挺,回答五个字:那是我太太。我知道他是想逗我开心,但我还是假装淡淡地回答了个"哦"字。对于在恒春拍摄过的两部电影《海角七号》《少年派》,老姜一无所知,皆因他不爱看电影,但因为我的雀跃,他也庆幸没有错过,不会留下遗憾。

不到两个小时的车程,我们租的私家车从恒春开到了高雄市。一下子从城镇来到楼宇层出的大城市,大脑需要转换,对忠孝一路、中正一路等的第一印象是感觉来到了繁华市中心。下榻旅馆名叫河堤恋馆,距我们计划中的西子湾畔,坐捷运也就五个站。今天是台湾学生放假的第一天,捷运站里学生居多,他们的书包都是统一款式,用颜色区分男女。

第一站到西子湾畔的打狗领事馆,初始不明白"打狗"二字,后来才知道,原来这个港口在清朝叫打狗港,打狗领事馆也是英国驻台湾的第一个正式领事馆。领事馆门票三十元台币,持票还可领取抵三十元台币的消费券,三人坐在萦绕着英文歌的玫瑰咖啡园里,我喝着原味拿铁,红墙、圆门、好听的英文歌曲令人萌生一种穿越时空的不真实感。领事馆顶楼的海景真的很无敌,不远处的"国立"中山大学临海凭风,据说这里的学子们没了灵感,转身面临大海便会思绪如潮。

经过约五分钟、船票十五块台币的船行,到达了旗津岛,很喜欢这样宁静、风和日丽的岛。沙滩上许多刚放假的学生在肆意戏水,小姜在沙滩上写了大大的"饺子"二字,问:"老妈我写得怎么样?"我睁大眼拼命找也没看到字在哪里。

三人悠闲地走在旗津岛的小巷子,老姜说了句蹩脚的广东话,笑得我和小姜眼泪都出来了,最后遇到一间冰店才止住笑。渔人码头,冬季阳光明媚,停靠的船只、休憩的船长、蔚蓝的海水、稀少的游人……旅人日记里留下这幕静止的美。

在高雄没看到一个警察,没遇到一单交通事故,没塞车,的士司机大半是年过六旬的老汉,他们说,停下来的话,他们离开这个世界的速度将会更快……

六合夜市,小吃实在多,每样品尝一点肚子很快就饱了。但毕竟是有名气的夜市,价格比恒春夜市贵多了。

第三天　时隔九年,阿里山下起了小雪

这次台湾游的行程是从南一路向北。离开高雄坐高铁二十分钟来到第三站嘉义县,没想到我第一次坐高铁居然是在台湾。高铁上放有一本好看的杂志,里面有句话很在理:"车站是出发,也是抵达。"出门时电台、电视新闻都在播报冷空气南下的消息,

迎北而上，寒冷是不可避免了。

嘉义的民居很矮，一小栋独立而起，建筑风格是东洋化，嘉义本地司机钟师傅说，这是延续了以前日本人留下的建筑风格。独栋一到二层小院，有玫瑰花园，也有爬墙的绿色植物。

踏足阿里山，天气异常寒冷，只有5℃，意外地迎来了阿里山时隔九年的一场小雪，冷得我们直跺脚，把最厚的衣服都穿在身上了。出租车在阿里山弯弯曲曲的山路上足足爬了一个小时，把我颠得头痛胸闷，还好，老姜父子俩照顾周到，上山下山都扶着，讲笑话开解我。经过姊妹湖，老姜说："这湖还没有你们老家大布巷辉萼楼门前的那口池塘大，也就这么出名了。"在异乡听到"辉萼楼"三字很亲切，小姜说："想家了，有一股浓浓的乡愁……"

我们住在山上的高山青大饭店，午觉后再出来闲逛，人精神了许多，在阿里山小火车站顶楼看日落，在玉山园餐馆吃羊肉火锅，喝台湾啤酒，听老姜年轻时的奋斗史，"细节体现成败"的人生观……

小姜听得入神，但又小声提醒老爸，声音别太大了……这样的时刻，是三个知己在对酒当歌。

第四天　日月潭、文武庙的温柔黄昏

因为不走人云亦云的景点，我们的自由行不走非走不可的路线，比如阿里山看日出。这么冷的天，凌晨四五点起来排队坐火车去看日出，我和小姜一听就哆嗦了，算了，还是别往人多的地方挤吧。

我们在阿里山住了一晚，第二天一早找了一家三口拼车往南投县的日月潭走。拼车直接往目的地走，其实费用比自己从阿里山坐大巴到嘉义火车站，再转车到台中，再从台中到日月潭差不多，而且不用那么周折。小姜早上醒来有些头痛，估计是阿里山两千六百米高的海拔，他不太适应，所以就更不能舟车劳顿了。很巧，那一家三口的妈妈是来自上海的江西老乡，萍乡桐木人；更巧的是，对方的孩子也是2001年出生读六年级的小学生。但他们结束南投之行后准备去花莲，而我们这行没有花莲这一站，要不就可以一路同行拼车走了。他们十一天的台湾行，机票和住宿都比我们贵许多，这也有赖于老姜提前预订机票、酒店和做攻略。三个多小时的车程，老姜太能说了，让阿里山老司机和拼车那家人听得入神，后来下车吃午饭，我小声跟他说："别就你噼里啪啦地在那一路说，也不知人家爱不爱听。"还好，我的意见他及时接纳，后来安静了些。

挥手不说再见，只说路上玩得开心，相遇不一定要相识，原本就是各奔东西的两家人。放下行李后，我们直奔日月潭。

这潭并不似来过之人所说，只是一潭再平常不过的湖水，风景还是挺美，更何况还有老姜和小姜前后探路买票，提供吃喝，作为此行唯一的女性，我被照顾呵护，走在日月潭的湖堤上，甚觉潭水清澈，微风习习，心情美妙。

黄昏，我们去了文武庙，有孔子、关羽和岳飞，还退了明天订好的台中的酒店，买了直接去台北的车票。我们住在潭边，很舒服的一晚。

第五天　阳光路，音乐行

放弃坐昂贵的高铁，坐上"国光号"长途车，迎着冬季阳

光，听着各自喜欢的音乐，穿越鱼池、蒲里等高速，一家三口离开日月潭往下一站台北方向前去。

台北的空气很好，从下榻饭店到101大厦，路边有很多供行人休憩的凳子，听到有个老人说，今天不晒，明天不知道有没有这么好的太阳了……

看天气预报，我们下了阿里山，那里的气温由5℃变为-1℃，不由得庆幸，没有继续留在山上挨冻。

来到诚品信义店，汗颜的是，没能买到一本书，因为都是竖着看的，不符合我的习惯。没能遇到刘若英和马家辉，也罢，即使遇上，他们看我陌生的眼神，也只能令自己失落而已。

阳光太好，我们在台北街头闲逛，小时候童安格歌里唱过的"走在忠孝东路，闪躲在人群中"里的忠孝东路即在眼前……

第六天 坑口的天空

"坑口的天空"是去往九份的路上，在一个采矿坑里看到的牌子，半山腰上的芦苇荡，山底望不到尽头、决意一蓝到底的海水，这样的意境，不叫坑口的天空，还能叫什么？

我对朋友说，在台湾可以不浮躁，可以更优雅。

一路听老姜和计程车司机杨师傅聊台湾历史，一路欣赏沿途美景，一路品尝特色小吃，在台湾逗留的最后两天时间里，发现慢慢喜欢上这里了。

野柳，石头被风化成各种形状的地质公园，行人指着旁边的海说，这是台湾海峡。以前听多了这四个字，觉得很远很神圣，没想过有一天我会站在它跟前。沿路的海峡湛蓝得令人动心，许多环岛的骑行者从眼前一晃而过，想起看过的台湾电影《练习曲》，一个听力和发音有障碍的年轻人背着吉他环岛骑行的故事，我在这部电影里看到了骑行的魅力和环岛的海景。

来九份前，我刚好看过一部关于九份的纪录片，悠悠的时光，狭窄的古城，依山傍水，通街美食，身未动心已动……在九份吃了许多从没吃过的小吃，一不小心，肚子就鼓起来了。现在是旅行淡季，我们尚能悠闲地随意找个小店坐下来品尝。

第七天　富有不代表幸福

午后，凉风微拂，在信义路四段晒太阳，老姜送来我喜欢的沙拉……

以后的漫长人生，昏天暗地的忙碌时刻里，我都会无数次回想起这一刻，在台湾这个惬意的地方，悠闲、暖意、被爱及爱着……

"不在于人的富有，而在于人的幸福。"在孙中山纪念馆看到这一句并且念给小姜听，可能他还不懂，但我觉得告诉他真谛是我的责任，能不能懂就要等他有一番人生经历后再看了。

这八天，我们走路、骑单车、坐客运、上捷运、拦计程车，除了台铁没坐之外，台湾所有的交通工具我们都试过了，骑单车穿梭于古城，步行于安静的住宅小区，乘客运往来于城市之间，坐捷运"行走"在繁华街道下面，短程计程车也不会塞车。

和小姜越亲近，我越觉得离他要展翅自由飞翔的日子不远了，他越独立幽默，我就越觉得属于他的天空日益宽广了。走在街上，他还会撒娇紧紧靠着我，这样的时刻我格外珍惜，虽然会假装不耐烦地甩开他的手，但我喜欢他被甩开后又黏上来的举止……这样的旅行，希望他十八岁前都会维持不变。

孩子长大后的旅途，我已经不用照顾他的衣食住行，更多的是精神上的交流，很感谢有老姜一路上喋喋不休的唠叨，听他讲历史和政治，沿途用眼睛感受人文。台湾小吃很多，但不挑食的小姜永远都只需要一碟炒饭即可，所以台湾行带给他更多的是爸爸给他的影响。每次爸爸都会和司机、行人主动聊很多，小姜问爸爸："为什么在家里没听你讲这些历史啊?"老姜说："因为你妈妈不懂历史，说了她也不懂。"

确实，老姜带给他的，我永远给不了，所以我甘愿被揶揄。

这趟台湾行遇到许多美妙的人和事，以至于第二年，三人又办了签证到台湾过春节。

广丰的冬季之美

我脑海中的上饶记忆,来自一位梅州蕉岭友人。他曾说过,在他还年幼时经常看到家中有位叔公出门前看天气,总是以上饶电台的天气预报为准。这令他费解,叔公为什么要以翻越几座大山、几百公里以外的天气情况为标准?叔公与上饶之间有着怎样的渊源?上饶为什么会令叔公牵肠挂肚呢?如今过去四十多年,随着叔公的去世,友人已无从知道其间的缘由。但是上饶,却由此深深地刻印在他的心里,并让他心向往之。同时也让我们这些旁听者带着谜团来到江西省上饶市广丰区。在友人珍的带领下,我们来到她的家乡广丰区,走大南桥、进明德书院、吃马家柚、上三清山。叔公与上饶的渊源早已不得而知,一行四人的广丰行却丰富有趣,有着出发前意想不到的收获——心灵的冲击、味觉的满足,还有三清山上道观里那位素雅的道姑,这些让旅程变得饱满丰盈,值得安静下来慢慢回味。

大南镇:悠长的大南桥、寻找搭救落水孩童的好心人

大南镇隶属广丰区,在明清时期,属玉阳乡四十九都。新中

国成立前夕称"大南乡"。珍在这个具有悠久历史的小镇度过了童年时期，尤其是那座长五十多米的大南桥，是成年后勇闯四方的她心里一段挥之不去的温暖回忆。

这座石板桥看起来非常普通，在雨丝蒙蒙的冬季里更显得不起眼。但就是这么一座小小的桥，承载了珍整个童年的回忆。小时候聪明伶俐的她喜欢穿梭在大南镇的大街小巷玩闹，经常从大南桥那头走到对面街上买米糕。当年小小的她觉得这桥真长真宽啊，任凭小腿怎么摆动都不能轻易走过这座桥。记不清踏过多少回这坚硬的石板桥了，在小珍珍看来，只要走过这里，香甜的米糕仿佛就在嘴边。许多年后，为人妻为人母的珍再次踏上大南桥，发现这桥怎么短了呢。几十年如一日，大南桥就这么坚如磐石地架在那里，安静地看着世事变幻，它并不知道，自己给珍那般留恋年少生活的人带来了多少温润如春的念想。

大南镇周围遍布着许多河水小溪，*潺潺流水滋润着大南人*。当年爱玩的小珍珍不小心落水，幸亏有一位好心人及时发现救上岸来。当珍妈妈带着许多食物上门道谢时，却没有见到女主人，于是只能把食物留给其家中众多的子女品尝。如今过去几十年，当珍想寻找这位恩人时，大南镇变化太大，已经无从找起了，唯一的线索便是这家人中有许多的孩子。屈指数来，那位好心人也应该是七旬老人了。

大南镇的温润、小小的石板桥以及纯朴的乡情，始终牵绊着珍，年少的生活场景像一幅泛黄的画面萦绕心头，走过世界各地，踏过大江南北，看过无数的桥，唯独这里的风景最美最独特。对于儿时的生活，珍曾这样写道：

儿时的青石板桥，依然还在。

桥这头是我家，桥那头，有我最爱的美食：红糖发糕和肉包馒头。

每回过桥都怕迷路，一步三回头但义无反顾，因为美食。

那时不用带钱去的，总能赊到账，因为父母亲在当地有很好的口碑。

馒头店家一女和我一般大小，总和我说，皮儿不好吃，她帮我吃，我回回都给的，其实小心尖透亮的。

桥底的小溪流，水清得可见鹅卵石，母亲常让我去洗些小物件，那棵不知有多少年轮的大树上，长满"狗屁粘"，我老爬上去摘，然后和小伙伴们相互追赶搓搓到对方脑袋上，之后经常要回来剪头发，因为"狗屁粘"实在扯不下来了，母亲也不骂，只是笑着。

岁月悠悠，今日再见，思绪涌上，笑然……

明德书院：一群善者凝聚而成的书香之美

在大南镇一条普通且并不宽敞的小巷里，有一栋古朴典雅的书屋，叫"明德书院"，一群胸怀爱心之人将这所占地八十余平方米的老民房进行整修并完善设施后，开设成书院供当地孩子阅读使用。

明德书院与大南学校邻街而对，门前小小的石板路是孩子们上学放学的必经路，明亮的灯光、整齐的书籍和散发着大自然气息的绿萝吸引着路人回头张望。这里窗明几净，设施齐全，三个房间的书架上摆满了近万册的各类书籍。在大南这个小乡镇生活和学习的孩子是幸福的，明德书院给他们提供了良好的阅读环境和各种书籍，孩子们随时可以遨游在国内外经典名著里。

原来，广丰区已有十六所这样的明德书院向乡村小朋友开放。明德乡村书院于2017年由徐志霖博士在广丰区塘塌自然村发起，由广丰籍院士、博士等社会各界人士共同参与，希望能为乡村中小学生提供与城市青少年无差别的阅读机会与环境。两年来，明德项目在发起人和众多参与者的努力下茁壮成长。目前大多数明德书院的书籍，都由城里的孩子从自己阅读过的书籍中精选并捐赠，是城市小伙伴向乡村同龄人分享的阅读选择。从宇宙的起源到世界的运转，从生命的诞生到人类文明的发展，从数学的奥秘到诗歌的美好……书籍种类应有尽有，募集总数已经超过十万册。每家书院都聘请博士院长和执行院长义务服务，不定期邀请博士、专家开展公益讲座。他们希望自己丰富的人生阅历、顶尖的专业知识可以帮助孩子们活跃思维、开阔视野，为孩子们点燃梦想，指引方向。

此次大南行，有幸与明德书院的一群爱心人士交流，他们是一批优秀的大南籍教师以及当地的爱心人士。言谈之中能感受到他们对大南镇的孩子们胸怀大爱，希望身处乡镇的孩子们能感受外面的世界，能在书中能遇到最好的自己。对自己的善举，他们却轻描淡写，觉得相对于大南孩子的前途而言，自己的付出不值得一提。作为大南明德书院创始人之一的曾老师总是将书院的事看成头等大事，奔波忙碌在所不辞，温和内敛的她却能一呼百应，紧紧地将大南本地的老同学凝聚在一起，大家出力出资毫无怨言。身为一名数学老师，她深感知识对孩子的影响力何其深远。晓东是一名水电工，他承包了明德书院所有的水电工程；在慈善机构工作的桃子，为书院募捐书籍四处号召；在大南学校任职的罗老师负责书院的室内设计；还有美丽的方老师，不但无偿将自家的房子提供当书院，还每天准时开门迎接放学的孩子们来阅读……因爱而成的书香，感动了我们这群从深圳来的访客。眼前的这群人并没有想很多很远，开办初时他们只希望路过的孩子们能有四个或者五个进来看看书，没想到越来越多的学生被吸引了，越来越多的人知道了明德书院，慢慢地，明德书院成为大南镇的一个招牌。此情此景让他们惊喜和意外——大南因书香而愈加美丽。

深圳广丰商会、广丰新青年联盟等共建合作者以及珍与当地的爱心团队共同推动着大南明德书院的发展。正是这一双双无形却有力的手，才有了这芬芳沁人的乡镇书香。

和在大南生活成长起来的爱心团队伙伴一样，珍回想着如果自己小时候能有这么多经典名著可看，现在她眼中的世界会不会更大更宽？如今，力所能及地为家乡做些事，某种意义上也是一种传承。越来越多的明德乡村书院的建立让孩子们有了"与经典为友、与名著为伴"的平台，"书风盛行乡野，书香飘荡其间，书声盖过麻将声"的愿景已逐渐成为现实。

马家柚：清甜水盈，颊齿生香

在广丰区，几乎每家每户的门口都种有马家柚。马家柚是此地标志性的水果，马路两边，柚子叶在凛冽的寒风中摇曳，硕大的柚子随处可见，作为外乡人的我们惊喜地望着成群的树和成片的柚子，问道："为什么它们发黄了却不会掉下来砸到路人呢？"对这个看似可爱的问题，广丰人笑了："怎么会掉下来呢，用剪刀剪都要使很大的劲。"柚子树个头看似娇弱，枝干也并不十分强壮，但丰收季节时，一棵树能结上三十到五十个柚子，若不是亲眼所见，我们根本无法想象马家柚树的内在力量如此强大。

马家柚是产于江西省广丰区大南镇的地方特色水果，是红心柚的一个品种，是1980年代中期发现的优质果树，因其母树位于大南镇古村马家自然村，故名"马家柚"。据史料显示，马家柚最早于明朝成化年间开始种植，这棵母树是在原有古树枯萎老化后，树根的底部重新发芽生长而成，树龄已超过百年。1991年，当地人从该棵母树上采摘了柚子，夺得"江西省酸柚类第一名"的荣誉。2010年9月，广丰区马家柚入选上海世博会参展产品，这是广丰区唯一入选上海世博会的农产品。从此，马家柚闻名四方，群众争相种植，原枝条都来自该棵母树。

在广丰走街串巷，马家柚随处可见，无论走到哪里，热情好客的乡亲邻里都拿出自家种的最好的柚子来招待，言行里对马家柚称赞有加，特别是向阳的柚子。马家柚，外表看上去和其他柚子并无区别，可剥开黄色的表皮，果肉粉艳艳的，非常细嫩，轻轻咬一口，满嘴都是水分，唇齿间回荡着很自然的清甜。最令人惊讶的是，吃过马家柚之后，手上的果汁不用擦拭，自然干后也不粘手，闻来香甜嫩滑。据说，将柚子的果核泡进冷水里，普通的冷水会变得如果冻般黏稠，还能美容养颜。马家柚全身是宝，柚子皮可鲜食，也可加工做成小吃出口。在朋友晓东哥家，我们也吃了一道柚子烹饪而成的菜，味鲜香脆，让人难以忘怀。

迎着冬季的冷风，捧着沉甸甸的果实，乡亲们的笑容让人体会到这里淳朴的民风。

在广丰区城的珍姐姐家中，我们吃着柚子，望着院子里那棵小小的柚子树又感叹起来："为什么树种小小的，每年能结出这么丰硕的果实呢？"这棵柚子树移植到珍姐姐家中的庭院，三年后就开花结果了。据说每逢花开季节，白色小花瓣布满枝头，阵阵清香弥漫在小院里，芬芳沁人。透过茂密的叶子，我们还看到枝头至今留有两个又大又圆、颜色泛黄的柚子。

珍姐姐的小庭院幽雅别致，柚子树和玫瑰花等花草相伴，与腌制咸菜的瓮缸相对而望，小院子散发着淡淡的栀子花香，如这家主人一样，朴实、芬芳。

羊肉米粉：广丰米粉中的贵族

来到江西广丰，我们也如当地人一样，美好的一天从一盘味香料足的炒米粉开始。据说对广丰人来说，无论哪种世间美食，都敌不过一盘米粉。从外地回来的本地人，咪溜咪溜地吸着米粉，瞬间就找回了童年的味道；来广丰旅游探友的外地人，一言不发呼哧几下就连汤带碗端起来，大快朵颐。

我们几个深圳来的小女子接连几天的早餐米粉都吃得一根不剩，极力保持的淑女形象被广丰汤米粉一击即破。

位于广丰区城的"一日三餐"餐厅，我们每天都能在这里吃到不同的味道。此时恰巧是适宜吃羊肉的冬季，第一天的羊肉米粉便惊艳到了我们，料多味鲜，羊肉怎么吃都吃不完。长条的冬笋、小片的蒜叶、新鲜的辣椒以及浓浓的汤，再配上粗细适中的米粉，在味觉和嗅觉的诱惑下，不知不觉中再多的羊肉和米粉也被我们吃完了。第二天吃的是肉丝米粉，没想到偶遇的珍姐姐硬要请我们再吃一碗猪肝汤米粉，口里推让着，筷子却很诚实地伸向了碗里……

在广丰人眼里，羊肉粉雍容华贵，是广丰米粉中的贵族。一年四季里只有冬天才有，是广丰土特产羊肉和米粉二合一的产物。据说，羊肉米粉配料繁杂，冬笋、香菇、水豆腐、白菜丝、

姜、葱、蒜、油、醋、酱、辣椒，样样不落。羊肉稀缺价钱涨，羊肉粉的价格也水涨船高，从早些年的十多元钱一碗，涨至如今的三四十元一碗。羊肉鲜嫩有嚼头，米粉柔韧有劲头，又有香味浓郁的诸多配料，一碗羊肉粉在手，让人胃口大开，在冷冷的冬日里吃得一身热乎，满心温暖。

香浓的羊肉粉、嫩滑的猪肝粉、劲道的牛肉粉……虽然我们未能一一品尝，但从美食中已经体会到了广丰人的能干和智慧。

三清山：笑荡山谷的孩子，清冷素雅的道姑

我和朋友找了一个细雨蒙蒙的下午去登三清山，计划在三清山上住一晚，希望第二天早上能看到云海。一行四人穿着雨衣，边打闹边向前，时而向远山呼喊，时而录影拍照，像没长大的孩子，一路嬉笑怒骂。

冬季的三清山没什么人，只能偶尔遇到三三两两的游人。山上气温很低，一度只有-3℃，连绵不断的大山雾气缭绕，仿佛不是身处山中，而是在不真实的梦境里。沿栈道而行，不时可见路边顺花岗岩结的冰棒，这令大家不断惊呼，折来握在手中当剑玩耍——在秀丽的三清山比武论剑，即兴编剧拍摄武侠片，笑声飘荡在千古名山中，这样的旅程足以让久居城中的我们回忆许久了。这一刻，我们都是顽皮不羁的孩子，随性，随心。踩着地上的冰凌，发出咯吱咯吱的声音，清脆响亮，这是生在广东的我们从来没有体验过的冰雪世界。

行走一个多小时后，天晴了，随着雾气的慢慢褪去，深山老林开始慢慢地展现在眼前。从不同山里飘来的烟雾此刻不约而同地往一个山口冲去，好像被什么吸去一样，此情此景，我们看得目瞪口呆。如此壮丽的自然奇观，顿时让我觉得人类是多么渺小，此时此刻还不如那风那雾。祖国山河的奇妙壮观就在眼前徐徐展现，无限感动之情涌上心头，珍提议："快，把《我和我的祖国》音乐放起来，王菲唱的那个版本！"

"我和我的祖国，一刻也不能分割，无论我走到哪里，都流出一首赞歌，我歌唱每一座高山，我歌唱每一条河，袅袅炊烟，小小村落，路上一道辙……"不停地跟着哼唱，此刻，四个人的心里对祖国有着比任何时候都更深的爱意，大家全然忘记了这是寒意阵阵的深山老林，像孩子一般大声歌唱。

三清山日上山庄住宿一晚，吃着泡面唱歌，分别唱出含"雨""花"等字的歌……-3℃的气温里，热闹非凡。

第二天一早，往西海岸出发去看云海。幸运如我们，天清气朗，壮阔的云海景色让我们遇到了。据说云海也是三清山风景中最特别的一景。三清山秀峰叠嶂，危崖突兀，幽壑纵横。气流在山峦间穿行，上行下跃，环流活跃。漫天的云雾和层积云，随风飘移，时而上升，时而下坠，时而回旋，时而舒展，构成一幅奇特的千变万化的云海大观。三清山景区群峰耸立，峡谷纵横，每当云海涌来时，整个三清山景区就是一片云的海洋，犹如仙境。

沿路看到许多的奇峰怪石，其中最引人入胜的要数三清山十大绝景，最具标志性的景观要数女神峰和巨蟒峰，惟妙惟肖，游客都为这一奇景所折服。据说这些奇峰怪石的形成是由于花岗岩体经历了漫长岁月的日晒雨淋、风化剥蚀、流水冲刷等，那些石头粗坯受到了无数次精雕细刻，最后就形成了现在的奇景。还有玉女开怀、老道拜月、猴王观宝、观音赏曲、三龙出海、神龙戏松等数千座怪石，就像天然的博物馆。

三清宫位于三清福地中心区域，始建于宋乾道六年（1170），因供奉道教三清尊神而得名。据说只有游览了三清宫，才能发现道教文化在塑造三清山的品性中起到的重要作用。凡夫俗子如我们，这趟三清宫之行没能领略道教文化的源远流长，却偶遇到一位道姑。起初，这位年轻的道姑在三清宫外的空旷处晒太阳，朴素暗沉的道服上的尘埃在冬季阳光下飘散。见我们进宫叩拜，她随后跟进。接受了香火钱后，她赠予我们四条幸运红绳。珍与道姑攀谈了几句，得知三清宫里还有几个如她这样的道姑。我抬头望向她，眼前这张清素淡雅的年轻面孔让我突然明白什么叫与世无争。三十出头的年纪，在这个具有几百年历史的道观里守住一份清寂，不是谁都可以做到的。

离开时，我远远望向那一身黑色的道服，感受到一种肃穆的美。

翻山越岭去苗寨

意料之外的晴天，无雨，我们从怀化出发去凤凰。包车司机宋师傅将会跟随我们一天，走奇梁洞、苗寨，最后目的地是凤凰古城。

宋师傅年有六旬，却看似五旬，精明干练，听他讲为期两个月自驾游西藏的精彩时刻，讲他朋友载奇葩客被拘留的曲折经历……从别人的旅途感受行走的力量，女人和女孩们一会儿惊叹，一会儿又大笑。

沿途，随处可见的梯田，风中飘荡的油菜花和成丛成簇的艾叶草，大自然的味道与我们的笑声融汇在一起……旅程，就是和喜欢的人信口开河，吹牛扯皮……这是一段关于风景关于友情的美好时光。

跟随一个淳朴的苗族妹妹，一行五人，前有大路偏不走，翻山越岭，跋山涉水，走了几个小时，边走边眺望苗寨洞。

说是小路，其实本无路，走的人多了，便就成了路。不知攀登了多少级台阶，小心翼翼地走过多少处泥泞下坡路，躲过多少带刺的藤条，一边鼓励一边相互扶持，苗寨小妹则总是安慰，快到了快到了。

盼着，走着，滑着，突然，苗族小妹指着下面说，大路就要到了。还来不及欣喜，眼前突然出现一条水流湍急的河流，要我和 90 后小妹如此之短腿跨越过去，我们心里顿时有些慌乱。长腿阿鬼、笑笑已经自信一跳而过了，剩下我们三人无助地原地站立，等待苗族小妹找来木板搭桥。不一会儿，透过枝条，看到苗小妹双手搬着一大块门般大小的木板走来，很是强悍有力，看呆了我们，那一刻，很想为这位看似柔弱的苗寨姑娘鼓掌。

因为一趟山路攀爬途中的难忘，一组极具苗族风情的摄影照，苗寨旅程已经存于记忆深处。

河内风

从胡志明市机场搭乘到河内的飞机,人多,混乱,嘈杂,插队的人多,还要防小偷。因飞机延误,还是特价机票,一家三口比原计划多待了几个小时。随遇而安,漫长时间里我与聋哑外甥女阿靖微信聊天,我们之间虽有语言障碍,但她是我微信聊天最频繁的亲人。

河内大教堂,有一百多年历史,是越南最古老的教堂,坐落在三十六行街的闹市一角,黑白相间、斑驳的墙面,有厚重的历史感。有幸进去,虽不是教徒,但仍被它的庄重、古典、华美和静谧所震撼。

在河内三十六行街,体会异域的市井生活。喜欢忆旧的人在这里可以找到小时候在狭窄街道飞奔的感觉——脏、乱、嘈杂。

我们随便进入一间小餐馆品尝小卷粉,店里电视正放着《美国之声》的选秀节目,儿子被一首首好歌吸引,情不自禁跟着音乐哼起来,我赶紧询问这些歌的歌名。旁边两个中国小男孩不知在为什么事大声争吵,家长看得乐呵呵——比起胡志明市,河内多了许多中国游客。

在巴亭广场,如之前看的游记里所说,这里的警卫松松散散，完全没有站岗的笔挺和严肃。游人上前随意揽肩搭讪，他们也逗小孩玩。

打的回酒店，司机破天荒说打表，让我们一阵讶异，难道遇上了好人？老姜说了句，可能表有问题。行走中，儿子说表不是在跳，是在飞。下车，司机指了指表：八百八十九万越南盾（约合人民币三百元）。我们出发的的士费是八十万越南盾（约合人民币二十七元），这种多十倍的费用令人震惊。老姜毫不犹豫地说，走，一起去酒店服务台，要不就报警。司机一看形势不对，要了十万越南盾溜了。

老姜说，身边有两个粗壮的保镖，也是顶些用处的。

小姜不喜欢越南，所见所闻让他对越南有些抵触。我们告诉他，旅行是一种体验，体验不一样的生活，也许以后你的世界会更大。

观点碰撞，辩论。点头，若有所思。

丽江"发呆"的意愿没完成

为了这次丽江行，错过了与老姜、小姜携手游内蒙古的旅程，假期无多，鱼与熊掌之间我选择了能寻找童年快乐的发小们。于是不虚此行，少年相伴至今的笑意仍然还在。

2013年夏季，我和惠、霞、小明带着孩子们说要在丽江"发呆"。最后的结果是，"发呆"没完成，嬉笑怒骂倒成了一路上最美的风景。我们在束河古镇的院子里打牌煮饭，回忆小时候的好笑事、罗曼蒂克的有趣事……说得四人仰天大笑，毫无顾忌的样子让老板娘都看不过去了，说，孩子们，你们赶紧把妈妈们的讲话录下来，回去让你们的爸爸听听！

此景被吾儿姜同学用寥寥几句记录了下来："门口的马叫打破了宁静，四合院内母亲与同学之间会心的笑声，小猫四处奔跑、跳跃，似乎这景色已镶嵌在我的脑海深处。"

回到城市高楼中，这悠远之景慢慢远去，不光小姜感受到了当时那一瞬间的顿悟之美，有时候马的几声嘶叫也会让我驻足沉思，时光是否在流逝？缓缓流逝还是急逝？周围安静得只听到客栈后面大山的呼吸声、马车行走的嗒嗒声，偶尔进来疲惫但看到青葱四合院为之一振的旅人们，他们或牵着一只小狗，或提着沉重的大箱，全身上下充斥着城市人的气息。过客，旅人，或许从前来过，或许从此不再驻足，这些都与我们无关——彼此都只是丽江的路过者。

我们回忆孩提时代，笑过去的愚昧和天真，说心里未曾解开的谜事。虽然回不去了，但明天的路还是会一起走。

小倩的歌声响彻束河的每一条小巷，本来我不想买碟，理性地觉得此时沉溺喜欢是因为环境和心情，一旦回到现实之中，便会因不再青睐和中意而弃之，但小姜说买来听听吧。

回深圳后，一个人开车，刚游泳后头发潮湿，全身因疲惫而放松，听小倩的声音，看着前方中心区的湛蓝天空，觉得回来也没想象中的节奏紧张，不必趋之若鹜，还是可以随性而过的。

我不是第一次到丽江了，但因为有发小们，在丽江"发呆"的意愿没达成，只顾大笑了，这让此行的记忆别有一番少年风味。

大自然风景都是美的，路途上的心情却不会因风景而美，至少我认为，是身边人让心情靓丽起来的。

翻看阿惠刚发来的照片，看走在大街小巷的妇女儿童们，看孩子们或生气或开心的笑脸，那些日子挺美的。

领略东欧的八月美

　　拍贝尔格莱德的落叶，在被轰炸过的驻南斯拉夫中国大使馆遗址默哀，在泽蒙小镇游荡，住水上的绿舍木屋感受多瑙河的静美，在河边吹风看吃食的野鸭和扑腾的天鹅，在萨拉热窝看街边满是子弹孔的房子，在黄金堡垒俯瞰萨拉热窝全城，晒着午后的阳光对着脚下的墓地发呆……我们在泽蒙小镇的教堂里跟着当地人做礼拜，一回头看到旁边坐着的一位男子像极了憨豆先生，跟一张如此熟悉且诙谐的明星脸如此接近，心里猛地一惊——原来在世界的某个角落，可以邂逅任何的不可能。

　　在"一带一路"倡议下，中塞两国签订了互免签证协议，当做好去塞尔维亚自由行的准备后，又得知5月底波黑也免签，于是我们临时改变主意，行程里多了一处波黑的萨拉热窝。

　　离开贝尔格莱德的那天清晨，细雨蒙蒙，落叶纷飞。穿过一片广阔的草地，踏着发黄的落叶，裹着一片秋意的凉，我们一家三口结束了塞尔维亚和波黑十三天的自由行走。穿行三个国家，经历三种时差，兑换四种货币：中国香港的港币、阿联酋的迪拉姆、塞尔维亚的第纳尔、波黑的马克，2018年这段路上走错过、走累过、欢笑过的故事，以及遇到的无数人和景，可以令人回忆许久了。

贝尔格莱德：硝烟散尽后的典雅古朴又不失时尚现代

塞尔维亚是原南斯拉夫解体后分出来的六个国家之一，首都贝尔格莱德地处巴尔干半岛核心位置，由于位于多瑙河和萨瓦河的交汇之处，历史上一直是兵家必争之地，曾三次被奥地利人占领，但每次都被奥斯曼帝国迅速夺回并夷为平地，是塞尔维亚最大的城市。

预订的公寓位于贝尔格莱德市中心的米哈伊洛大公街，与著名的卡莱梅格丹堡遗址公园相邻，是贝尔格莱德最负盛名的商业街。

一位气宇轩昂的骑士一手紧握缰绳，一手指向前方。这座雕塑人物是塞尔维亚国王米哈伊洛·奥布雷诺维奇三世，而这条街便是以他的名字命名的。米哈伊洛的雕像仪态端庄，目视前方，似乎在守望着这座城，守望着它的国，从不曾远离。

一个阳光明媚的午后，我们看到高校学生在雕塑前面的空地上进行三人篮球赛，当激情的音乐、青春活力的少男少女以及不分伯仲的比赛与气宇轩昂的米哈伊洛雕塑一起呈现于眼前，时光在瞬间仿佛被揉碎，洋溢着的现代气息和奥匈帝国的复古优雅迷醉了行人。

大街两旁林立着许多19世纪末的代表性建筑，这里聚集着各色店铺，街当中是画廊、旧书摊、冰激凌店，此外还有金融、商务和文化机构。这里不仅是观光、购物且休闲氛围浓郁的步行街，更是参观各种文化展览的好去处。阳光下，闲逛在保留了原有历史风貌的米哈伊洛大公街，沉浸在浓重的现代文化和商业气息里。

从入住的四楼公寓阳台上一眼能看到斯拉维亚广场，这是贝尔格莱德的一个主要交通环岛。它为该市罕见的交通交叉口，公交、无轨电车和有轨电车在此汇合。广场周围拥有一系列的建筑，包括电影院、酒店、塞尔维亚国家银行等。清晨抑或黄昏，站在阳台领略斯拉维亚广场车来车往的繁华，空气里依然迂回着奥匈帝国的复古气息。多瑙河洗去了这座城市的硝烟味，渐渐抚平了战争给这座城市带来的伤痛。如今的贝尔格莱德是一座刻满历史印记的城市，典雅而古朴，时尚而现代。

从斯拉维亚广场沿着圣萨瓦街道一直走，可以来到圣萨瓦大教堂，这里是全世界最大的东正教堂。白墙绿顶的教堂在阳光的普照下显得特别圣洁。据说这些年圣萨瓦大教堂一直都在修建，许多从世界各地慕名而来的游人都未能进去一睹大主教的真容。这次我们幸运地碰上修建陆续完工，可以下到金碧辉煌的负一层。这里的壁画精美细致，人物栩栩如生，整个大堂被一层金黄色笼罩，四周熠熠生辉，将仁慈的大主教与信徒之间的大爱精神完美诠释。

卡莱梅格丹城堡垒，距离我们入住的公寓步行二十分钟，十分方便。这里由巨大的石块建成，自凯尔特人统治时代就是军事重地。它的主体始建于 17 世纪，位于萨瓦河和多瑙河交界处的大战争岛，是贝尔格莱德最美丽的自然瞭望台之一。因为行程很近，两次踏足卡莱梅格丹城堡垒，感受夏末初秋微凉的宜人气候。拍下一袭背心长裙的胖少女在树影婆娑里回望男友的背影，是目送还是欲言又止就不得而知了，在这座古老的堡垒里，谁又知晓现代少女心事？长凳上的老人们看落叶纷飞，年轻情侣窃窃私语，摇曳的黄色叶子随风轻飘……在这座曾经保卫贝尔格莱德的要塞里，难以将几百年前的战事与眼前的和平浪漫联系起来。

夕阳下，堡垒门口，一对年轻人被簇拥着拍照，将甜美的爱情镶嵌在这极具复古气息的城墙边，此情此景比许多艺术家笔下的油画更美更震撼。

这里游人较少，人们三三两两地闲坐着，能遇上中国人的机会就更少了。所以当高大帅气的北京男篮队伍出现在眼前时，我被震惊了，一来是中国人，二来是球员们长得实在是帅气。据说那段时间他们在贝尔格莱德集训。我们还几次与江苏小胖子孝孝偶遇，隔着城墙挑衅互逗，已经行走欧洲二十多天的孝孝将自己的旅行见识用在了与我们的有趣对话里（这是后话了）。途中我们遇到一个来自中国北方的老人，"嗨，几位！"他在我们身后很热情地打着招呼，聊天中得知他已经出来一个月了，几乎把南斯拉夫解体后的国家都走遍了。可能是离家太久，他跟在我们身后聊着走着，跟了一段路后才离开，在异国他乡的茫茫人海中碰到同胞确实不容易。但旅途就是这样，挥一挥手后终归要告别，也许永不会再见到。

贝尔格莱德的清晨，明亮、幽静，被战火洗礼过的城市有些萧条。穿过大街小巷，遇见老人问路，边走边答，他还把路边的垃圾收起来扔到垃圾筒里。无意间闯进一个废弃已久的老火车站，虽然外面被各种颜色的手绘涂满，但还是不敢往里面张望，生锈、破烂的座位，让人有种看韩国丧尸电影《釜山行》的感觉，背脊一股凉飕飕的阴风吹来……自由闲散地行走，永远不知道下一站会遇见什么，因为未知所以美好。

走了一整天，贝尔格莱德下午时间六点，北京时间的深夜十二点，我们在斯拉维亚广场旁边的公园里休憩聊天，感受贝尔格莱德硝烟散尽后的温情。8月的天气开始温和，早晚带着些秋意，很舒服。看拄着拐杖的男人读诗（听不懂，看他陶醉的样子我猜与诗有关），吃面包的年轻人同时还不忘喂旁边的鸽子，两个女孩在谈心……落叶开始纷飞了，想象着这里的秋季和冬季应该更美吧。

乌日策：小火车、摘野果、水上木屋

从贝尔格莱德长途汽车站坐大巴出发，五个小时后，到达乌日策的小火车酒店。沿路的乡村风景宁静优美，红色的火车停在乡野间，这么一道大自然风光很是迷人。乌日策位于塞尔维亚西部，是兹拉提波尔州的首府城市，也是一座布满历史伤痕的城市，在科索沃战争中，曾遭遇北约军队的轰炸。

萨尔干8字线，本来是属于贝尔格莱德经萨拉热窝到杜布罗夫尼克的窄轨铁路的一部分。这条铁路在20世纪承载着巨大的运输流量，1974年废止，8字火车线路仅是其中很小的一处，现如今成了一条专供游客乘坐的线路。乘上绿皮火车，咣当咣当，穿过苍翠的树木，时而又隐没在伸手不见五指的山间隧道，另一面是层峦叠嶂，山间夹着点点红顶小房子和宛如马赛克的农田。走到车厢的连接处，深吸一口气，空气里夹带着深山里的苔藓和泥土的气息。

我们入住的小火车酒店背面，群山连绵，站在山顶，放眼看去是大片的草地和零散的欧式木屋。傍晚散步，不经意间遇见成片的西梅树林，作为极少见到长在树上的果实的南方人，我们很是惊喜。在野外，又似是家旁边的小山头，遇见沉甸甸的果实，在黄昏下、夕阳中，对于欧洲的印象又增添一幅乡村摘野果的自然美景图。

从小火车酒店下山，我们在路边乘上了前往乌日策县城的公交大巴。一路上风景怡人，路边的野果触手可摘，西梅、苹果任摘任吃。公交司机是个帅气的小伙子，在每个站台都能看到笑容可掬的当地人。长途大巴上，看着当地人遇见熟人热情贴脸、拥抱和握手，用当地语言热烈交谈……自由行的魅力莫过于此吧，虽然没有融入其中，但是真切地体会到了异国风情。

在大巴的停停走走和山路的颠簸中，我们来到 BB 小镇。这里安静、闲散，欧洲特色建筑别具风情。在当地咖啡厅、酒吧一坐便是半天，仿佛时光与生俱来便是用来虚度的。

午后，我们在德里纳河边的咖啡厅发呆，等着看水中小屋的日落，听当地音乐、吃雪糕、喝啤酒，听水中小屋的故事。

这间遗世独立的水上小屋极具传奇性，1968 年，几个小孩（其中一个孩子称曾经的国足教练米卢为舅舅）经常在河中游泳，德里纳河（塞尔维亚与波黑的国界线）中有一块高出水面数米的礁石，成了少年们游泳中歇息晒太阳的地点。有一天他们突发奇想，打算在这礁石上搭建一间小木屋，作为在河中的根据地。如今经历过五十年风雨的小屋仍然矗立在德里纳河中央，是因为后来人们仍不断地葺修维护。在建成后的几十年间，小屋曾六次被洪水冲毁，又六次被重建。今天看到的小屋已经是第七代。所以也有不少人把小屋比作"塞尔维亚精神"，多次重生的小屋与多次浴火重生的塞尔维亚，紧紧相连。

夕阳下的水上木屋在湍湍河水中安然自若，十几位划桨者正在集体逆流而上，准备一齐冲上五十年不倒的木屋。他们盘旋多时最终成功，河中以及岸上的人都欢呼起来。目睹这一幕，瞬间觉得，"塞尔维亚精神"不仅代表那五十年屹立的水上小屋，还延续在探索水上小屋的来自世界各地的行走者身上——不服输，迎难而上。

乌日策 BB 小镇的傍晚很热闹，却不喧嚣，令我这辈子都无法忘记那种场景。小镇里所有的人都在街上漫步、闲坐，相伴无声的老人、在坑坑洼洼的泥地里踢球的三四岁小孩和在并不十分完善的游乐园陪伴的年轻父母、兴奋相约的少男少女、喝啤酒的年轻人，很热闹但不喧嚣。开始我们坐在公园的长凳上，看着小孩牵着妈妈的衣角，哭泣的、开心的、吃雪糕和棉花糖的……年轻人快乐地蹦蹦跳跳，少年们相约骑车、玩游戏。行走其中，成为他们中的一员，感受夜晚的习习微风。有多久没有见过这种情景了，记得小时候，20 世纪 80 年代初，没有电子产品，没有电视的普及，叫上村里同龄人在空旷地玩，或跟在大人身后去看电影，随着行走的人潮向前，满心欢喜里有乡村小镇生活的安逸和满足感。

老姜说，深圳只有在停电的夜晚才会有这种情景，没手机没电视，大家都会下楼。

我们和当地高中生聊天，教他们讲中文。孩子们热情直爽很爱笑，对我们一点都不陌生。

萨拉热窝：在弹痕中感受战争硝烟

在 BB 小镇叫了辆的士前往波黑的萨拉热窝。六十二岁的老司机用了三个半小时将我们带到目的地。一路绕山，路上看到的车也很有年代感，萨拉热窝是个具有丰富历史人文气息并充满了魅力的城市。

这一路的东欧文化历史之旅，萨拉热窝是其中非常特殊的一站，虽然现在展现在我们面前的是一片安定祥和，但越走越能获得新知识，我们像翻开了一本历史书，这里的一草一木仿佛皆被赋予了生命的新定义。

波黑的海关极为简陋，比国内的高速公路收费站还简易，出塞尔维亚海关再进入波黑的国界，全然没有进入另外一个国家的感觉，像串门一样简单随意。

到达预订的由浙江温州人开的中国餐馆后，我们不忍心乌日策老司机在疲劳状态下即刻返回原地，邀他共进午餐。有生以来第一次吃中餐的他很兴奋，对我们竖起大拇指，高兴地拍照打电话告诉家人他的际遇。英语不太好的他用手机翻译软件跟我们说了一些祝福的话，介绍他所知道的萨拉热窝的事情。当我们说欢迎他来中国做客时，他表示钱不太够，但他的大儿子曾经去过中国。

在萨拉热窝隧道景点看没有解说的纪录片，枪声、飞机声、警报声、轰炸声响彻整个城市，屏幕里是充满硝烟的高楼大厦，行人在满目疮痍的城市行走，诚惶诚恐，深感这些离我们并不十分遥远的战争年代是如此残酷血腥。

景点里面一排排的照片栏看得人心惊肉跳。午后阳光下的绿叶与照片里的战火纷飞、在枪林弹雨中穿梭的孩子形成冰火两重天的鲜明对比。上面是生死间挣扎求生的无助痛苦，下面是和平年代的光明和宁静。一位萨拉热窝作家曾说："在萨拉热窝能活着便是幸福的了。"

傍晚，我们坐在拉丁桥边吹风。1914年，这里点燃了第一次世界大战的导火索。站在这其貌不扬的桥上，感受当年轰轰烈烈的世界大战即将来临的紧张阴霾。花了四马克去桥边红色的博物馆，这里每天都在重播当日普林西普在拉丁桥边刺杀奥匈帝国斐迪南大公夫妇的情形。与王储夫妇的塑像合影，心里仿佛能感受到他们在生死边缘挣扎时的绝望悲怆。

行走在这个有着多元文化的美丽城市，映入我们眼帘的是建筑物上仍保留着的 20 世纪 90 年代的战争弹痕和遗迹。这种随处可见的战争痕迹令人心里一惊——生死离萨拉热窝人很近很近。

午后，在萨拉热窝的黄堡垒中发呆，在这里可以俯瞰全城。萨拉热窝被围在绵连起伏的山峦之中。市区缱绻在一片山河谷里，特殊的地理条件造就了独特的风景。站在这里，感受多灾多难有故事的萨拉热窝如今的安静平和、美丽壮观，因为能走近这里，我们也更加珍惜现在的和平年代。萨拉热窝的美，必须在了解了它独有经历后去欣赏。吹着秋末午后的风，我们坐在山顶，听店家收音机里放的当地电台劲歌榜上的歌，看半山腰上一片片白花花的墓地，感受战争，回想《瓦尔特保卫萨拉热窝》里捍卫国家的热血情节。山脚下传来清真寺里教徒祈祷的悠扬乐声，洗涤心灵。

写字，打盹，看路人，听家人讲巴尔干战争。

5 月底刚刚开放免签的波黑，让我们邂逅了萨拉热窝。

诺维萨德：不期而遇的一场音乐会

清晨，我们从萨拉热窝的车站乘车回塞尔维亚的诺维萨德，车程八小时。诺维萨德位于塞尔维亚的北部，是巴尔干半岛上的一座重镇，它扼守着多瑙河上下游和两岸的交通运输，就如同扼住了塞尔维亚这个"欧洲十字路口"的喉咙，所以在交通不发达的时代必定成为兵家必争之地。战火摧毁过这座城市的光辉，却无法将它打垮，如今的诺维萨德沐浴在一片和平之中，留下那些战争的痕迹娓娓道来过往的故事。

车站离入住的公寓只有一千米，步行十多分钟即可到达，收拾片刻，我们便前往彼得罗瓦拉丁城堡。彼得罗瓦拉丁城堡是前南斯拉夫著名的古城堡，也是全欧洲三十多座较大的古城堡中最大的一座。这里地处多瑙河和巴奇卡运河交汇处，距首都贝尔格莱德约七十公里。在城堡晃荡，此刻的多瑙河在夕阳照耀下宁静悠然，无法想象原来她也有如此沧桑的一面。她孕育过无数灿烂文明和美景，却也目睹了巴尔干地区无数血流成河的战争。

晚上来到中心自由广场，18 世纪以来这里一直是举行各项典礼的场所，在不同的历史阶段，广场有不同的名字。奥匈帝国统治时期叫佛朗西斯·约瑟夫广场，一战后更名为革命广场，二战后改称自由广场。旁边是美丽壮观的天主教玛丽大教堂，建于 1895 年，设计师同时也是广场另一栋建筑——市政厅的设计者，教堂尖顶上色彩艳丽的图案和装饰非常漂亮。

傍晚在自由广场边的水车洗手，顺手帮一个坐于婴儿车中的小宝宝洗手，开心玩水的小宝宝最后竟然不舍得离开，伸手要我抱，但最后也不得不挥手再见。感情的纽带如此简单，无须语言，笑容足以交流。

误打误撞，随着小镇居民的人流，我们上了市政厅二楼。当地人着盛装像参加一个大派对，周围装饰得像是如梦如幻的蓝色海洋，原来是一场巴赫小提琴作品音乐会。悠扬的琴声在夜色中为行走的我们洗去路上的尘埃，当地男女老少一脸崇拜，认真地站着或坐着，仰望着台上的四个演奏者。

听一场我们并不了解的音乐人的小提琴曲，旅途就是这么奇妙，没有刻意的安排，只有不经意的遇见，旅行记忆因这场小小的音乐会更饱满更有趣。

相遇是缘：路上那些人

达州小万 1991 年出生的小万是这趟行程不得不说的一个人。刚从塞尔维亚下机，我们便在路边的公交站台碰到了他，穿人字拖，很胖，闲聊两句后他说一起搭伴走吧。第一次在遥远的国度自由行，我们心里也没底，那就一起吧。小万是个孤儿，曾经在泰国工作，英文略懂，但发音让我实在不敢恭维。小万是自由职业者，永远行在路上的单身汉。历史人文、国际战争，他知道很多，常常也被我们一家的玩笑话逗得哈哈大笑。也许是无拘无束惯了，他说话特别大声，吃饭不规律，早餐从来不吃，要么一天不吃（辟谷），要么大吃大喝，无节制地喝可乐，坐大巴不管三七二十一，就横躺下，走路踢踢踏踏……随意不羁的特质在他身上展现无遗，如果能修枝剪叶塑造一下，也是一枚优质男。

两位佛山老师 我们在乌日策小火车酒店碰到了两位五十岁左右的中学女老师。看见我们，她俩像见到救星，问怎么去乌日策县城，要不要搭伴。由于英文不灵光，她俩一路住酒店，因为公寓要提前打电话让店家来开门。看到她们无助茫然惊慌的样子（事实上两人的攻略做得很全面了），不得不佩服她们结伴而行的勇气。各自游走了两天后，大家在红酒小镇又奇妙地相遇了。

红酒小镇大叔 闲逛在宁静的红酒小镇，路遇当地一位买菜归家的热情大叔，他主动问我们是中国人吗，然后给我们介绍此镇有两百多年历史，有学校有博物馆……后来我们开玩笑说大叔好客的样子好像差点要请我们去他家吃午餐。

宁波女子 从红酒小镇出来坐公交,在站台遇到一位宁波女子。抱着两瓶红酒的她主动问我们去哪儿,很少主动跟陌生人聊天的我(平时都是老姜出面跟人聊天,我再站出来)回答道"去长途车站坐大巴到贝尔格莱德"。她声音很柔和,但意志很强大,两个人结伴出来,分开行走。把大行李放房东家,她一个人背着简单的换洗衣乘物公交游览。她比我们早一个站下车,到站时她不停地说拜拜,但我们没听见,等回过神来她已在车外,我也拼命与她挥手,两人的眼神碰撞,直至车已走远……那一刻竟有些不舍,对一个相处不过十分钟的路人,最终仍要挥手告别。

车站婆婆 我们遇到的当地人都很热情,在车站与我们坐同一辆车的婆婆的好心肠是真的无法用言语形容了。从诺维萨德返回贝尔格莱德,我们预订的公寓在新城区,所以希望能在离新城区最近的地方下车。婆婆说:"放心,你们跟我一起下车,我告诉你们怎么去。"

经过一小时十分钟的车程,快下车时她提前叫我们准备。下来后她帮我们拦了的士并交代司机地点,接着还给我们留电话,说到了之后给她电话,告诉她我们是否安全到达以及车费的情况……感激之情真的不知如何表达,只能一再说谢谢。

公寓老板娘 我们入住的诺维萨德酒店公寓,有草坪有猫有狗有果树,老板娘喜欢聊天。我也趁此机会把口语练了练,边帮她收拾碗碟边拉家常,在没有翻译官小姜在场的情况下,我摸清了她的具体情况。院子里的果树我以为是梨,她说是梓,可制作果酱和白兰地,在离此处十公里的地方,她丈夫种了大片的梓树且同样经营着公寓。女儿是法官,女婿是国际象棋教练,大儿子爱游泳爱踢球,她还给我看了全家福照片,看她丈夫的果园……老板娘的话题如此多,我应该在这家公寓多住两晚,口语一定可以进步飞快。

无意中我看到一篇公众号文章,标题是《行走也是阅读》,是的,我们的行走就是读人、读景、读物、读世界。

七月，日本不一样的城市味道

浅草寺的天空

下着细雨的东京，我站在浅草寺的门前，心不知怎的，一下就柔软细腻了。

浅草寺是东京都内最古老的寺庙，满满的日本风味，一长排人力车在路边等着拉客，街两边都是极具风格的小首饰店以及特色小吃店，还有路对面浅草寺大门上挂的著名的雷门灯笼……寺院内的青烟袅袅升起，穿和服的少女脚下的木屐声有节奏地响起，有那么一刻，内心安静得仿佛世界为自己而停止。

浅草寺里的学生天真快乐地奔跑，着白色浅灰相间的校服，软侬的日语，听来甚是舒服，就像今日的天气。竟然在寺里看到一间幼儿园，在耳边回响的日语儿歌，排队等候的孩子们……庭外熙熙攘攘世俗纷扰，庭内充满童趣，简单明了，恍惚间，被这两个一墙之隔但截然不同的世界迷惑，已然分不清世内还是世外。

这条从大门延伸到浅草寺的小商业街，两旁都是卖小商品、小吃、小纪念品的商店，店铺里摆满了各种土特产和纪念品，非常热闹。"人形烧"是东京特产，是用面粉、鸡蛋、砂糖混合搅拌，放入铸铁模具进行烘烤而制成的点心，有红豆馅和无馅的两种，很受欢迎的是动漫人物的人形烧，据说这间店铺烤制的人形烧最具日本风味。

这里尽管拥挤，但并不杂乱，或许这就是浅草寺的魅力所在，热闹而不喧哗。

二道门上也有个大灯笼，灯笼上写着"小舟町"，二层楼高的寺门上写着金光闪闪的三个大字——"浅草寺"。奇怪的是这座大门背面墙上挂着一双小船一样的大草鞋，它长约三米，宽约一米，大概这草鞋可申报吉尼斯世界纪录了。至于为什么要挂草鞋，日本人认为浅草寺的大灯笼意为天地光明，大草鞋寓意着立足农耕，都是蕴含着美好的祝愿。

我极喜欢浅草寺本堂后面的园子，有人坐着休息，还可以看到有僧人走过，有些档口看似卖雪糕，亦有宣传歌碟和书本的，但不嘈杂。看到小剧场里穿和服的少女抱着吉他弹唱，羞涩内敛，一如这后院，清静纯然。书摊前一位着和服的中年男子在树下看书，久久不动。那风那人，古朴雅致极了。我看呆了，不愿离去。

浅草寺常年香火鼎盛，虽是很有名的旅游景点，由于不收任何门票，所以连围墙都没有，寺园的外面就是居民区。此时抬眼看看四周，不是高楼大厦，就是纵横的马路，还有不远处的东京地标——天空之树……身处古老的寺庙中却能感受繁华的都市中心，这种古今融为一体的错乱，也许就是浅草寺的另一种魅力所在。

富士山下的村庄和湖泊

下车步入忍野八海，我立刻就喜欢上了这里淳朴的民风以及清凉的乡村气息。

富士山脚下有个忍野八海村，是日本山梨县的山中湖和河口湖之间的涌泉群，因为错落有致散布着八个清泉，"忍野八海"故而得名并且名扬四方。据说早在一千二百年前，忍野八海就已经存在了，富士山上融化的雪水经地层过滤，而后汇集成八个清澈的清泉，水质清冽甘甜。

村口的溪水潺潺而流，清澈见底，鱼儿畅游。两边地里的玉米棒丰满盈厚，一垄垄等待收成的大葱香味扑鼻……闭上眼深呼吸，冥想这是家乡田垄间的味道，亦有妈妈呼唤挑水淋菜的催促声。

远远看见一间草屋，立于大片草地中，由木头与白墙相砌而成，屋顶由干草铺就，七月的阳光越过富士山的层层迷雾，在忍野八海村，洒落一地阴凉。近看，原来吸引我的是一间公共厕所，抿嘴一笑之后，心里甚是欢喜。傍山映水、依草而建的草屋厕所沉稳踏实，像是一本古书，总读不厌。

独栋的民宿是当地农民一手建造的，门前的植物、菜地、清泉里的鱼儿，一派悠然自得的惬意。一农妇在耕地，头上包着花布，免得因劳作而让一头乌发散落凌乱，茄子正等待开花结果，小包菜已成为农妇的篮中物。日本的农民最富有，而衡量富有的标准则是看他们屋前的植被茂盛与否。

从忍野八海村出发，经过四十分钟的车程，来到河口湖。这是个位于富士山南面，因一万年前火山爆发而形成的堰塞湖。这个拥有万千风姿的美丽湖泊，在富士山五湖（山中湖、河口湖、西湖、本栖湖、精进湖）中地位卓越，是欣赏富士山美景的最佳地点。

去河口湖边，必须穿过大片薰衣草，花草随风摇曳，据说这里是日本文人墨客的灵感源泉，也是当地人喜欢的疗养胜地。

每年 6 月中旬至 7 月中旬，河口湖畔的十万株薰衣草竞相开放，摇曳的薰衣草与宁静的富士山遥相辉映，湖水碧波，万顷粼粼……人们在河口湖游湖、钓鱼，看尽富士山的日升日落，享受大自然赋予的美景。

人们常说，日本人最幸福的事不是住在东京和大阪，而是住在富士山下的山梨县。

名古屋的夜与日

名古屋在黄昏时分迎接了我们，温和舒适。

曾看到一个旅行者在杂志中写过，名古屋是一个全民追求大隐隐于市的城市。在其心中，名古屋是一个有独特态度的城市，人文环境内敛而谦和，但又有一种拒人于千里之外的高冷。

这些话令人对这个城市充满好奇，想试图了解。在夜幕降临的这一刻，我们开始行走。我当然知道用这路过的仅有的十几个小时，根本无法深入这寂静，但旅途的欢喜在骨子里跳跃，旅人心情在名古屋继续延伸开花，足矣。

名古屋位于本州中西部，由于该市介于首都东京和古都京都之间，故有"中京"之称，距东京三百六十六公里，搭乘新干线快车，只需两小时。它既是日本的工业大城，也是一个历史悠久的古都。

周末的名古屋街道很安静,浅浅夜色掩映着大街小巷的酒屋和随处可见的小古寺。露天的小甜品店,几个着和服的年轻人在聊着天,音乐缓缓流动着,灯饰鲜花交相辉映。

早晨,酒店门口的车库前,白发老保安站得笔直,那是守护者坚定的身姿。一位年轻的日本女人骑着单车悠悠晃过,脸庞清瘦,齐肩黑发,着针织浅蓝长袖上衣,白皙的皮肤,淡淡的笑意……恍惚中觉得名古屋的街道充溢着花香。

同行的六岁小胖子丁丁来到我身边,清早与这可爱的孩子聊天,是最美不过的事情了。他告诉我,昨晚他拿着酒店前台的交通指引单带着父母去逛街了,说话间还用小胖手指着门口的方向,那模样可爱极了。单上的"名古屋内"字样,他说成了"名古屋肉",哈哈,我把眼睛一瞪,问道:"是肉字吗?"丁丁赶紧纠正:"是闪字!"逗得大家哈哈大笑。

行走在充满未知的旅途,珍惜遇见的人和事,比如酒店车库保安,比如名古屋骑自行车的女人,比如丁丁。

名古屋,一座需要花一些时间和心思细细品鉴的城市。真正懂得的游客必是深谙这一点的,于乱世之中寻觅这一方净土,便如获至宝一般耐心打磨,直至看到它内在水晶般的美好。

京都的古典,大阪的冷硬

七月的京都,天气多变,时而细雨多云,时而酷热难耐,雨水顺着传统日式房屋的灰瓦飞檐滴下来,石板路上湿漉漉的。黄昏,小店的灯笼照着幽暗的街巷,穿着暗淡衣服的日本人打着伞沉默走过,有些淡淡的惆怅。

古朴的日式房屋灯火阑珊,餐厅的露台上大家盘腿坐着吃饭谈笑，都说京都有汉唐遗风，但我觉得这里更有宋代的幽婉风流。

周日的居民区比往日更冷清了。洁净井然的街巷，形单影只的行人，极少听见人语，风静默地吹着，偶尔能闻到从房中传出油炸食物的香气。日本的晴空是清淡的蓝色，阳光是强烈的，但照在日本传统原木色的房屋和白色系的建筑上的光线异常柔和。

街头有许多传统房屋，门前挂着暖帘和风铃，风吹起时，风铃声清脆悦耳地回荡在长巷里。日本人保留着自古以来对自然的崇敬之情，房屋之间常有一株常青树冒出来，那是庭院里种植的，日本的庭院普遍小而精致，种植草木，极短的石径，一石缸水养着金鱼飘着花簇，俨然一个缩小版的园林。

在京都的一家茶室，太阳照在隔窗上，四面拉门敞开，整个房间都非常通透，端着细细磨好的绿色抹茶，坐在简朴的凉席上凭窗看山，听泉水潺潺，想象着生活里那些至美的情趣和琐碎的温存。

此刻，大阪，黄昏悄然而至。从酒店落地窗望去，大阪的万家灯火星星点点，不远处的摩天轮开始闪烁霓虹，新干线在飞驰，球场里的棒球小子们也在呐喊奔跑……这一切，都为旅人心情添上了一笔美好的印记。

但是大阪工业化的气息令人感觉生硬，或许是刚刚从古色古香的京都而来，短时间还没法适应钢筋水泥的冷硬。白天的大阪都是西装革履的上班族，城市里没有一丝生机；到了夜晚，华灯初上，窄巷里灯光晦暗，居酒屋里坐满了人……

但谁又说城市都要流动着一样的气息呢？旅人就是要体会不一样的城市味道。

三月徽州暖春日

徽州的母亲河是新安江,它和它的众多支流为沟通徽州与外部世界提供了宝贵条件。

鼎鼎大名的商人胡雪岩,年仅十三岁时就从家乡徽州绩溪出发,孤身一人出门闯荡,沿着代表未来无限可能的新安江,一路漂向杭州,几十年间,在异乡历经商海沉浮……四月的江南,一行四人边走边听当地人讲故事,在迷蒙的春雨中感受徽州人的家国情怀和坎坷人生。

徽州·倩影

我们住在黄山市屯溪区丽朗酒店,当第一次听到旁边火车声响起时,我跟伙伴们说,"有没有一种在远方的感觉。"火车沿轨道飞驰的声响让人心里很踏实,不会觉得嘈杂尖锐,虽然刚刚到来,但仿佛路边的风景已收纳于行囊之中,在油菜花丛中开辟的一条明亮绚烂的道路上,与伙伴们嬉笑怒骂。

裹着红围巾,穿着皮外套,四人在乍暖还冷的春季穿梭在徽州老宅。有那么一瞬间,我被江南女子晓珍在古徽州建筑房檐下的低头浅笑所魅惑，于是提议为晓珍低头那一抹浅笑作诗，四人你一言我一语，把路边的花、徽州古韵以及大家闺秀出身的照片主角这些元素相结合，一首《徽州·倩影》出炉。后来朋友圈有人指出，"红墙白瓦"应为"白墙灰瓦"……第一次在旅行中咬文嚼字，别有一番情趣。笑声穿透古韵古香的文房四宝老街，惊吓到了正在创作的歙砚师傅，他抬头望向我们，肤色白皙得令人窒息，年轻的师傅告诉我们，他从事歙砚工作已有二十一年了。他对面窗外的一棵小树正绿意盎然，不知是那江南的绿衬托了他的白皙，还是常年不离手的砚台让他的心境与皮肤一样没有瑕疵。

古徽州一府六县，下辖之歙县、绩溪、休宁、黟县、祁门、婺源（后属江西管辖）皆为群山怀抱。这里是适合古代隐居者避世、逃难者藏身之所，也是为现代旅行者所赞叹和流连忘返之地。这个春天，第一次来就被徽州的美震撼，懊悔过去这么多年，为什么没有早一些时候遇见，错过白墙灰瓦上空的蓝天碧云、错过梯田的花开花落、错过黄山上摇曳的迎客松……

司机盛师傅是徽州本地人，一路上听他讲古代红顶商人耕读传家的故事；徽州人的审美和建筑风格影响了大半个江南，以至于人们说"无徽不成镇"；三大徽班进京，最终形成京剧；徽州人对文人和艺术的追捧，给扬州八怪和新安画派以良好的生存土壤；从建筑到绘画、曲艺、市井传说……古徽州人的儒者风范从盛师傅口中讲来，栩栩如生。

盛师傅虽然自幼生活在小山村，但祠堂里的传承和祖辈们无时无刻不在提醒他，"你是北方大家族之后，有很多令人骄傲的先人"。永嘉之难，衣冠南渡，他的祖先从中原大地避难而来，在这个山水秀美的地方找到了庇护之所。田产不丰，却有山珍。

钟灵神秀的大山里有优质的杉木,有祁门红茶和黄山毛峰,有鲜美的山菌和各种名贵的药材……"徽州是我家",以家乡为傲的神采,在盛师傅身上展露无遗。

徽宅·倩影

摘一枝雨后初开的梨花
放于唇边
让缕缕的清香
带着古徽州千年的故事
飘荡着日后长长的岁月

她,如徽州古宅里的大家闺秀
在春的气息里
那一低头的温柔
融化了这一世多少的前尘往事

许多年以后
回想这段时光
她会否念起
那如红酒般醇香的笑容
白墙灰瓦中的千年沉淀
因为那一抹蓝让时光穿越

在唐模村,赴一场天青色之约。我抬头望到一片治愈系天空,大为震撼,赶紧拍下发给最近走不出抑郁情绪的朋友,风轻云淡的世间,有所敬畏但也要无所顾忌。久久凝望阳光里夹带一丝寒风的天空,想到"随心所欲"四个字,放出心底那匹野马,撒欢吟唱。

八卦村最吸人眼球的不是易经风水,不是那错综复杂的九十九条小巷,而是在村口等候给游人讲解的本地女村民。为了二十元的讲解费,汪姓大姐执着地跟了我们近五十米,隔着一条小道她坚持说可以带我们去制高点拍照,可以讲解最专业的八卦村知识,非她莫属的倔强最后让我们觉得不管会不会上当,反正二十元也不贵,就半信半疑地选择了她。

后来得知,八卦村本地村民有三十八人自己交钱参加有关本村历史知识的培训,他们守在景区各个入口招揽生意,以一趟为单位,不管人头多少,价格在十元到二十元之间。我对着一位蹲在墙头晒太阳的老奶奶拍照,她说,我带你游览八卦村啊,十元。我摆摆手。她说,你不让我讲解,我也不让你拍照!

我赶紧逃之夭夭,想不到七旬老奶奶也是村民导游。

热情的汪大姐带我们进她家看菜园,让我们摘菜带走。她讲解的声音很响亮,熟烂于心的节奏像是在背书。里面有无数间木雕店,汪大姐说得最多的是,"难得来一次,你们每个人都多买点吧"。

对于徽州历史,盛师傅说可以讲几天几夜,一路上他说得最多的是这五个字:"我们徽州人。"

在酒店的热汤里洗去一路的尘埃,夜晚四人围坐,品茶谈天,讲成长中的小倔强、小委屈、小傲娇。

在安徽,听人和茶的故事

徽州到婺源一个钟的车程,我只嫌时间太短,四人在玩笑话

中便到达了。我们率性而为地狂乱大笑,也逗笑了四十多岁的盛师傅。

起初是盛师傅的爱人小方来开车的,她是我们在携程上订的接机司机,很漂亮,为人也直爽,但她已有其他安排,便推荐我们这些天由其爱人来接送。路途中盛师傅讲了很多徽州的人文历史,听得出他很以徽州为傲。后来八卦的我们打听他与小方的爱情故事,起初他并不愿意讲,说每个人的故事都差不多,后来大家起哄,打破砂锅问到底,他才说:"其实我们是去年才结婚的,我前妻多年前死于一场逃不过的车祸。"他话一出口,全车寂静,我们一下子不知道该说什么好了。盛师傅打开了关于家庭的话匣子,我们除了知道他前妻离世的事,还知道他家半山腰上四十亩茶园是如何种植的:过了春节施肥,采摘,七八月份翻土,修剪多余枝条,茶树生长十五年左右,把树根砍掉,两到三年后重新长出茶叶……指着沿路山上插着的松萝茶牌子,盛师傅说这种茶叶很有故事。几百年前,载有三百七十吨中国茶叶松萝茶的瑞典轮船"哥德堡号"沉没,令人震惊的是,两百多年后当沉船被打捞上来,茶叶色味尚存,泡饮居然还有淡淡的香味。经品测,打捞出的茶叶为清乾隆年间出口的产于安徽休宁地区的松萝茶,在海底泡了两百多年居然还能喝。

每一种茶都有自己的味道和故事,每个人都有不可复制的人生故事。

旅行的四天里,每天早上我们都会往盛师傅的手上递一瓶酸奶。

阳春三月的婺源篁岭,油菜花摇曳在春天的味道里,此刻的梯田像是一幅幅水墨油画,这里是网友评出来的"全球十大最美梯田"。因为不是周末,游人还算不多,走走停停很是悠闲自在,坐在路边的石板凳上,沐浴在暖暖的春日阳光里,听着身后山泉水流动的声音,望着梯田底下静静的湖水,四人静默,各自体会大自然之语后,说写诗吧。

纵然无法达到创作现代诗的高境界,但此情此景,不说点什么太对不起这春日的美好了。我提议,主题就围绕装扮醒目的晓珍、路边摘野艾草的老人、脚下的油菜花梯田和湖水,写写这直白得令人无须猜测,一眼就能读懂的春日油菜花梯田之行。你一言我一语后,便有了这首:

梯田晒春

山谷里
湖水静静安躺
风掠过油菜花
耳边的泉水潺潺
这时,心里开始欢唱

走进婺源
走进梦里的故乡
沉醉在那层层叠叠的油菜花田里
系红丝巾的姑娘
像金黄色里的一朵玫瑰
那一汪清泉
是她含情的眸子
迷醉了一众游人

幽谷清林,绿意近山

田埂里摘野艾草的老人
头包格子头巾
不知今晚她想做艾粄还是艾煲鸡
行人眼中的她是一道风景
她眼里的行人是个陌生的世界

油菜花摇曳清香
花丛中的白蝴蝶轻飞
阳光下，时间仿佛停止
晒着太阳的女人对着路人的小狗呵呵直笑
就这样吧，吹山风，闲散闲聊
晒晒春，晾晾心

黄山始信峰野餐，读《来生愿做一种植物》

撇开上黄山排队坐云谷索道的艰辛历程，黄山行的惬意记忆只留在始信峰的午餐里。

找个空旷处摊开一次性雨衣，把准备好的酸奶、面包等各种食物拿出来，坐在松树下开始聊天拍照。看到微信里诗人朋友一晌欣然刚刚发来的诗——《来生愿做一种植物》，便迎风吟诵起来："假如有来生/我愿做一种植物/最好在冷冷清清的郊野/离人群远一点/离城邑远一点……"

后来我们告诉诗人一晌欣然，我们在黄山读他的诗，他说："你们身旁的某棵小草小树，也许就是我所托付的。"

这趟行程有人想看云海，于是我叫她顾云海；我爱看天空，我被叫作李天空。

我们在黄山博物馆买毛笔和墨水，有缘与神态安详的菩萨相逢。

　　我们在黄山脚下的村庄里捡石头，踏着顺流而下的潺潺溪水，看蝌蚪游弋。后来收到石头的友人说，有山水印迹、黄山灵气。

　　我们在宏村看艺术家写生，然后装模作样对着画板写生，假装是艺术生。

　　我们在徽式建筑下摆拍……

　　一次充满了欢声笑语的水墨江南行，让我们的眼角鱼尾纹丛生。

闲散自由走清迈

从毛衣棉外套到清凉的夏季行头,在清迈短短几天,我们经历了冬季的寒冷和夏日的酷热。随遇而安,学会适应环境,面对季节更换如此之快依旧不焦灼不抗拒,安然接受。

这是一次深度闲散、自由的跟团旅游。除了给导游小费五百元,全程报价仅三千二百元。廉价团,廉价机票(第一次坐飞机没有水喝,一小瓶矿泉水十元人民币),本来做好吃住行也是廉价的心理准备了,没想到一切都在我们意料之外,亦是情理之外。住得好,吃得好(肚子基本一直处于饱的状态),行程松散得很是随团友们的意,不起早床不赶路(早餐时间是九点)。

清迈当地时间比北京时间慢一个小时。喜欢当地人的一句话:"我帮你把那一个钟头先保管起来,等你们回家时,再还给你。"

我们一家人一致认为,清迈城市里的街头风貌与台湾的街巷有些像,干净且安静,司机们即使塞车也不会摁一声喇叭。走走停停的旅途,一些触动心弦的人和事常落入眼帘。记之。

阴雨天,我们前往长颈村——以脖子长为美的村子。走过一段泥泞的山路后,上了一个小山头,斜坡上,许多小姑娘在织布，天冷但她们都光着脚，小脚冻得通红，长长的脖子上套着钢圈，我拿在手里掂量，很重。她们从五岁开始便往脖子上挂钢圈了，直到身体不能承载为止。小姑娘们七八岁，美丽的笑容天真无邪，让人心生柔软。

她们会用简单的中文说："买围巾吧，我织的。"

山头中间搭着个木棚，里面有黑板，写着几个字母以及英文单词。但当我问小姑娘们有没有在这里学习时，很多人都摇头。

山路弯弯曲曲，泥泞不堪，芭蕉树林密密层层，寒风拂面，离开时，我心黯然。

古庙村落，偏僻，安静。坐着敞篷车穿行在小道上，风铃声优哉响亮。阳光穿过树叶，小狗就坐于古庙废墟旁，安然自得。不远处，一尊僧人雕像，奉供的香烟袅袅散落天空，此情此景，我心淡然。喧嚣浮华慢慢褪去，似烟如雾。

这里的家家户户门口都供奉佛像，供品丰富，其虔诚之心一目了然。许多人家屋前专门搭有铁制或木制的小架子，上面放有水和饭菜，方便行走的路人和僧人饿了渴了，就地取用。这些在清迈人看来习以为常、再自然不过的举动，却让我们内心微颤。信仰和传承，不只是挂在嘴边，是供奉着的那一缕青烟，是陌生路人感受到的温暖，是无言的大爱。

三三两两结伴的团友不到二十个。有五十岁左右的四闺蜜，孩子都长大成人了，但因为是闺蜜相伴，她们的着装颜色鲜艳，每天搭配不同颜色的围巾，言语开朗，如年轻女孩那般活泼可爱；研究生同学的两个九〇后女教师亦是死党，面对生人有些羞涩，但两人对话时不经意就会加大音量，她们说是职业病，上课怕学生听不到；还有三个家庭组合，老人逗孩子，大学生男孩与中年妈妈的絮絮叨叨……我不是个主动的人，与他们一路言语不多,但这些温馨画面,在异国他乡的旅途中尤显暖心。

  阿妈的第一次出国,感慨良多;小姜同学对信仰多了层理解;老姜则永远是操劳的那个,顾及每个人的感受;而我还是那样认为,行走在路上,得学会适应环境和保护自己,或安逸或辛劳。

耍龙灯，打麻糍，宜春年味十足

江西宜春是个好地方，地名由来自古有记载：县侧有暖泉，从地涌出，夏冷冬暖，清澈若镜，莹媚如春，故名。今年在宜春过年，除了体验暖冬，这里的春节也是传统习俗味道浓重，那是宜春人心头挥之不去的情结。

在宜春，游览明月山必不可少，在明月山麓有一个美丽的小镇，名曰温汤镇。此镇是个历史悠久的古镇，因"气温如汤，冬可浴"的温泉水而得名。依明月山，得温泉水，温汤镇有着独特的厚重和秀美。除了温润的泉水，春节期间吸引各方游客和回乡游子的还有隆重喧闹的耍龙灯。大年初一，镇中心的易重状元堂里里外外围满了当地人和外来游客。这里敲锣打鼓，鞭炮声声，只见一条十来米长的龙灯在堂外舞动半晌后，进堂内又转几圈，年长的领头人口中念念有词，朝祖宗牌位三叩首后鸣炮鼓掌，整个过程庄严肃穆，弥漫着浓浓的祭祖之情。舞龙队伍多由当地年轻人组成，在祖宗面前喝彩舞动一番后，他们沿街在各商户门口摆头甩尾，在此起彼伏的锣鼓声中，恭喜老板们财源滚滚来，以此获得红包打赏。场面喜庆热闹，人们边用温泉水泡着脚，边欣赏耍龙灯，是在温汤镇过年的一大乐事。

每个宜春人心里都有一个绵长的麻糍情结。麻糍的香，麻糍的白皙和温热，深深地嵌在年味里。出门在外的游子一听麻糍，两眼放光；视频里看见朋友吃麻糍，尽显垂涎之相，仿佛那种味道没有任何一种食物可以比拟。在宜春万载过年，我目睹了麻糍的整个制作过程，步骤简单却很费力气。糯米蒸熟后，放石舂里用木槌捶打，不能停歇，只因糯米一旦凉了就会变硬。将糯米舂成绵软的一团后捏成小饼，再洒上微甜的黄豆粉……两三岁的小孩，七八十的老人，都爱吃这香甜软糯的麻糍。身边这位范姓老人今年六十有余，她说一辈子都在打麻糍，打得衣衫湿透，不但身体倍棒，自家人爱吃的麻糍也没落下。

在宜春过年，感受温汤镇的传统耍龙灯，与家人团聚一起打麻糍，庆丰收，别样美好。

四川行

　　成都的风在一场雨后有些清凉，黄龙的五彩石吸引着有高原反应的我们喘着粗气往上爬，九寨沟里每一汪美丽的水都有一段传奇渊源……

　　每次旅行结束都会写篇洋洋洒洒、不着边际的游记，每年出行不多，仅有暑寒假两次远行，在记忆里却是美的。不管是跟家人、发小，还是朋友、同事，在路上都会有不一样的精彩瞬间，静静地在异乡路边等车发呆，经过高山白云激情澎湃地唱首《平凡之路》……我们一直营造行走的快乐，所以每一次都难忘，都铭刻于心，都值得留于笔尖。

　　成都往九寨沟的路途有些远，几乎令人却步。我们租了部面包车前往，司机是位干练的中年男子，惠让我一起回忆：他很像我们一个曾经很熟悉的长辈。后来终于想起来，哦，原来那个长辈年轻时是这么帅气。

　　七〇后、八〇后、九〇后组成了这次的出行团体，2012年西安行曾到钟楼的广场，孩子们唱歌跳舞，自由散漫、无拘无束，原以为那时候的天真烂漫会随着少年们的迅速长大而流逝，没想到时隔两年，那份默契仍在。不同的是，孩子们的见识更加宽

广，思想更加辽远，碰撞出的火花更多……

我去过几次成都，在公园悠闲地喝茶聊天却只有这一次。喝什么茶不重要，和谁喝茶才是重要的。我和孩子们玩成语接龙，互损、互捧、互唱、互接，彼此没有距离，高潮迭起，笑声不断。

乐乐是一个即将成为小学生的六岁小男孩，晚上在旅舍和外国人一组玩桌球，小男孩的球艺好先不说，比赛过程中还不断鼓励对手，"别紧张啊慢慢来"……四个人按顺序打一台球，他不争不抢，落落大方。如果不是后来来了几个十二三岁的少年在互相扔球，场景吵闹混乱，我甚至觉得之前乐乐这么规矩打球是理所当然的，但看到那帮大孩子当着满屋子的外国人无所顾忌地狂奔大吵扔球，大家顿时觉得他们的基本素质比起乐乐来，差远了。

旅行中的待人接物，是孩子们很好的学习课堂。

搭地铁、坐大巴和动车，在人挤人的火车站手牵手，在动车上站着谈天说地，在公园门口打太极……见到的人，说过的话，路过的风景，也许不再有，但我们来过。

听澄海人讲潮汕事

驱车前往汕头的路上,仙庵、靖海、海门、河浦、磊口……这些地名不由让人心生遥想,那里是否有带着仙气的庵堂?靖海里有没有跳跃的鱼虾兵将?海门,是海上有一道宽阔无垠的海之门吗……我这样信马由缰地想象着,却被同行伙伴无情掐断:"你想多了,这些地名只是根据潮汕话的读音转换而来的。"

听澄海人余伯伯讲往事

到达澄海,在好友余洁笑(也是当地人)的带领下,我们穿梭在古庙和学校间,庙里有木雕、古画以及好看的嵌瓷,五颜六色的瓷嵌在屋廊上、房檐上,艳丽又脱俗。走过墙壁被古画点缀的街巷,在迷宫一样的水泥与混凝土构造的民居里,我们来到了夹藏其中的独栋楼。这里仿如世外桃源的天台花园,有亭台和小丛林,主人把两只火烈鸟的小雕像安排在成簇的甘蔗林前站立,小小的摆设也极具仪式感。夜晚点火烧烤,木炭就像月亮一样散发光亮,烧得通红的铁架台像亭台边上嬉笑打闹的大人孩子一样热闹,时而刮过的海风让这个十月徒增了几分清凉。

我们一边吃海鲜烧烤，一边听主人讲自家过去的事情。主人家余伯伯指着前方被一片房子遮挡住的天空告诉我们，那是南澳岛，1960年时龙虾价格是每斤一块钱，他从南澳岛的渔民手中买来龙虾，一天能卖掉五百公斤。南澳岛位于广东省和福建省交界的洋面上，由大小二十三个海岛组成，人称"潮汕屏障，闽粤咽喉"。从当年的南澳岛卖海鲜讲起，余伯伯说，后来他在镇上的供销社上班，并且认识了现在的老伴，虽然每个月工资只有十九元五角，日子过得拮据，但二人相亲相爱，生活很和谐。1990年，余伯伯决定补薪留职下海和老伴开服装店，"没有工资还自己贴钱几十年给供销社，这点我没有后悔。"如今每个月领着退休金的余伯伯对自己当年的这一明智决定很是自豪。"但唯一觉得遗憾的就是我和老伴没有什么文化，普通话也讲不好，与外地人交流不是很顺畅。"服装店的生意不错，余伯伯家是方圆几十里最先建起新房的一户人家，但余伯伯深知文化的重要性，再苦再累他也不让三个儿女帮忙做生意，而是努力供他们念书，三个儿女先后考上大学，走出了澄海，在广州和深圳一线城市的各个行业立足，发展前景很不错。

生意红火是十几二十年前的事情了，现在教育才是重中之重。除了感叹读书的益处，余伯伯一直说："发展太快了，现在的服装实体店都快被网购冲垮了……"从他眺望南澳岛的眼神和感慨的语气里感觉得出，世界之变幻莫测是转瞬的事情，但不管世界怎么变，好好念书，这是千年不变的准则。

余伯伯懂得知识的重要性和顺应快速的时代变迁，已经令人佩服，没想到，他竟然还是个重女轻男的爸爸，这完全颠覆了我们对传统潮汕人的认知。余伯伯视两个女儿如珍宝，不舍得打骂，只是一心供读教导，对唯一一个儿子却总是千般"折磨"，不听话时甚至将他装进麻皮袋里狠心敲打……虽然教育往事惨烈了点,但是现在的余小弟已经成长为一位有担当有责任感、在导游行业里做得风生水起的男子汉了,这绝对有赖于余伯伯用心良苦的教育。

神明在潮汕人心中无处不在

习习海风里,我们吃海鲜,剥龙虾,听澄海人讲他们与海鲜的事情。十年前,每年春节余伯伯家都会到南澳岛批发一万斤鱼,将它们养在放满了水的自家大院里,跳跃的虾、游走的鱼儿,一片欢腾的丰收景象至今让余家的孩子们难忘自己小时候看过的情景。春节期间,左邻右里都会陆续来大院里挑鱼,以备拜神祭祖之用。

在潮汕地区,每逢年月里的重要节气,当地都有请神还愿的风俗。每个地方都有自己信奉的神祖,供上八大碗八大菜还有八种点心,烧香跪拜,结束后将燃尽的香灰带回家冲水给自家孩子喝,以祈祛除百病,吉祥如意。余家的孩子们说着这些看似古老却至今仍保留的民间传统,目光虔诚,信仰十足。我们的眼前也仿佛出现整个镇子沸腾的情景,正月里,一位少年抬着"老爷",那是他们的神灵,像戏曲中的人物。少女则抬着带着竹叶子的旗子,老人们穿上酱紫色的长衫,在人山人海、地动山摇中"迎老爷"。每家每户的门前都会摆好自家备的各种贡品,蜡烛烧着,年老者手持三炷香"迎圣驾"。几乎每个村子的"圣驾"都不一样,但都是村里人供奉的神明。

听完"迎老爷"的故事,我们穿过夜里十一点的小巷,古老的祠堂门前仍有大妈三三两两地唱着潮剧,令人似懂非懂的方言

如同清浊难分的池水，搅动着月凉如水的十月。温婉柔和的唱腔在祠堂上空迂回，仿佛来到另一个时空，萦绕在前半生里……潮汕话与粤语和客家话又不同，潮剧里有一种无法诉说的哀怨之气，曾经看过一出潮剧《四郎探母》，感受传统剧目在历史流转中承载的不同使命。南方的戏剧，不论梨园戏、潮剧、南音、粤剧都有挥之不去的软湿哀伤，令听者心里浮起一阵不明所以的哀愁，也许那是前世辗转而来的忧伤……

"粿"领风骚的美食行

来到澄海，自然离不开美味的潮汕食物。在小镇街边一间以经营薄壳为主的餐厅里，品尝到各种做法的薄壳菜。相传，薄壳的由来还与明朝正德皇帝有关。别有特色的"薄壳全席"以潮汕沿海渔民生活为背景，以古老潮汕"拖网捕鱼"的美食掌故，结合现代营养知识精心设计，全席有二十多道菜，每道菜都有薄壳海产品，传统的、创新的，巧妙应用调味元素，又保留传统原汁原味的做法，突出特色，富有浓郁的沿海特色。

除了鲜美的薄壳全席，我们还有缘目睹了一道"辣木薄壳米粿"的制作过程。据当地人介绍，辣木是一种植物，新鲜的嫩叶可烹饪做菜，晒干的木枝可煮水泡茶喝，辣木入口甘甜，对身体有好处。将辣木的新鲜叶子剁碎放入面粉里揉搓，扯下一小块放入用萝卜干以及豆沙调好的各种馅料，包好馅料后再放入一个带有花纹的弧形模子中用力压平，再翻过模子用力敲打出来。根据食者的不同口味，米粿可煎可蒸。做粿子的木制模子很好看，上面是生动的图案，因为用久了逐渐有了柔润的包浆和香甜的味道。

鼠壳粿、春饼、笋粿、鸭母捻、云吞饺、蚝烙、牛肉丸、沙茶粿……"粿"这个字在潮汕闪着异样的光芒，各种各样的粿紧紧抓住我们的心。"粿"字里有着特别的光泽，而它，只属于潮汕。

陈慈黉故居里的岭南特色

陈慈黉故居位于澄海隆都镇前美村，距汕头市区约二十公里。陈慈黉生于 1843 年，又名陈步銮，著名潮汕籍泰国华侨，家族经营进出口贸易，号称"暹罗米王"。1903 年归国返乡，致力于家乡公益慈善事业。

陈慈黉故居太大了，光靠走马观花完全无从得知这座岭南大宅的故事，从导游那里得知，陈慈黉故居始建于 1910 年，占地面积两万五千平方米，共有五百零四个房间。中西合璧的建筑风格，总格局以传统的"驷马拖车"糅合西式洋楼，点缀亭台楼阁、通廊天桥，萦回曲折，走入其中，犹如进入一座巨大的迷宫。对于如何形容这座巨宅的宏大，据说以前陈家有个专门开关窗门的用人，从清晨开始打开宅内的每一扇窗户，全部打开后再逐个关上窗户，等关完全部窗户已是日落时分……

陈慈黉故居的建筑材料汇集当时中外精华，其中单进口瓷砖式样就有几十种，这些瓷砖历经近百年，如今花纹色彩依然亮丽如新，各式门窗造型高雅大方，富丽堂皇；木雕石刻多以花鸟、祥禽为内容，表达吉祥、吉庆、富贵的美好愿望。此外，故居内的书法石刻皆出自当时名家之手，一字千金，是一本集众多书法名家手笔的"字帖"。

重新修缮后的故居在保留原貌的基础上增设了陈慈黉家史

馆、红头船雕塑、潮汕戏曲馆、木偶馆、潮汕新娘房、潮汕工夫茶馆、老潮州小食馆、书画廊、微雕展馆、潮汕工艺礼品馆、古厨房等一系列富有潮汕民间传统文化艺术特色的景观。

　　古老的潮汕民俗，典雅的旧日风情，令人乐不思蜀。在善居室中厅的传叶堂照全家福、拍闺蜜照，将镶嵌有精美工艺装饰的门窗、地板、房梁以及大气精致的青花瓷留在这次温馨美好的潮汕行中。

相伴烟火丛生里

春节前夕,开车从深圳出发到厦门,过鲔门来到仙庙又过海门,经过汕头来到甲子镇去往漳州……高速公路沿途总有些地名让人过目不忘,因对这些名字的向往,总想听听那些地方源远流长的故事。在沈海高速,历经阳光灿烂、高山明媚,而后太阳雨急骤、云雾缭绕。在乌云密布的瞬间,原本做好了迎接恶劣暴雨天气的准备,一回眸,却被远山那一抹清亮的光芒震慑。经过大片农田,闻到乡间的农药味,目睹火烧田埂的宏伟壮观场景……除了是一名称职司机,我在沈海高速手抓方向盘,安然享受空旷辽远的路面,极目眺远高山、海上村庄和船只,也是帮忙递水的司机助手,还扯着嗓子唱林俊杰的《修炼爱情》,搜肠刮肚讲曾让自己笑得前俯后仰的笑话……当田埂边干草烧尽的烟味飘来,看着身边快乐的家人,心里一动,相伴烟火丛生里,指的就是此情此景吧。

厦大:最美丽的大学

天色渐晚,经过八个小时车程,我们一家三口投入了厦门的怀抱。海上的渔船星星点点，闭上眼睛感受清爽的海风。全身心放松，迈开旅行者的脚步，开始丈量脚下的城市。

清冷的冬天闲走在厦门大学，我一边搓着被冷风吹凉的手，一边抬头看蓝天下中西合璧的建筑。此时游人稀少，天高云淡，加之轻松的心情，令人很想哼着歌曲双手插着裤兜晃荡。在鲁迅纪念馆，一位年轻父亲对学龄男童说："来，教你两个字——鲁迅。"后面说的两个字，让我猛地心里一震，说不清楚是"鲁迅"二字的力量，还是这位父亲有意识的教导吸引了我。我不禁抬头望了望他俩，正对文字有着极大求知欲的学童很活泼很聪明，对鲁迅的名字有了初步的概念后，指着每一幅照片和资料都惊喜地叫："爸爸，我认出来了，认出来了！"

相对于天真的孩童，随行的高中生则是一脸肃穆地找陈设里颜色模糊阴沉的图片拍照，沉重的表情，让人猜测他是在思考鲁迅《呐喊》里充满的血性，还是因为时代赋予了〇〇后更深重的责任。

经过颂恩楼，沿芙蓉湖，来到厦大出镜率最高的体育场——上弦场落座，身后的建南大礼堂是一座中西合璧的气派建筑，这里承载着厦大学子的毕业典礼，吹着浅浅阳光下的冬季风，望着远处的厦门最高建筑世茂海峡大厦，仿佛重回浪漫悠闲的校园时光。

从厦大出来，不经意间闯入南普陀寺。遇佛拜佛，祈祷平安。奔着寻找古早味的路上，在曾厝垵小吃街吃了一碗招牌厦门沙茶面。海浪阵阵，步行四十分钟，迎着寒风沿环岛南路回民宿，途中遇见一批批的北方游客下车，从冰天雪地的城市来到风轻云淡的沿海城市，海边风光让他们欣喜雀跃。厦门于吹惯了海风的我们来说，只是一个卸下生活和工作压力的旅行城市，轻松的心情与大海、与蓝天、与气候无关。

客家首府龙岩：在长汀古城喝酒酿

我们驱车从厦门往西三百公里，来到客家首府龙岩县长汀古城。这是一座有着悠久历史、保存有诸多文物古迹和体现客家文化的古城，也是客家人聚首的大本营。客家首府是历史上的建制汀州的别称，如今指的是国家历史文化名城福建省长汀县。在原汀州管辖的长汀县周边的八个县如今仍是纯客家人聚居的地区。

这里千山竞秀，群峦叠嶂。新西兰作家路易·艾黎说过："中国最美的两座山城，一个是凤凰古城，还有一个就是长汀古城。"

傍晚我们下榻在游家大院。热情的老板娘一听我们开车来，立刻从住宿费里返还了十二元，说停车费由她来支付。这不由得让人觉得，游家大院在马蜂窝旅游网小有名气并非是无来由的。游家大院是由上厅、中厅和下厅组成的大宅邸，里面放满了各种年月已久的老物件，墙上挂满了游姓家族老一辈的照片，整个大宅充溢着古色古香之韵。客房在老宅的一侧，虽然简单却也干净。

老板娘告诉我们，她本人并非姓游，只是替游姓人看管和打理这间民宿。逢年过节，游姓家族都会相约到这里聚首，商讨族内大事。嫁娶添丁的喜事、生老病死的白事等大事的仪式也会在这里举行。源远流长的历史人文让这座游姓大宅邸显得厚重。

夜晚八点的长汀古城老街很是清冷。在醉春风餐馆吃晚饭，准备过年的本地人用客家话谈笑风生，空气里飘荡着酒酿的味道，不由觉得犹如身处老家邻居摆酒的喜宴上，熟悉且亲近。我叫了一壶温老酒，入口即被呛得直咳嗽。一品豆腐的第一口就让我感到惊艳，店家说里面有鱼（夹少量鱼刺）、蛋、豆渣等食材。边吃边聊，边看老街上的人来人往，远离城市的喧嚣，古城的晚餐令人恍如在梦里，有瞬间分不清是置身于老家那盏昏黄的灯光下，还是城市的霓虹灯下。

闲逛古巷，一眼望过去，一片火红的灯笼绚烂无比，打烊的店铺内传来孩童的哭声。古城夜风刺骨，吹来格外有感觉。长汀古城墙始建于唐大历时期，至明清时期，古城墙全长五千米，设立了十二个城门。长汀百家姓悬挂于火红灯笼上，柱子上贴有微信二维码，一扫描便可聆听各种姓氏的来源，古琴相伴的解说响彻冬夜的古城墙头，仿佛穿越到那有琴棋相伴的唐朝。

往回走的时候，街头歌手唱起了李健的《风吹麦浪》，冷清的古街顿时热闹了起来。

长汀古镇没有凤凰古城的喧嚣，没有丽江的绚烂，比黄姚古镇大些，相比之下长汀古镇更质朴、原始。一切都是岁月静好的样子。

汀州千年城墙下：相伴的老闺蜜

离己亥年还有三天
一对老闺蜜在冬日晨早晒太阳
汀州的千年城墙
聆听她俩永不过时的秘密
旁边花上的露珠悄然抖落
步履不稳的孩童久久凝视斑驳的城墙

年轻民警脸上没有笑容

他不知道一墙之隔的老人
在多么热烈谈论生活往事
保护遗址的责任感让他有些拘谨
如果他笑笑会更帅
如果他能逗逗城墙边的孩童
会更迷人

他乡的游客静静安坐
古墙外的风吹来是暖的
千年前客家人的脉络在这里分支发展
客家祖地汀州曾繁华喧嚣
一代代沉淀
五大城门屹立如旧

多年以后我们是否会想起广储门
在宁静冬天里的千年城墙下
我们谈论快到的除夕
谈论来汀州寻祖
谈论古城里晒太阳的老人
以及那个卖年糕的小女孩
谈论与谁重逢

长汀古城大喇叭

早上八点被大喇叭里的报时声吵醒。听长汀人说，八点、十二点、十八点，长汀古城的大广播都会准点报时，响彻古城每个

角落。昨晚第一次听到时呆住了，随之惊叫。老姜笑问："这不是以前生产队的广播吗？"虽没有经历过生产队年代，但此景让人仿佛置身于那个久远年份里，年代感顿生。

早餐吃的兜汤，牛肉鲜嫩，猪皮脆爽。

在汀州博物馆，看客家祖地的发展脉络。

寻辛耕别墅，却误闯进宋慈路，遇见古城墙下一条长长的中草药街。年轻妇女告诉我，本地人很少吃西药，都是煲草药治病。跟她买了七把黄花、三把瓜子金，并要了名片。这条街的商户几乎都以卖中草药为生，暖洋洋的冬日下，与她聊天，太多陌生草药名字从没听过。

汀州集市开始塞车了，挑箩筐来卖鸡鸭的小贩高声叫卖，摩托车迎来送往，没有旅游景点的商业味，而是有着一股浓浓的生活气息。

透过古城墙拍河对面的红军体育馆，印有"历史名城"字样的旗帜随风飘荡。小姜指着河边洗衣服的老人和小孩说："老妈，你没去深圳的话，也是这样洗衣服的吧？""小时候我在池塘边洗过衣服的。"我很骄傲地回答他。

品尝兰花条，老姜兴奋地说："有我奶奶做的味道！"

午餐吃古城老字号汤记，网评叫好的泡猪腰，口感滑嫩，但老姜判断里面放了甜酒，要开车的他便不再吃了。果然，把那碗泡猪腰全部干掉的我和小姜晕乎乎的。

告别龙岩汀州，宜春，我们回来了。

宜春：南惹古村饮泉水，栖隐寺看佛学课

南惹古村位于江西省宜春市洪江镇古庙村，地处明月山深

处，群山环抱，最具特色且最美的当属两棵千年南惹银杏。但因是冬季遗憾未能看到银杏美景。这里只有十七户人家，可建村时间却不短，有八百多年了。

顺流而下的山泉水入口甘甜清冽，深山里堆着干柴，竹林边养着鸭鹅，当地人在杀鹅拔毛，门坪前晒着好多不知名的干货，一问，其中一种是红豆沙果，可煲煮食用。很快，村庄里升起袅袅炊烟，古村落一派现世安稳之态。

驱车不到十分钟，我们来到南惹村附近的仰山栖隐禅寺。这里千余年来香火旺盛，我每年回来都会来这里祈福，今年发现这里多了一尊手持玉净瓶的观音菩萨，潺潺的流水声回响在山谷里。

大雄宝殿刚好有僧人在上佛学课，撞大钟，敲鱼木，绕着佛堂口中念念有词……此时深山静谧，内心平和，禅意阵阵。

在弟媳妇家吃晚餐，一桌三十五人，有将近四十个不重复的菜。上至八十岁、下至八个月的男女老少围坐在一起，亲朋好友祝福不断。牛骨炖蛋、冬笋炒肉、辣子鸡、板鸭、糯米饭……几大盆江西炒扎粉是最快被消灭的。

豪爽的弟媳妇和亲人们干杯庆贺。左手能一把提起八斤重铁锅的她格外关切外甥的婚事，吆喝大家举杯祝福……

烟火人家，朴素的光阴，年来了。

冷水村：最初出发的村落

一群人走亲戚拜年。舅妈家、姨娘家，这是爱人老姜小时候经常翻山越岭一心奔着来玩的地方，他讲了很多那一座座山的往事，这个表哥那个表弟，但我最感兴趣的是他在邮局工作时给家

住大山里的学生送高考录取通知书的事，推着永久牌自行车跋山涉水也是值得的，多少学子因为这一纸通知书从此改变了命运。

姨妈家还在用柴火烧菜，两位年近八旬的老人一个烧火一个掌勺，身体很硬朗，气色红润，她一直说厨房脏，你去外面吃水果。姨妈不知道，我就喜欢看着他们烟火丛生里默契相伴的样子。她让我想起一个期待下辈子还能再相遇的老人。

又见柴火熏肉，光阴在一熄一灭的隐隐烟火里逝去。一粥一饭，一窗一月，只想这样温柔地活着。

第一次在糖果盘里看到这种泥巴团的食物，主人说是自家树上打下的枣制作而成的枣糕。里面加了少许辣椒，放入嘴里一嚼，味道还不错，枣的清甜犹存。

拜访另一位姨妈，她的儿媳妇不由分说往我们车里塞了一袋刚刚打好的糍粑，热乎，香甜，柔软。

跟在爱人背后走亲访友，一直生活在粤东地区的我实在不适应这种冷空气，脚趾冻得有些麻了。但看到他对家乡的亲朋好友，乃至一草一木都有着难以言喻的深情，这一刻我觉得陪伴是值得的。于他而言，村里的泥泞田埂路饱含他成长的心酸史。老姜迎着冷风，指着旁边波光粼粼的池塘笑着说，这是童年的游泳池。走在最初出发的村落，春节于他不仅仅只意味着一种传统，更多的是对成长对岁月的一种怀想。

在京城肆无忌惮地笑

休假,北京行是一件想到就做的事。带着十一岁的侄子梓鹏来到位于石景山区的北京人安师妹家中,会友、旅游、学习为一体。安老师,首都师范大学英语系毕业,有着十五年丰富的青少年英语培训经验,课堂幽默风趣,深受孩子们喜爱。在八达岭感受塞外的风,在北海看游泳者,在南锣鼓巷拍胡同,在老字号稻香村买糕点,举着羊肉串穿街走巷,捧着臭豆腐争着吃⋯⋯我问安,先农坛体育场离你家远吗?那是我在1995年第一次到北京下榻的地方⋯⋯

会友篇:不曾走丢的我们

遇到很多人,走散不少人。我们能这么多年还在一起嬉笑怒骂,于是便成了挚友,如安。

她对深圳的记忆,新安影剧院是磨灭不了的一站,仍然津津乐道我们在那里一起看过《碟中谍》。我告诉她,不管周围有了哪些高档的影院,新安影剧院还是屹立不倒。其实我已经忘记看过了《碟中谍》,但我俩在五区麦当劳的场景清晰如昨。1998年

至 2003 年间，她在深圳寂寞的日子里，学会了粤语，学会唱周杰伦的很多歌，学会坚持每天记很多英语单词。我俩总结：曾经的足球生涯没有给我们带来太多的快乐，但是不得不承认，它成就了今天的我们。

粤语帮她在某个场合顺利与香港老师沟通并解决问题；那些周杰伦的歌，她唱来让我感动；一口流利的英文，让人听得如痴如醉。

感叹一直向前的时光，不曾走丢的我们。

安师妹家门口的国家森林公园、莲石湖公园，直至离开北京最后一天，我都没有去成。白天学习英语，晚上做饭聊天，或者去师妹妈妈家吃饭，近在咫尺的莲石湖总是挂在嘴边却没能成行。离开石景山区往机场方向走时，不经意一回头，望到山上的塔和晨曦里的莲石湖，安静的湖水、葱绿的植物与古老的塔相映成景，沉淀、幽静。

过后，我知道了那座山叫鹰山，塔叫永定塔，登至塔顶，可俯瞰北京园博会全貌。

动物篇：瘦子和 Bill

爱听人讲狗的故事，但是怕狗怕得要命，从来不敢想，我竟然与两只狗相处了九天。一只叫瘦子，一只叫 Bill。

回深圳后，对莲石湖念念不忘，是因为那只生在莲石湖边叫瘦子的小狗。天气开始转凉的某天，在莲石湖散步的安第一次看到瘦子，是在它四五个月大的时候，当时它正无助地躺在一棵松树下。据保安说，瘦子的妈妈把它生在湖边就走了，孤苦伶仃的小狗只能自己到处觅食。安看它第一眼便喜欢上了它，第一天给它吃了三根火腿肠并与其聊天，瘦子吃完毫无表情地走了；第二天、第三天还是喂火腿肠聊聊天；直到第四天，安跟它说，跟她回家吧？试探了几天的瘦子这才信任她，跟着电动车后面回来。

如果只有瘦子的话，那么就此并无过多的故事可言，让人觉得有趣和与众不同的地方，是当瘦子在家遇到后来因受主人虐待被安领回家的 Bill。它俩的故事让我看在眼里，有些感触。

瘦子永远有主人的怀抱等着它，有精致可口的食物，有温柔的抚摸和甜言蜜语，Bill 只能在一旁眼巴巴地看着这一切，无声地羡慕着。它俩不结伴不打架也不争宠，就是这种同一屋檐下没有交集的关系，让对狗没好感甚至远远躲着狗的我产生了好奇。瘦子像是养尊处优的千金小姐，过着荣华富贵、娇滴滴的生活，而 Bill 则是个粗生粗养的小伙子，只要能吃饱，有地方睡，别的已无欲无求。我不止一次表达对 Bill 的同情，抗议为什么对两只狗的待遇不是一视同仁。Bill 好像听得懂，好像感觉到我是向着它的，有时来舔我的脚，吓得我赶紧缩回来。

安告诉我，Bill 一来家，她便对它说："你是后来的，为了不让瘦子欺负你，我们不能对你太好，瘦子始终是我眼里的宝贝，你要理解……"也许就是这番提前的交代，不速之客 Bill 真的就不争宠不闹腾。但是生性粗犷，怎么也管不住自己不在沙发上撒尿的坏习惯，而且进食不会控制，吃撑了还吃，这也成了安耿耿于怀的地方。于是她便觉得，比起之前那个虐待它的主人，现如今 Bill 有吃有玩应该已经知足。

这也是我把两只京城狗写出来的原因，过自己该过的日子，不艳羡不争宠，也不交流，即使在同一屋檐下。

第三辑／行在路上　277

孩子篇：天真烂漫的北京孩子

我对孩子总有一种掩饰不住的喜欢，曾天真地想过有一天当一名幼儿园老师。所以，当身边的小侄子们个头一天天往上猛蹿时，总感慨道："能不能不要这么快长大?!"

感谢师妹安，让我有机会在这几天里与这些学习英语的北京孩儿们好好地谈心、相处。

牛牛，七岁，第一天他进门时间离上课整整早了一个钟，他真能说啊，小嘴巴吧唧吧唧没停。一边逗他，我一边为他着急，这种小孩，上课肯定管不住嘴巴，特别多话。没想到，课前课后的他完全是两个人，认真学习的样子让人感动。我回深圳后，他给我录了小视频，当听到他说爱我两个字时，鼻子酸酸的，偶然相遇，内心被这个小可爱画了一道风景。

俊阳，一名即将升三年级的小女孩。虽有些小结巴，但不畏惧表达，会做饭，会做冰激凌和蛋糕。她会因为音标读不好而哭，豆大的眼泪从大眼睛里掉落，大家都慌乱地递上纸巾。午后，陪伴她一起玩游戏做手工，"如果我爸爸是校长的话，我们就不用做作业了，而且能天天去春游!"我们都被俊阳的话逗乐了，被其童真所感染。同样，她给我录的小视频我也收藏了，希望日后再遇见时，这份童趣依然还在。

徐哥（小胖子），尽管被他的某些举动吓到（上课睡觉、中午不吃饭等），但他的一手好字让我过目不忘，不管英文还是中文，线条之干净，偶尔还有顿笔的书法味道，笑起来很好看。

梓霆，校队的守门员，上课话多、下课内敛的男孩，我们一起在广场踢球、挥汗，黄昏，凉风吹来，让人恍惚间不知身在何处。

回深几天，忘不了那些天肆无忌惮的笑声。安给我发微信：你们回去我挺不习惯。谁又不是呢，二十多年的感情，醇厚香甜。能不能让时光再慢一些？当第一天见面安告诉我，"我今年四十了"，心里一惊，恍如隔世啊，她在我心里一直是十来岁，一直是小师妹，如梭的日子让人有些心酸。

旅游篇：在天安门广场闲坐的少年

在八达岭长城，梓鹏被眼前的宏伟镇住；在故宫，他和安老师研究哪些建筑镶了金，哪些是皇帝的寝宫……跟在嬉笑打骂的我俩后面，平日内敛的他时不时哈哈大笑。

天气很热，偌大的天安门广场，少年躲在阴凉处安坐——不知多年后，他会不会记得在某年暑假某个晴空万里的下午，在空旷的天安门广场曾留下燥热的心情。

国家博物馆，与世界各地的参观者摩肩接踵，奇异的宝藏令人眼花缭乱，少年说好美；逛北海，他第一次听《让我们荡起双桨》；穿过后海公园，听着古寺的钟声，在南锣鼓巷寻找老北京的韵味。

梓鹏自己洗内衣、袜子，拖地、洗碗，和北京小孩朝夕相处，一起学习英语，难得的经历让他成长迅速。

他记忆里的北京，天安门的壮观，长城的雄伟，还有厨师阿姨做的饭好吃，以后还要来……

在北京会友、学习、旅游，在一个叫燕堤的地方买菜做饭，嘻嘻哈哈，日出学习日落居家，轻松到忘记工作、忘记自己是个母亲和妻子。回深圳时，去机场的车一上高速，心忽然就沉淀了,行走的意义就是让下一段的生活更有力量。

　　朴树说过,可能是年纪大了,即使去到再美的地方也不能强烈地影响到他,去哪里都一样,最重要的是自己的内心。

　　逐渐觉得,年轻的时候是世界影响你的内心,现在是你的内心映射这个世界。

山东行,边写边走

济南·大明湖畔的柔风细柳

出机场上高速,菏泽、聊城等似曾见过的地名在眼前呼呼掠过。闷热,天空灰蒙蒙。泉城,我们来了。

第一晚下榻于大明食府商务酒店,马路斜对面就是大明湖畔西南门。古典大气的建筑风格迷惑了一下小姜同学,"哇!"一声之后没词了,惊叹的眼神瞬间泄露了这位〇〇后对高端酒店的向往。然而上楼进房,一股霉味扑鼻而来……还好,开窗通风,屋内陈设没有离想象中太远。

大明湖畔柳叶摇摆,荷塘花色数之不尽,走着走着,一大片荷塘便出现眼前,荷花节刚过,除了一些败落残花之外,新的花蕾还在坚挺待放。"大明湖畔的夏雨荷"商演气息浓重,河堤上扶栏边,吆喝着消费节目的当地人无处不在:想发财吗?买币扔泉眼吧;想当夏雨荷吗?穿上宫服在大明湖畔拍张照吧!

沿着湖畔走了一大圈,一行七人汗流浃背,但荷塘柳色也实在是美,倚石拱桥嫣然一笑,虽无百媚,美景亦在脑海留下印记。小姜走得大汗淋漓,讲得也口干舌燥,不知这一大圈湖畔距离有多长，几个小时里我俩喋喋不休，从他痴迷的盗墓讲起，王陵、历史、科学，还有老家村里会算命的大伯……吹着柔风，迎着细柳，抹着汗、吹着牛、玩着自拍。湖畔边的绿草丛里还能闻到一阵阵鸡矢藤的味道，那是老家七月初七那个盛大节日里用来做药粄的一种植物，在异乡闻到，觉得格外亲切好闻。

以下这段穿插姜同学今日游记的下半部分：

除了当年的夏雨荷，大明湖可不止这一经典，还有大家小学时都学过的一篇老舍先生的文章《趵突泉》，还记得当时老师将这篇文章讲得栩栩如生，不放过一处细节，说是为了应试，我想也包含了老师自己的内心思想，老师深情的言语，好比一颗种子，植入我心中。除了趵突泉，还有李清照纪念馆，还有一位庙里雕像把我吓得门都不敢进的娥英女士。我记得，老师说过，趵突泉的泉水来自地下，那一喷磅礴宏伟，让人眼前一亮，怀疑泉中是不是有妖怪在作祟，只可惜，地下水已经枯竭，想要再看见这番感人景色，估计也只能人工往地下注水，这样还有几多趣味呢？

到了李清照故居，一般人都知道，这是一位女才子。可惜她的雕塑下没有垫子，我不能跪下磕几个头，只能让这份尊重、敬畏发自内心，用精神传于这位千古佳人。

其他的，也没有什么好让我再挥笔泼墨为其做出详细描写了，初到济南，不仅给自己的履历添了一点星光，还让我的记忆中，留下北方人、北方物的豪爽和无畏。

曲阜·穿梭在孔林

来了山东，岂有不到曲阜之理。

我们坐三十分钟高铁，便从济南来到了曲阜。曲阜路边杨柳依依，天色还是灰蒙，闷热，暴晒。一行七人，除了两对夫妇，一个医院护士，另外两名学生（一个升大二女学生，一个升初二小姜）都丝毫没受炎热天气的影响，谈笑中前行，用普通人的视角，走进孔子的世界。

千年论语，孔孟之乡，随便遇一曲阜人，孔子的故事都能从他们口中娓娓道来，反倒是游三孔时请的正儿八经的专业讲解员（孔府、孔庙、孔林三地讲解价格原本需二百四十元，后谈成一百五十元），没讲出个所以然来，应付敷衍，说得简单，语言表达一点都不吸引人，苍白无力，更别说引经据典了……齐鲁国这么个历史悠久的地方从她嘴里说出来如同嚼蜡，成为此次曲阜行的遗憾。倒不如静静地站立，感受一下时间带来的斑驳。

孔林，乃孔家墓，大大小小的坟头如小山头分布在小树林中，孔家人的后代至今安葬于此，但是有五不埋的规矩：一是犯罪人，二是未成年人，三是外嫁女，四是随母改嫁及上门女婿，五是孔家未婚男性。行走时恰巧碰到披麻戴孝的孔家人进林安葬亲人，2010年开始不再土葬而改为火化下葬，所以今天看到的孔家人是手捧骨灰盒的。比起孔庙的人来人往，孔林倒是宁静非常，不过想来有些后怕，十万余坟茔绵延在园区，被参天林木所遮蔽，即使透过阳光还是显得阴冷恐怖。有些坟墓因年久失修字迹已无法辨认，有些因生前地位显赫而享有牌坊碑刻，不管怎样，最后也只换来孤茔一堆，尘土纷飞。这也是看了孔墓后，小姜对生死一线的体会。

黄昏，十九分钟的高铁后，离开曲阜来到了泰安。行走于大街小巷，酒足饭饱，等待明天的五岳之首——泰山行。

以下为小姜的部分游记：

到了孔庙，这里其实并没有多少特色。和其他古代伟人故居没什么区别，塑像、字碑，哪个朝代哪个领导人到过，哪个皇帝哪个名人留字，导游嘴里不停地说，咱不停地拍照。我在周围弥漫着孔子精神和灵魂的氛围中随人海前进，感受中庸之道。孔林，有许多树木，多是柏树，还有后代种的银杏等，让人觉得孔子先生的人生态度就蕴含在每棵树里，笔挺地向每个人展示，让每个人学习。而我看到的每个人，拍照，拍照……

孔林，是一个墓园，埋着孔氏后代，子子孙孙。墓碑到处都是，有些已经被岁月抹去了字迹，仿佛被抹去了曾经活在世界上的记录。进了孔林，没有像其他墓园一样让人感觉冷飕飕的，或许是因为游客来多了，这里的魂灵被打扰，不得不离去。来的时候，听导游说，如果正好遇着下葬的，回去后肯定升官发财，我觉得很嘲讽，人家离世，你好运，真是无言以对。不过，还真给我遇着了。我了解到孔子三代子孙：孔子、孔鲤、孔伋。其中孔子大家都知道；孔鲤除了为孔家传宗接代，没啥贡献；孔伋还出了本书。但孔鲤说过这样一句话，他对他爸说："汝儿不如吾儿。"他对他儿子说："汝父不如吾父。"很经典，很幽默，带点自嘲。

不过，很心酸的是，很多有关孔子的景点，都被时代冲刷得没留下多少痕迹了。

今日游过三孔，明日踏足泰山。

泰安·岱庙的宁与静

走进岱庙——华夏名山第一庙，在凉风习习的早晨。风和日丽，游人稀少，庙里花开花落，宁静从容，自然脚步轻快，心情美妙。

斑驳的城墙屹立，寂静中感受悠长澎湃的王朝时期；每一块牌匾的历史由来都足有一部电视剧那么长的渊源。千年仍挺立不倒的枯木逢春树、宁死不屈树、连理树等古树历经风吹雨打，世代绵延，在泰山脚下见证历代帝王对泰山的恭敬之心。

喜欢庙里还未开花却长得葱郁的牡丹，叶子茂盛呈深青色；鱼池边上有一片梨树，看到垂下的沉沉硕果，大家发出惊喜一叫，果实可爱饱满，让人心生欢喜；长凳旁边的花、沉静的城楼、厚重的红墙、空旷的岱庙……此时别有一番静谧安宁的美。

没有烈日，只有微风拂面；没有吵嚷，安静得可以听到心底的声音；没有劳累，身心放松愉快……据说，历代皇帝在朝拜泰山时，最先落脚的地方就是岱庙。不管岱庙曾经发生多么轰动的皇家往事，这一刻，在我心底，它是静美的。

泰山·迎着大风观日出

入住泰山山顶的招待所，夜里暴雨雷电，风声雨声呼啸，幸好早上四点起床看日出时雨停了。凌晨站立泰山顶，风大得终于明白什么是找个地方避风头，能风平浪静又是多么幸福。

我们步行两个小时，下山至中天门坐中巴二十分钟到山底。

透过崇山峻岭回望陡峭的南天门，庆幸昨天选择的这一段路是坐缆车上去的，今天走下来还算轻松。

泰山，就此别过了，我们入住的空军招待所，位于山顶的一处荒凉地带，黄昏行走在人烟稀少的山路，一行七人肯定永生难忘那一幕，浓浓的雾差点遮挡了回去的路，闪烁的雾灯，被风吹拂的山花山草若隐若现……

从泰安往青岛三个小时的高铁上，我看了一部爱情悲剧电影，从白天看到傍晚，伴着窗外如出一辙却风景不一的大片植物及树林。因为电影里不完满的爱情故事，眼里泛着泪花，转头凝望窗外这鲁国大地及站台两边拉着行李奔走的旅客。

小姜听音乐，在手机上看小说，两只耳朵塞着耳机的人不时抬头望远方，释放酸涩的眼睛，看到湿地、河流、湖泊、坦克、大片望不到边的别墅区等，那些让我们甚觉新鲜的景物，在旅途中不期而遇。

黄昏，夕阳，依然能见到蓝天白云。青岛，我们会在这里待三天。

可是下了高铁，出站，站口狭小，人挤人，接人的呼唤声、热情见面的拥抱、老人孩子拖着大皮箱站于路中间等待家人来接……空间太小，在站口办各种各样事情的人太多。

终于挪出站了，但的士管理太乱，把出口堵得水泄不通；司机太傲，近途不跑，只能眼睁睁地看着一部部挂"暂停"牌子的的士在眼前驶过，好不容易有部停下来，却只要拼车的。

最终，大家想到优步，没想到还真的有。与深圳一样，速度、服务、态度都令人满意，还是小宝马车。

青岛·路比海好看

栈桥，人多，海面一片灰色。沙滩没有沙，只有泥浆。海里的游泳者，热情洋溢，完全投入。

这种海，没法跟深圳的杨梅坑比，也没法跟小径湾比。我一边努力尝试穿过拥挤的游人，一边和小姜命题聊天："你看过最美的海是哪里？"小姜说："巴厘岛的情人海，海面如镜，直击人心，印象最深。"而我，心里一直对台湾野柳念念不忘，澎湃的蓝色，当时就为之震撼。接着是老姜在夸海口："我见过的海多了，你们不一定知道。"其实到最后，也就对海南和巴厘岛的海印象深刻。

海的对岸，是有着无数国内省份地名的街路，沿江苏路、湖南路、中山路、湖北路……去天主教堂、基督教堂、天后宫、德国监狱，慢悠悠地穿街走巷，拖着两条刚从泰山下来、像灌满了铅的腿，围着德式建筑转悠。透过夏季并不那么炎热的阳光，回望身后的幽静小路，晃动的树叶，知了在鸣叫……

就这样，我们转了不少相似的小马路，青石板、红地砖诉说着昨日发生在这个城市的种种故事。一栋栋老别墅从小马路两旁的低矮围墙里静静往外张望，枝枝蔓蔓的树和绿藤按捺不住寂寞伸出墙外……

晚上，收到外甥女阿靖看似词不达意，但我们彼此都能理解的问候。聋哑女孩用自己独特的行文表达关心和牵挂，一辈子的亲情令人暖心。

八大关·婚纱时光及老军人

八大关,以欧陆风情建筑著名,随处可见拍婚纱的新人、晒成黝黑肤色的摄影师及大规模的影楼团队。

花石楼,位于八大关内,三层独栋。花石楼门前的新娘,浅浅微笑,一袭白色婚纱,在西欧古典城堡式建筑别墅的映衬下,高贵典雅。

青岛应该是国内最适宜拍婚纱的城市吧,一道墙、一扇门,便足以留下幸福唯美的记忆。

婚纱时光,世态人情,这是八大关的冷暖色调。

行在川藏线

行走的意义，不仅仅是抵达。

2021年6月底，在一个平凡的早餐阅读时间里读到几句话："翻过高山，正遇江海。行过雪原，恰逢花期。这大概就是行走的意义。"

2021年3月底，我和老姜、邻居兼朋友老谢夫妇，四人在成都报名参加了"大美西藏"的品质游。十二天的川藏路穿梭在317国道和318国道，途经汶川、甘孜金川、道孚县、雅江、理塘、巴塘、芒康、林芝、拉萨等地，经过卡子拉山、海子山、色季拉山等十二座海拔四千米以上的高山，以及金沙江、澜沧江、雅鲁藏布江、拉萨河等十多条著名江河。途经绵延不断的茫茫雪山、惊险壮阔的天路七十二拐、"中国最美十大雪山"之首的南迦巴瓦峰、被野生桃花包裹着的绵延百里仿若仙境的嘎拉村、波密、林芝、索松村，还在世外桃源般的来古村欣赏壮观的蓝色冰川，在然乌湖边打酥油茶、捏糌粑，体验藏式风情……

3月24日，成都丽都路，老谢的初中同学和大学同学请我们四人吃饭。因为盛情之极，所以把我们带到当地算是比较高档的餐厅吃粤菜，满怀希望地把四川麻辣火锅作为川藏线的启程点，却被好客的川人请吃叉烧和烧鹅了。我们想吃当地小吃糍粑等，但被告知没有。怅然，但仍感激老谢的小伙伴们的热情招待。

老同学之间无拘无束，话当年的青涩，说今朝的血压和血糖。我虽话少，在默然中却分明感受到他们几十年的同学情——能一直走、一起聚，在浮浮沉沉的世态中还在一起，实属不易。其同学之一老江，就职于中铁公司，说起修青藏铁路的往事，骄傲之情溢于言表："对，那就是韩红唱过的天路。"

金川：梨花纷飞

25日，途经汶川。新城市新景象，导游小文介绍，汶川地震后，汶川受到全世界的关注，旅游业好起来，经济复苏了，住房等建筑也慢慢建起来了。人们的观念改变了许多，不再死守存款，而是以如何把生活过得更有质量为前提。记得很多年前第一次来汶川，那时候还能看到地震后的残骸，当地人脸上还带着心有余悸的恐慌，带着孩子们站在密密麻麻、写满名字的墓碑前，甚觉悲凉——生命很轻，轻到一震，名字就成了永恒。

桃坪羌寨，位于理县杂谷脑河畔的桃坪乡，距离理县城区40公里、汶川城区16公里、成都139公里，是国家级重点文物保护单位，九黄线旅游圈的重要景区。这里有世界上保存最完整的尚有人居住的碉楼，享有"天然空调"美名，有完善的地下水网、四通八达的通道和与碉楼合一的迷宫式建筑。寨子很安静，小路满是花香，广场有人在跳少数民族舞蹈。高高的老寨房子需收门票三十元，医务人员则可以免票。

沿岷江而上，小文说每段河流都有不一样的名字。车到了梭磨河，便到了金川县梨花景点。

在被梨花包围的一块空地上，三岁的御航和邻居（我没听清楚他的名字）正在沙堆里玩小汽车，全身上下都是沙子，小脸蛋也沾上了黑乎乎的泥巴和鼻涕，旁边一位中年男人在拌水泥、砌石头。我误以为他们在陪爸爸建房子，后来得知，其实那是外公。

我从背包里拿了两块饼干给他俩吃，但是交流并不顺畅，因为他们听得懂我说话，而我不懂他们说的方言。小朋友并不怕生，很愿意交谈。他外公告诉我，他们是汉族，最远去过沈阳，儿子在那里打工并且找到了沈阳的媳妇。目前在建的房子需要先把外围弄起来，等存了钱再建，都是自己家人出手，没有请外人，估计明年才能建好。外公还说，梨花这些天开始谢了，梨子成熟后，可以做梨干、秋梨膏。

御航很懂事，帮外公提桶回家，和邻居小伙伴并肩行走的背影乖巧可爱。

26日，在金川山顶看漫山遍野的梨花。卖梨花膏的中年妇女姓王，一年卖梨能赚四千元，梨花膏则少些，三千元。她家里有三个小孩，大儿子毕业于成都某大学计算机专业，毕业后不愿回阿坝州，和女朋友在成都打工。听说我买梨花膏是用微信支付，王妈妈有点失望，因为收款码是儿子的，所以她宁愿收现金。谈话间，山间下起了小雪，飘落在梨花树间，有些浪漫。

甲居藏寨：我好像懂她

当晚到达甘孜州丹巴县的甲居藏寨。甲居，名为百户人家，这里有恬静如诗的乡土民居和独具一格的古石碉楼。整个山寨依着起伏的山势迤逦连绵，在相对高差近千米的山坡上，一幢幢藏

第三辑／行在路上　291

式楼房坐落在绿树丛中。或星罗棋布，或稠密集中，或在高山悬崖上，或在河坝绿茵间，不时炊烟袅袅、烟云缭绕，与充满灵气的山谷、清澈的溪流、皑皑的雪峰一起，将田园牧歌式的画卷展示在人们眼前，以一种艺术品的形态存在。

入住兰卡旅馆，我们遇到了第一个汉族女人——1976年出生的红是这里的餐厅服务员，自己是汉族，老公是壮族，育有两女一儿，其中大女儿已有二十二岁，上警察学校，有一米七多，通过红手机里的照片，我们看到她穿着警服的女儿很威风，英姿飒爽。傍晚，等红调好猪食（糠、青菜、剩菜）后，我们一路跟着她去喂猪。乡间小路上，老姜帮她挑担。猪圈是老板的，隔开一间给红养了三头藏香猪。正忙里忙外间，老板来电说晚上有客人，让红早点回去准备饭菜。

兰卡旅馆是当地的兄弟俩合伙开的，之前他们是司机、导游，跑了六七年的川藏线，现在回到甲居藏寨开起了客栈和餐厅。

我和红很投缘。每当她摘完菜、喂完猪，我们就坐下来聊天，得知这里每年会举行选美比赛，但是有年龄要求，奖金丰厚，从季军到冠军，从两万到四万人民币不等。我问她："少女时代有没有想过将来会做什么工作？现在的生活是不是当初想要的？"她愣了一下，慢慢地眼里有了泪光。

她说，我好像懂她……

比起一路的梨花桃花，其实我更愿意听人的故事。我看着红切青稞面的背影——这就是她的日常，摘菜、喂猪、当厨师，恍然间好像看到她年轻时对甲居寨外的世界的向往。她告诉我，少女时代去过成都，那是目前为止去过的最远的地方，这唯一一次的出行让她回味了二十多年。

说话间，一回头，我望见对面客栈门口的烧烤档有一位穿着壮族服饰的女人骑摩托车停下，定睛一看，原来她就是白天在景点供游人拍照的模特，各路摄影师长枪短炮地对着她，她的皮肤呈小麦色，笑容张扬灿烂，眼光自信灼热。后跟她聊天中得知，当模特不要钱，只要买她的野核桃和松茸等当地物产，可以任意拍照。

早上醒来，才知道昨晚半夜下了雪。闭上眼，深呼吸，感受这里流淌了千百年的古朴气息。甲居藏寨静悄悄、层层叠叠地坐落在山脉中，远离尘嚣，任时光流淌，却始终谨守着自己的文化和嘉绒藏族的习惯，身居其中，有种恍如隔世的错觉。

雅江：落落大方的中学生

27日，道孚县。小文指着远处泛着金光的寺庙，说："快看，那是闻名藏区的惠远寺！"

我们在邛崃市八美县路边的一间面馆休息，准备在此解决午饭。老板是成都人，退伍军人，一个地方做两个生意，后面是汽车修理厂，前面是面馆。十八元一碗的汤面，汤料稍麻辣，味道不错，可以无限加面……没问老板贵姓，但他的厨艺和纯朴让我们记住了八美这个地方。

28日，雅江在夕阳西下之时迎接了我们。这里的路，有些像山城重庆的街道，斜斜的，窄窄的，有坡度。在餐厅吃松茸炖鸡汤，服务员很青涩，一问，才十七岁，来自雅江的山村，家里穷，不得不辍学打工。每当客人点菜时，小姑娘都睁着大眼睛认真地听，生怕漏听。我朝她微笑点头，给予鼓励。

在找餐厅吃饭的路上，遇到两个在路边打篮球的女生，当我上前搭讪时,阳光灿烂的她们并不害羞,大方地介绍自己很快将成为高一学生,喜欢打篮球,梦想是到成都读大学……聊起丁真,两人并没有很在意,说我们这里有很多长得像丁真的男孩子。临别时,她俩用力挥手告别:"祝你们玩得愉快!"看着她们,我可以感受到她们爱体育、爱生活的热忱之心。

理塘:"不知道谁是丁真"

站在著名的318国道上"此生必驾"的标志边,我心潮澎湃,这里承载着多少人的川藏梦!

理塘,这颗璀璨的明珠,一直有仓央嘉措身影的存在,"洁白的仙鹤啊,请把双翅借给我,不飞遥远的地方,只到理塘就回"。

史料记载,仓央嘉措至死没有来到过理塘,他之所以对这片土地魂牵梦绕,有两种传说,一说这里是他的家乡,一说这里有他中意的姑娘。这个被修行耽误的多情诗人,据说在写出这段诗歌之后就客死于遥遥的进京路上。

作为传世活佛,仓央嘉措没有到过理塘,按照他诗歌表达的意愿,他的转世七世达赖格桑嘉措便在此出生。甚至十世达赖楚臣嘉措也出自理塘,可惜也是年纪轻轻就转世了……受这些转世活佛的影响,理塘的佛教氛围特别浓郁。

闲走在理塘的马路上,遇两个搭着肩膀的小伙伴,十岁左右,他俩耳语、打闹,然后在一栋烟囱冒着烟的房子前分开……午后的高原,阳光格外明亮,我安静地看着两个纯真的孩子走很平常的一小段路,虽然我连他们的正面都没看到,却被微微感动。院子里十五六岁的少年拿着瘪气的篮球在练投篮、街上行走的祖孙俩……当我拍下这一段视频配上音乐发给朋友时，她惊呼起来，这个叫理塘的地方让她想离开深圳了。

午后的阳光，照耀着山岗上白色的"理塘"二字，映照着山脚下的小路……有那么片刻，时间停止在这阳光明媚的瞬间，并印刻在我脑中。商业街没有熙熙攘攘的人流，三三两两的小喇嘛边走边笑边购物，小孩扯着母亲的衣角跟跟跄跄往前走。希望以后能有机会，在理塘住几天，慢慢品味。当然，与仓央嘉措无关——是那片刻的宁静和明媚的阳光吸引了我。

问一个十岁的孩子丁真住哪儿，他答："不知道谁是丁真。"

色拉寺：午后的辩经场

色拉寺，位于拉萨北郊三千米处的色拉乌孜山麓，周围柳林茂密，自古就是高僧活佛讲经说法之地。久闻这里有气势恢宏的辩经活动，但从布达拉宫乘坐公交车过来的我们，尾随不多的人群也没有找到辩经场，一度打消看辩经的念头，专心欣赏古老的建筑和庙宇。我们不知所以然地跟着大部队排队，突然间，对面的寺庙涌出几百个喇嘛，身材或高或矮，或瘦或胖，年龄不一，甚至老态龙钟的老喇嘛也有很多……当他们从我身边穿梭而过时，瞬间我竟有恍惚之感，语言不足以表达心中的激动之情。

行走在午后光影下的老寺庙，踩着脚下千年的石头，安静得好像能感觉到自己的前世今生。遇到前来拜佛的当地人，一个藏族老人背着个哭泣的小孩，另一个藏族老人在安慰他。我从背包里拿了个苹果给小孩，他便止住了哭声，老人双手合十表示感谢。当我问可不可以拍照时，被她们摆手拒绝了。

闲逛间，我忽然见一个二三十岁模样的喇嘛从小巷里疾步而来，好像去赴一场什么课或会议一般。我赶紧上前问道:"请问辩经场怎么走?"他手一招，意思是跟着他去。走路间，我问他来自哪里，他用不太正规的普通话答:"西藏。"然后问:"你们从哪里来?""广东。""我们佛学院也有从广东来的。"喇嘛的最后一句话，我多问了几次才理解。

行走几分钟后到辩经场，喇嘛便站进队伍里，准备进场辩经。辩经准时在下午三点半开始，几十名喇嘛围坐在一起，分为一对一、一对多，或者多对一的各种组合，发问，辩答，反驳，解答，运用各式各样的手势、肢体动作，或者手挥念珠、单脚独立，甚至怒视对方、大力击掌以壮声威。一场辩经下来，我就像是看一场热闹一样，基本上还是一无所知。可能辩经的魅力就在于让人感受到在西藏这片纯净的蓝天白云之下，有关于信仰的那种虔诚、简单和专注吧。

辩经是一种佛学知识的讨论，也可以说是喇嘛们的一种学习方式。刚巧旁边站着三位本地高中生，在她们的讲解下，对辩经内容才有所了解。与她们聊天，得知她们对僧人的一些看法，以及对大学的向往……这些天所遇到的学生都很开朗健谈，像高原的阳光一样热烈，我很喜欢。

不在意听不听得懂，也不用特意去探索辩经的意义，能够有幸来到这里，并感受着正在发生的一切，已然是前世佛前求来的缘……在色拉寺，看精美绝伦的唐卡壁画，感受浓厚的佛教气息，大殿内传来僧侣们阵阵诵经梵唱的声音……这种单纯而简单的生活，让人感觉有些治愈。

路上那些人

警察小金和小王：一行十四人到了芒康，警察金安次仁跟车保护（监督司机安全驾驶）。小金是藏族人，成都陆战兵退役，身材魁梧，黝黑皮肤加墨镜，很有安全感。他从不吃早餐，啤酒当水喝，但身上没有酒味。小金很健谈，曾在拉萨读职校一年，学导游专业。他站岗时，被看中入选2008年北京奥运会打鼓表演队，说起四个月的训练，小金说十分辛苦。但是后来他跟儿子回忆起这一堆奖牌的故事，很骄傲。另一部车的警察小王，来自河南，参加西藏全国公务员招考，录取后分配到芒康公安局。每次回家探亲都要乘车到成都或者昌都、香格里拉，再乘飞机，路途遥远周折。因为是坐办公室负责文案工作，小王的皮肤仍是白白净净的，一点高原红都没有。女朋友在上海工作，小王五年合同结束后，两人相约回河南找工作、结婚。

林芝水果摊女摊主：她很诚实地告诉我们，苹果和梨子是去年的，但其他水果是今年产的。她有两儿一女，三个孩子的初中高中在四川读，费用是国家全包。老大快大学毕业了，老二读大一。我们买一斤苹果，她多送了好几个，说国家对她好，她开心。

导游小文：旅行快结束时，我写了满满两页纸的评语——关于小文。出行方面、安全方面、拍照方面、讲解方面、爱国主题宣传方面……写字环境不方便，是用方便面桶垫着写的，一气呵成，一字未涂改，这也是多年旅游中第一次对导游给予这么高的评价。1996年出生的女孩，能忍、能干、能唱、能说，还能打，孝顺，还是个好姐姐。

有关阅读：旅行中看完两本书《当你像鸟飞往你的山》《东山下的酥油茶》，前者一边看一边线上分享，听不同声音不同见解；后者边走边看边体验其中的人文和风景，行走317、318国道沿线的城市，感受曾经的历史。

其他：每天检查身体状况，我的血氧饱和度最高，高反几乎没有，让小文赞叹。我猜测，这可能是坚持游泳的原因。老姜的手冻裂了，我反思：是我关心不够，只顾着收拾自己的手套和帽子了。当老友珍为他打抱不平时，我只能说，他在我心目中太坚强了，不怕冷，能吃苦，从来都是他照顾我……

在旅程中不断进行新的自我认知，餐厅喂猪的服务员、开车走青藏线的客栈老板、色拉寺辩经的喇嘛、导游小文等人，刷新了在城市里待了太久的我们对生活的定义。虽然安全通过惊险无常的318国道，但是看新闻得知，比我们早一天和晚一天的车辆都因为泥石流和下雪先后被堵在路上，有些还在路上过夜，雪山下的环境恶劣，游人饥寒交迫。

这趟川藏行，注定会让我的2021年更有力量，更执着，生活的目标更清晰。沿途看过那么多荒芜的雪山，静默的它们好像在讲述一个个流传千年的故事。在喜马拉雅山脉与念青唐古拉山分界点、海拔五千多米的南迦巴瓦峰上感受从未有过的寒冷；捡石头——被千年雪水浸润过的，是否已经自带灵气了？

在来古村，打酥油茶、捏糌粑，体验藏式风情，观赏世界级蓝色冰川——来古冰川。

这样的川藏行，带着回望、守望和展望。

情系宜春上饶

庚子冬月，我们书法爱好者一行十人前往江西宜春、上饶两地进行书法采风。此团号称"鸡毛团"，名字源于出发前两天的一次晚饭中，书法家罗跃芝老师举杯祝愿大家在新的一年里"鸡毛飞上天"，并解释这是一个正能量、励志的句子，比喻小人物也能做大事情。"鸡毛团"，于我们而言，意味着未来有无限种可能。此次书法采风，也是个别人的探亲之行。

宜春情：明月山的水与雪

宜春温汤镇的温泉名扬四海，各种旅游网站推出的古井一景让许多人向往。酒店和民宿的温泉更是舒适方便，冬天的温汤镇游人往来，空气中弥漫着泉水的氤氲之息。选择维景酒店的温泉，是因为之前与家人一起来过，这种梯田式的温泉构造很特别，好像在爬山行进中泡温泉，冷了累了可以随时找个舒服之地躺下去，温暖放松。我去过许多地方的温泉酒店，虽同是户外，但其他的都是平地，缺乏大自然气息。工作人员告诉我们，酒店的大小温泉有八十多个，但开放的仅三十多个。大家好像走在梯

田上，在泉与泉之间体验着冷、湿、热、烫等各种感觉，如果能在雪中泡温泉，那更是另有一番滋味。

这里的温泉采自纯天然地下水，富含大量硒矿物质，对于人体有显著的防癌、抑制肿瘤的保健作用，除硒以外还含有溴、碘、偏磷酸等多种微量元素及矿物质。大池虽不多，但是能容纳近十人相聚一池，谈天说地。

出发之前，我们收到来自各方图文并茂的消息，得知明月山气温仅有零下几摄氏度，前往需备好御寒衣物，以防漏带，大家在微信群里互相提醒。我们全程索道到山顶，雾漫漫，白雪皑皑，银装素裹，这让来自广东的我们尖叫起来，尤其是激动的跃芝老师还摔了一跤，大家赶紧互相提醒，小心脚下打滑，安全为主。太多的雪景值得拍下来，太多的惊喜让我们忍不住哼起歌来。

我们像孩子似的在路边捏雪团打起了雪仗，甚至做作地踮起脚尖，尽可能像个温柔的小女生般玩闹。没想到耿直的芳利却搬起了雪块，咬着牙往我身上砸，完全破坏了画面的唯美感。下山后回看视频，我一笑再笑……幽默有趣的旅途就是由这些不经意间的举动组成，在往后余生中，让人一再回味。

我们来到仰山栖隐禅寺是下午三点，正巧看到几个僧俗信众在课诵。虽然他们口中念念有词，但能感觉到他们心底的安静和肃穆。位于宜春城南二十三公里外的仰山栖隐禅寺有着悠悠一千五百多年的历史。据史料记载，唐代会昌年间，当时的著名高僧慧寂禅师，为避社会大动荡与战乱，从湖南沩山来此隐居。数年后，开辟佛教道场，由当时的宰相裴休和江西观察使韦宙大力支持营建，于仰山大行禅法，领众修行，从者云集，盛极一时，并且远播高丽、日本，仰山遂成一大禅林，"仰山慧寂"名威四海，傲立佛门,这里吸引着众多游客和信众。时光荏苒,仰山栖隐禅寺为弘扬佛法一直努力的宗旨依旧不变。

在去往南惹古村的半路上,夫家二弟带我们来到明月山半山腰的一处装水之地,本地人常年在此装温泉水饮用。当同行人得知我家的饮用水长年累月由二弟用桶装物流快递到深圳时,纷纷感叹这份兄弟情。

南惹古村位于宜春市洪江镇的太平山脚下,地处大山深处,群山环抱,地势险要,外不能望,只有沿小溪的一条路蜿蜒曲折供进出。村子不大,只有十七户人家,可建村时间已有八百多年了。正值冬天,村口两株千年古银杏树叶掉落一地。大家围绕银杏叶各种摆拍,好像要拍下每一片叶子的形状和岁月的痕迹。黄昏,古村上空升起了袅袅炊烟,那是农家人在准备晚餐的节奏……这样一幅冬季景色,让寒冷中的人心里陡然升起了一股思乡怅然之情。

行走禅博园,是一次与哲学紧密相连的心灵之旅。禅都文化博览园位于宜春市袁州区,是以佛禅文化为主题的博览园。园内建筑为中轴式仿唐建筑,呈现出古朴、深沉、恢宏的气势。"从古到今有多远?笑谈之间。""从爱到恨有多远?无常之间。""从生到死有多远?呼吸之间。""从迷到悟有多远?一念之间。"……走在园中,大声朗读诸如此类的哲学语句,仿佛人生也得到了不少领悟。"人生不如意的事常有八九,该如何看?不看八九,常想一二。"大家笑言,倘若真的能将这些道理读懂,或许就两袖清风,看淡红尘了。

上饶情：姐姐们的热情，灵山的艰险行

上饶名山古迹众多，早在唐朝就已是旅游胜地，历代官宦名流、文人墨客留下的观光游记、诗词歌咏数不胜数。去年的上饶行，我们记住了家家户户都种植的名扬四海、个头硕大、唇齿留香的马家柚，并且在不少篇章里留下赞美之词。它皮厚不易流失水分，果肉汁水饱满，甜脆弹牙，剥完柚子后，不用洗手，天然果糖护手霜让小手滋润如玉。今年一到达上饶，我们便惦记着悦荷姐姐家小院子里的马家柚了。顾姐姐家是我们一直心心念念要来的，小院子里种植着各种花草，栀子花盛开，香味满溢；屋内暖意融融，大大的中国结、各种中式红木家具和充满年代感的老收音机……大家不但对姐姐家的一切充满欢喜，对爽朗能干的姐姐也是爱意满满。她干事利索，说话直截了当，恨不得把家里好吃好玩的东西都捧出来给我们。她们姐妹俩办事都雷厉风行，充满侠女气概。

午后，顾姐姐带我们漫步她家后面的竹航山公园，边走边欣赏层林尽染的冬日景色。大家还采集了装饰现场书法创作的小植物，每个人手上都举着一把叫不出名字的植物，感觉新奇又刺激。在异乡的大自然间，呼吸着寒冷的空气，欣赏着优美的风景，把植物举起来在蔚蓝的天空下拍照——旅途让一切的未知都变得美好，遇见山，遇见树枝和花草，然后又会如何将它们装扮得有别于山中的结构呢？会给我们的书法创作带来怎样的灵感和诗意呢？

顾姐姐把炖羊肉、红烧肉，甚至小孩吃的棉花糖都拿出来了，我们笑言她家里春节的年货都提前被大家吃光了。忙碌半

天，大家在推杯换盏，顾姐姐却还忙于客厅和厨房之间，给我们端菜倒水。那种纯朴热情的劲儿，大家说这分明就想让我们留下来，别回深圳了。

小艳家住上饶五都。当她姐姐来高铁站接到她的那一刻，精神状态一直稍显疲累的小艳突然就活泼、话多了起来，姐姐的出现让她仿佛瞬间就有了能量。大家感慨亲情的力量多么强大，能赶走一个人的疲倦。

一行人两部车先后去小艳家吃饭，大家说好在大转盘会合，起初以为是马路上的大转盘，过去一看周围的店铺名才知道，原来此地的名字就叫大转盘，接地气且容易记。因为赶过去是晚上了，所以很遗憾没能看到她家门前的小溪和青菜地。艳妈妈和艳爸爸朴实又热情，艳姐姐炒得一手好菜，家鸡、羊肉、炒粉等被刚从灵山下来的饥肠辘辘的我们一抢而空……小镇、农家人、地道的农家菜，五都的冬夜让大家心里暖融融的。

去年领略过雨后的三清山，其壮阔和秀美让我们忍不住哼起了《我和我的祖国》；在千年古庙三清宫遇道姑，她赠送四人红绳，感受她身上与世无争的清冷和孤寂。今年选择上灵山，因为当地人谈起此山都是轻描淡写："三个小时就下来了。"殊不知，我们一行十人历尽艰辛，新奇、疲劳、步履维艰……全程用了六个小时。

上饶灵山风景名胜区地处江西省上饶市上饶县北部，是国家级风景名胜区。灵山被道家书列为"天下第三十三福地"。南宋辛弃疾赞美灵山"叠嶂西驰，万马回旋，众山欲东"，明朝宰相夏言盛赞灵山"九华五老虚揽结，不及灵山秀色多"。下了索道，沿路不断看到因为地质构造运动而产生的奇石怪磷，以及对石头形状进行解释的标识。比如灵山自然景观的一大特色倒石奇观，

倒石中有一种模样奇特的石头,叫菠萝石,也有叫龟背石或龙鳞石的。它主要发育自岩体中有水平节理的石头,是微地貌景观主要的成景构造。因为灵山是环形山地貌,所以很多山石形成了摇头摆尾状的巨大"龙脊",以及"龙脊"下遗落的一片片"龙鳞"。

雨雪天的栈道路滑艰险,大家三三两两搀扶着前进,非常缓慢,但心里又是焦急的,倘若没能在天黑之前下山,情况会非常糟糕,天气会越来越冷,并且路滑摸黑行走更容易摔跤。虽然如此,沿路的壮观雪景还是吸引大家停下来拍照,记录下难忘的旅途风光。最难忘的是,寒冷、劳累至极时,大家将四川泸州人小玲的泸州老窖放在雪山上摆拍后喝了几口,人顿时有了精神,腿也有了力量,冰冷不再,可以雄赳赳地踏在冰雪地上了。

墨香飘:福送江南满庭芳

上饶一花园,锦绣江南,悦荷家。在生活美学家芳芳的巧手设计下,一堆从山上采摘来的野花枝干被她整理成一瓶瓶赏心悦目的艺术品,摆放在宣纸墨汁旁,大家青涩的书法也被熏染了些艺术性。

书法采风是此次出行的主要目的。本来为了应冬天的景,我在课堂上准备了"冬雪佳景"四个字,打算在寒冷的户外书写,但因行程有所改变,决定在室内写字,并且内容变成写"福"字。室内温暖如春,大家喜笑颜开,每个人都在创作上突破了自我。第一次参加的小艳和小余被这种书墨氛围深深吸引,专业是美工和画画的小余虽然没有上过书法课,但是对艺术具有一种天生的领悟性,她的作品让跃芝老师赞叹不已,书写的美妙过程燃起了她对书法的兴趣，表示有机会一定要好好写字；对隶书情有独钟的小艳写起"福"字也毫不含糊，一刻也不想停歇，她笑言："之前以为你们出去书法采风都是只为摆拍而已，没想到还真有两下子啊！"

忙碌了一晚修枝剪叶的芳芳，用简单却极具大自然气息的艺术品将大家的创作激情带到了最高处。内敛、观点独到，用细微的美也能将生活装扮得很美的芳芳，其书法自然也是美不胜收的，字如其人，温润沉稳，韵味十足。小玲则默默地欣赏跃芝老师写的"福"字，看笔画观字形，该收该放，该长该短，熟读于心后她才开始写，这让她下笔如有神，从结构上便有了收获，尽管细节还有待改进，但这种小成就感坚定了她一定要写好"福"字的决心。果不其然，小玲回深圳又练了一堂课后，就有邻居跟她要"福"字贴家门口了，这让她心里窃喜：原来被人要字的感觉是这么欢乐。

跃芝是我们的书法老师，她细心指导每个人的笔画和应该注意的节奏，她擅长隶书，她的字古拙不媚、大气磅礴，当然，其他字体她也能把握得很精准，是我们很尊重的一位女性书法家。大家都临摹她写的字体不一的"福"字，在跃芝老师的带领下，每个人写起字来都好像成为如她一样已经有了名气的书法家，信心十足。帮所有人拍好照后才上阵的芳利，一直以新人自居，其实书法比许多人都老到。常年读帖，她对书法自然有着独特的见解，丰富的理论知识让她下笔后能迅速找到感觉，不愧是师姐。忙完家事的悦荷最后上阵，字如其人，壮阔大气，不拘一格，"福"字呈现事事如意的吉祥气息，一挥而就后站立拍照，大家惊呆了，发现写"福"字的她逆龄了，像是十八岁的少女，容光焕发，笑靥如花。

我第一次这么正式地送字，是给悦荷的妈妈——和蔼可亲的顾妈妈好似知道我的名字许久了，说"原来就是你啊"，让人温暖又愧疚。"福"字虽然写得有些感觉，但还不够好，送给这么可亲可敬的人应该再练练的。与跃芝老师并排和顾妈妈拿字合照，脸庞很红很热，激动之情溢于言表，心里久久感动。

原宝安区书协主席李高扬一直很关注我们的采风动向，才华横溢、出口成章的他在朋友圈一路作诗相伴，"福送江南满庭芳""秋去冬来燕衔泥""天降七仙笑冰雪，无限风情在险峰"，这让行在路上的我们感受到旅途的诗意，以及书法带来的别样的暖意。

书法在旅途绽放，旅途也因墨香有了别样的意义。2020年末，宜春和上饶成了记忆里一道难忘的风景，爱过，冷过，喝过，笑过，搀扶过，写过。

少年·灯影

第 四 辑
书 影 万 象

撞色视觉

　　从上海回来的朋友被人问道，你去四行仓库没？朋友一脸蒙，直摇头。但他也没多问，只以为四行仓库是外贸折扣店，是任选任挑的购物点——对历史有盲区并未让他觉得尴尬，重新认识和接纳，以一个新的角度理解当时这场战争的意义，未尝是一件坏事，比如从管虎导演的电影《八佰》里。

　　管虎四十岁的时候得知自己的父亲参加过抗日，也许是能感知家人亲历战场的那种残酷，这位热血导演每逢清明节、"七七事变"纪念日等每个中华民族的重大历史时刻，都会撰文纪念，尽显家国情怀。作为第六代导演的代表人物之一，管虎将内心凝聚多年的爱国情怀抒发在《八佰》中，用真实的镜头底色呈现残酷的战争历史。爱国情怀的沸腾、民族英雄的高大、国际组织的怜悯……在这里展现得淋漓尽致。但走出电影院，一直充斥大脑的却不是这些呐喊声，不是血淋淋的战争场面，更不是陈树生等人身缠炸药包高喊出生地和名字，直往敌军里跳的壮烈举动。久久弥漫在心头的是管虎镜头下的人间烟火气，而能制造出这种效果的是一种反衬手法，带给观众深刻的印象。

　　一河之隔，那边是天堂，这边却是地狱；那边歌舞升平，这边却是枪林弹雨。上海街头的繁华景象与四行仓库血肉模糊的生死离别形成鲜明的对比,这种独特的拍摄手法既带给观众视觉上的冲击,也让观众增加了对不同场景的理解和想象。这让我想起多年前听到的一个词:撞色。从服装行业的角度来讲,撞色是指将最强烈的两种或两种以上的单色大面积搭配,如果颜色和谐、恰当,会具有强烈的美感。衣饰颜色上的运用与碰撞会体现出一个人的个性和精神面貌,但如果搭配不当又很容易产生低级、庸俗的感觉。

四行仓库的四日被灰红两色充斥,冰冷的灰和深沉的红,将人带入生死两茫茫的悲凉。苏州河的对岸,却又是灯红酒绿,唱戏的、开餐馆的、卖报的……处处充盈着人间烟火气息。这种强烈的冷暖对比给观众带来强烈的冲击。镜头下的颜色对比带来的感官效果不仅是一种视觉享受,更让观者从更深层次去思考颜色背后的故事,而是匆匆一瞥,一晃而过。影片除了在人物的性格构造、历史背景的挖掘以及主题思想的表现手法上有独特之处外,这种撞色视觉也是成功的创作手法之一。场景的变换和音乐的跌宕毫不违和,故事的环境和人物在反衬色彩中徐徐铺开,当然,环境的营造离不开那六十八栋建筑和七百块霓虹招牌,灰色的楼宇和彩色的霓虹灯让影片更具真实性。

暖,是苏州河对面的生活场景的主色调。不可否认,那里也是人情冷暖的百态人间,但因为四行仓库的冷灰调,让近在咫尺却无法企及的这个世界显得温暖至极。诚然,两千多名演员的阵容,确实演绎了一场极具撞色视觉的精彩影片。

唢呐里的民间风情

看了电影《百鸟朝凤》后，再看肖江虹的同名小说，发现两者怀念的人物不同，但是主题寓意是一样的。影片过于拔高了唢呐师傅焦三爷的气场，坚守唢呐艺术的他是此片唯一能撑起故事框架的一个角色；小说中则对"我"的父亲——水庄的游本盛用了大量的篇幅进行描写，读者通过一个儿子对父亲的理解，感知老一辈对唢呐的热爱和敬重。相同的是，影片和小说都用鲜明的艺术手法诠释了同样的主题，带着细腻的情感讲述了现代民俗文化传承的社会问题，表达了对中国传统文化的尊重和热爱。

作为第四代导演的代表人物之一，吴天明这部作品受到影迷们贬多于褒的评论。《变脸》的精彩，让大家抱着同样的期待去看《百鸟朝凤》，但遗憾于其间匠心的迷失，而且影片过于美化了陕西三秦地界的自然地貌和20世纪80年代初农村生活的民俗风物，煽情的同时也让影片失去了原著的内敛情感。

通过叙述一个乡村唢呐演奏家成长的故事，一幅幅慢慢消失的乡村民间音乐家演绎的场景在作家肖江虹的笔下呈现。通过《百鸟朝凤》里的细腻文字，读者眼前再次出现20世纪80年代一些传统的生活习俗。不管是农村红白喜事的布置，还是对逝者辈分品德的分析，民俗风情在唢呐这一主线的贯穿中极具地方特色。作品中的独特细节体现了小说的质感，这些细节由始至终支撑着小说人物性格和非遗传统项目的个性化框架。对自己家乡的民俗，每个人都会极具亲切感，但怎样将这种熟悉感融入作品中，成为人物和地域的精神气质，作家肖江虹用既饱含热血又能感知到冷漠的鄙夷，不煽情也没有过多悲凉的细腻描写，让读者感受到唢呐由始至终都是无双镇的精神领袖、无冕之王。驾驭了作品的整体框架，人物形象饱满呈现，故事场景鲜活，传统文化由此被激活。

不管是影片还是小说，都用反衬的手法将唢呐随着时代的变迁而慢慢消失的悲凉现状演绎得淋漓尽致。比如开始的拜师，唢呐师傅的高贵和冷酷，一副可望而不可即的样子，这种创作手法也将唢呐在当时农村的地位烘托得很高，考试的关卡越多，越显示唢呐师傅这一手艺人的身份高贵。红白喜事，必请唢呐，而且得毕恭毕敬行大礼，好吃好喝地招待，人们对唢呐师傅敬畏爱戴，同时奢望家人去世能吹个《百鸟朝凤》。据文中介绍，只有上了年纪并且品德高尚的人去世才可能有《百鸟朝凤》的待遇，这首曲子只有唢呐班的接班人才会吹，融合了上百种鸟类的叫声，清脆优美。

"唢呐班，不仅仅是一门手艺，更是一种荣耀，它似乎是对一个唢呐艺人人品和艺品最有力的注脚，无双镇的五个庄子都以本庄能出这样一个人为荣。"小说中对唢呐的诠释足以证明它的骄傲和高贵，即使慢慢没落，但精神支撑没有消失。如父亲对自己的鄙夷和冷眼，到最后得病了还卖牛购买整套唢呐。写作手法的点与面，并不十分宽广，在内敛中戳中伤痛，却也只是淡淡地叙说，没有影片中的大喜大悲。

文学作品里总有光。当唢呐不再受人关注后,有相关非文化遗产传统项目的工作人员找上门来,小说文末写道,"省里面派下来挖掘和收集民间民俗文化"。这一抢救非遗项目的举措,让读者仿佛看到唢呐又再次吹响的一幕。

复仇和救赎

人性复杂却不凌乱，深刻而不乏味，平凡也会有光辉闪耀。电影《裁缝》披着一件略带悲伤的外衣，带着古怪气质和荒诞离奇的剧情，引领观众穿梭在澳大利亚东南部的一个小镇上。除了女主角提莉是英国演员凯特·温斯莱特饰演外，此部影片的整个制作团队都是由澳大利亚人组成，作品则根据澳大利亚女作家罗莎莉·汉姆的同名畅销小说改编而成。影片讲述了一个备受欺凌的小女孩十岁时被诬陷为杀人凶手并被驱逐出村庄，成年后的她从巴黎学成归来，华丽转身为服装设计师回到乡村，在复仇中完成自我救赎，反映了 20 世纪 50 年代澳大利亚乡村的迂腐和闭塞。

出演《裁缝》时，四十岁的温斯莱特不再是那个充满少女感的露丝，但沉淀和经历赋予了她对人生的各种理解，她将一个服装设计师提莉复杂而矛盾的内心世界展现得细致入微。在影片中，炫丽服装下的她浑身上下散发着沧桑和迷茫的气质，神情惆怅，一直努力寻求十岁的自己是否杀了人的答案，她经常不知所措。但华丽转身的提莉此时已拥有了成功服装设计师的自信，言行举止间让乡邻感受到不可撼动的力量。凭借自己在巴黎学成的裁缝能力和特有的时尚品位，她用自己的双手改造了小镇上爱美的姑娘们。一个破旧荒凉的小镇，开始被这些华丽美人装点得好似好莱坞红毯盛会。提莉不再是那个十岁前任人欺负的丑小鸭，她成了这个小镇时尚的代言人。

小说和影片的主色调除了揭露人性的贪婪、法制的软弱，还刻画了一个很正能量的人物形象，那就是女主角。她虽从小受尽欺凌，备受诅咒的折磨，但仍自强不息。导演摒弃了固有的影片模式，将层次多变的故事情节处理得不露痕迹。从一开始女主角回忆起童年误以为杀了人，到谜底逐渐浮出水面，所有的剧情发展，最后都是为了衬托女主角独立女性形象的成长历程。她在悲伤中重生，最终完成自我救赎。

影片中母亲对提莉说："你有用衣装改变她人的能力，使用这份力量，对抗她们，也是对抗自己。"这份自强不息的力量让提莉收获亲情和爱情，虽然最后不得不落入俗套像中了诅咒般又失去，不知道这些伤痛是否是编剧精心安排的又一个让提莉凤凰涅槃、在烈火中重生的故事包袱。

这部带有明显女性色彩的电影，在荒诞中穿插着时尚和喜剧，呈现小镇居民百态人生的同时，将欺凌和复仇演绎得淋漓尽致。两者的极端一度将人性的善与恶推向高潮，赋予观者思考，对于女性魅力和权力的探讨从来不会停止。

海边　城镇　孩子

因为《隐秘的角落》，这个夏天好像更热了。各种情节脑补，各种悬疑分析，流着汗的观众心里也在沸腾，为原著紫金陈，为监制韩三平，为导演辛爽，为老戏骨王景春和影帝秦昊，更为三位初出茅庐的小演员鼓掌。

鉴于头脑简单，本人对悬疑类的影视剧并无多大兴趣，起初只是被微信朋友圈里的宣传海报吸引。高低错落的楼房，老旧的天台，演员朴实的着装和没有任何情绪的脸，一眼望去，每个人好像在剧中都有一段说不清道不明的故事。如此这般接地气的老房子场景，让人恍如回到童年，一种熟悉的感觉扑面而来。看倦了影视剧里高冷的霸道总裁、靓丽的女强人以及豪华奢侈的富人区，这张迷雾剧场宣传海报带着一种与众不同的气质，吸引我打开《隐秘的角落》。海报里面的一句话让我很想一探究竟："小孩是最能守住秘密的人。"孩子是世界上最天真简单的群体，是怎样的理由可以让他们做到守口如瓶？

该片拍摄地在湛江，片中穿插粤语，故事围绕三个小孩展开，反映家庭教育现状。与喜欢此类场景和题材，并且喜欢解析情节的观众不同，我并没有把它看成是犯罪和悬疑推理片，而是

将其归纳为家庭伦理片。片中的三个孩子，朱朝阳父母双全但是离异，严良和普普因为各自的父母出事被送入福利院，又从中逃了出来，这三人后来的挣扎和选择等心理走向无不与家庭有关。例如，朱朝阳为什么考试总得第一名？皆因他觉得父母离异是因为他不够优秀，所以刻苦学习。恰恰他母亲也秉持这种观念，只要学习好，其他都不用管。这种教育导致他不合群，受排斥。

故事背景是在具有亚热带季风气候的沿海城市湛江，因为有孩子的缘故，导演辛爽想在影片中营造一种阳光向上的氛围，展开一场炎热之地的炽热表达，夏天的明亮代表着三个孩子在心里努力寻找光明和快乐。这些年来辛爽一直有个执念，就是要拍一部关于南方海边小城的故事，很幸运，他在湛江找到了这个调性。这里既有城市感，又有小镇的区域感，老城区自带韵味，街上没什么人，像极了辛爽记忆里的某个暑假。城市具有他想象中的质感，而现代的东西比较少，海的颜色很深，沙滩上搁浅着黑色的石头……这些都是他设想中的一部分，这种味道自始至终伴随着剧情。海浪给此片带来了大自然的声音设计，剧组在真实感的基础上，尝试赋予其生命力和夏天海滨城市的浪漫感。因为片中有孩子的元素，所以导演力图呈现一种浪漫的现实主义。城镇的小巷、街坊，很吻合大家对广东老百姓生活的理解和想象，这种真实感的营造，能让观众在片中找到身边一些人的影子。

烧脑、剖析，故事背后的层层谜团，还有原著《坏小孩》与改编后影片的不同之处，诸如此类的评论，把《隐秘的角落》推向一个个悬疑的高潮。童话与现实之间蕴含多少秘密？法国数学家笛卡尔的"心形函数"爱情故事的真相是什么？朱晶晶究竟是怎么死的？……如果要细细叙述，推理过程可以一浪高过一浪。而我看到的则是海边、小城镇、三个孩子在"假装"明亮的夏季度过暑假。对谜团的层层剖析，那是对原生家庭长长的追溯之路……

喝松花江的水　写哈尔滨的人间

迟子建笔下的《烟火漫卷》，呈现了哈尔滨的冰冷和人间的暖意，读来仿佛被东北呼呼的冷风侵蚀着，却融入熙熙攘攘的繁华街头和夜市中——人间之事就是如此，遭遇疼痛却依旧万般眷恋于凡间万物。

正如此书的蓝色封面、橙黄色书名，大片的冷色调加以醒目的暖色，在互相撞击和融合中，将书中的哈尔滨描绘成一团人间火焰。此书聚焦了当下普通都市百姓的生活现状，迟子建以从容洗练、细腻生动的笔触，燃起浓郁的人间烟火，柔肠百结，气象万千。一座自然与现代、东方与西方交融的冰雪城市，一群形形色色的普通都市人，带着一步步待解的谜团呈现在读者面前。

这是一部以寻人为主线的长篇小说，但是故事开头并没有开门见山，直接将主人公刘建国此生只为寻人的目的交代清楚，读者体验完故事发生地哈尔滨的各种城市烟火后才醒悟：哦，原来刘建国开"爱心护送"的车，是为了寻找四十多年前从他手上丢失的朋友的儿子——铜锤。我们在小说的结尾处才看到铜锤最终被找回，但其实在文章的开篇，铜锤就已经出现了。他就是四十上下、气质不俗、经常坐"爱心护送"看病的翁子安。作家对铜

锤这个人物安排得十分巧妙，仿佛他丢失已久，却从来没有离开过。牺牲事业、爱情和婚姻，带着对朋友夫妇深深的愧疚，刘建国倾其所有，到处奔波，打听小孩下落。当得知陪伴了自己整部小说的客户翁子安就是那个要找的孩子时，迟子建是这样描述刘建国的："刘建国多想大哭一场啊，可他没有眼泪，头脑一片空白，好像走在茫茫无际的雪原，没有日月，没有人烟，世界一片虚空。"如此看来，迟子建写悲伤是没有眼泪的。文中提到，刘建国以前看城市的灯火并无特别，得知大哥将不久于人世，他才觉得大哥家里窗口的灯火特别美，是尘世的花朵。每每想着有一天灯火将永久消失，他就感觉大哥家的灯火湿漉漉的，好像浸着泪痕。迟子建写喜悦亦没有太多的欢乐，只有丝丝暖意，如对从狱警岗位退休后的刘骄华帮助刑满释放人员自力更生开夜市等的描述。这些没有过多渲染的语言，让读者从内敛而沉着的文字中真切感受到疼痛的撕裂和日照的温暖，两种对比强烈的情绪随着故事在沉浮中跌宕起伏。

　　小说对十几个人物的成长背景和家族演变都有非常详细的介绍，篇幅也颇长，有时候全然不提寻人的事情。看着看着会令人迷惑，迟子建还让刘建国找人吗？会不会在写作过程中，就把寻人的事情忘记了呢？在一次采访中，迟子建谈到如何处理与小说人物之间的关系，每次创作前她都会先列好人物构建图，所以写丢人物是绝对不可能发生的事情。创作期间，这些人物就是她最亲密的朋友，相随相行，她与他们对话，并且时刻考虑下一步如何安排他们。她和他们相处得如此好，所以小说结束后的告别也令她伤感。大概每五年创作一部长篇的速度，迟子建也因此以五年的频率不断地相逢和告别小说人物。

　　《烟火漫卷》中处处弥漫着城市烟火：凌晨批发市场喧闹的

交易、晨曦时分的鸟雀齐鸣、城市街道开出的鲜花、食物的香味、澡堂子氤氲的湿润热气、旧货市场的老器物、老会堂音乐厅的演出……如此这般描写哈尔滨的温婉细致，这让后面的故事更显得意味深长起来。看了一段迟子建行走在哈尔滨中央大街、索菲亚大教堂和雪地上的短视频，虽然她融于游人当中，却能让人感觉到她就是哈尔滨的主人，喝了三十年松花江的水，她的气质和气息被哈尔滨所熏陶。缤纷花店，纯白雪地，沿街的小吃铺，她喜欢这种烟火人间的感觉，虽然这些东西她未必写到小说中，但是不经意间走过，她就感染了这种人间烟火气。

传统文化与现代音乐

当幽默升华为一种艺术,必会传诵成佳话,如现今红火的德云社;当传统文化夹带诙谐性与现代歌曲相遇,有可能会擦出意想不到的火花,如综艺节目《我是歌手》里的一首《女儿情》。这是相声演员岳云鹏与知名歌手李健首度携手合作,许多人感动于这场不同人物画风带来的视听盛宴。经典《西游记》又一次被演绎,女儿国国王与唐僧的相遇与分离,悲情一幕仿佛再次呈现。这不是一场比赛,是幽默的岳云鹏与优雅的李健献给经典作品的一份礼物,即便过去三年之久,歌迷仍久久回味。

2017年《我是歌手》总决赛,李健邀请了岳云鹏帮唱。虽然大家都看出了岳云鹏的紧张,但丝毫不影响他身上自带的幽默气质与传统艺术功底。而李健的表演一如既往地沉稳,当所有人都在用力表演的时候,他的安静反而是最出彩的。"虽然我正当少年,正当少年……"李健具有磁性的声音如歌词所唱,不管过去多少岁月,他仍是那个清新少年。对新拍档岳云鹏,李健一直用温柔的眼神鼓励,步步引导。在他看来,是不是冠军无关紧要,舞台上看似云淡风轻的表现其实是他的一种放弃与退让,这种表演设计的用心与巧妙既让人看出李健的无心争抢,又不会令人觉得他是刻意消极比赛。这种退让隐含着智慧，是其人格的魅力所在。

这种舞台歌唱形式的艺术表演，让人看到更多的艺术再创造的可能性。人们在大笑，但看似荒诞幽默的表演却有着值得慢慢品味的内涵。观众被"心疼你每一步走得艰辛"感动，又因岳云鹏差点唱成他的拿手歌《五环之歌》而大笑，哄堂大笑的背后是五味杂陈。此歌不禁让人想起《西游记》里女儿国国王与唐僧分别的情景，"说什么王权富贵，怕什么戒律清规"，道出了浓浓的无奈和伤感。

随着德云社的壮大发展，如今有一大批〇〇后在德云社的相声里感受到传统文化的魅力。众所周知，相声除了基本的说学逗唱，作为我国的一项传统艺术，它的传承和规矩也是严肃和缜密的。小姜告诉我，岳云鹏和李健是两种具有不同性格和画风的人，能成功演绎《女儿情》，这并非偶然，是岳云鹏多年沉淀的音乐素养与传统文化的熏陶带来的必然性。

"音乐不分学历，不分等级，不分背景。"在小姜看来，两人的合作不仅是跨界的魅力，更多的是传统文化与音乐融合而成的享受。进入德云社后，岳云鹏才开始真正接触音乐，从学太平歌词（一种从属于相声的曲艺形式，形成于清初，从北京的民间小曲演变而来，在京津冀广为流传，它一直被作为相声的基本功）开始。《女儿情》本身是一首传统的古典歌曲，太平歌词的唱腔与传统歌曲有着相似的特点，声音和情感都较为深厚，具有文化底蕴，正因为这些相似点，才让他觉得一直在寻找音乐突破的岳云鹏能演绎好《女儿情》是理所当然的事情。岳云鹏看似诙谐，甚至有点笨，但其实做事很认真，很有主观意识。"他的学习态度，让我觉得他是德云社里能唱好《女儿情》的最佳人选。"《五环之歌》的走红，其中之一的因素是岳云鹏将京剧的唱腔融入其中，这也与他学习中国传统音乐有必然联系。在德云社要学习各种传统文化，这种学习环境让岳云鹏对音乐有了更深的理解，与一直坚持走传统音乐路子的清华才子李健合作，引起轰动是偶然也是必然。

二人演绎《女儿情》，是传统音乐和流行音乐的转变，在某种程度上助推了传统音乐的发展，让年轻人更好地理解传统音乐的魅力，无论是从词曲还是旋律上，都能感受到中国传统音乐的生命力。李健的能力不容置疑，岳云鹏的出现恰好成为传统乐曲转化为现代流行音乐的一种动力。单单《西游记》的经典传诵就能勾起听众的怀旧回忆，加之两人的知名度，熟悉的旋律让本来传唱度就高的曲子引起了更多人的共鸣。

如今国内也在提倡推动中华优秀传统文化创造性转化、创新性发展，《女儿情》的演绎恰到好处地呈现了这个主旨。把古人对爱情的理解和呼唤，以及现代人的共鸣融进流行歌曲里，这种古今两者的感受和理解相互结合，无论时代怎么变迁，人们对爱情的向往、对传统文化的追求，不会因时间流逝而消失。

光凭李健一人也许达不到这种效果，而在德云社接受过传统文化熏陶的岳云鹏，用他看似诙谐的表演助推了一把，让经典传唱有了另一种美。

人间烟火味

从野菜、豆腐到火腿、腊肉，从家乡食物到四方食事，汪曾祺所著的《寻常滋味，欢喜人间》里有芝麻酱飘香，有凉拌萝卜丝的清甜，也有汤白如牛乳的鱼汤的鲜美。书的内容恰如书名，从平常滋味里品欢喜。汪曾祺将地方特色与食物结合，比如唐巴拉牧场的羊肉、长城边上的农作物和梁山上的鱼等，也有小城街巷的市井气息，如杭州城里某个茶馆的茶香味、苏州"雕花楼"里的碧螺春……还有路边摊能买的炒豌豆和花生糖等小零食，这些细节的描写，极具时代的烙印，画面感极强，读来让人眼前浮现一幅烟火气十足的画卷，香气飘溢。

通过写食物的出处，本书也提及了很多地方的民俗风情和人文历史。在读者看来，汪曾祺吃的不是食物，而是一种历史，一种渊源和情怀。在《昆明的吃食》一文，从食物，到巷街拐角处的餐馆，再到堂倌的专业，都散发着寻常市井的人间味。餐馆里的过桥米线吃法独特，不懂规矩的吃客竟然被"烫死"；饭馆只有一个堂倌，不用纸和笔记菜单却能清楚记得客人的需要，精力旺盛的堂倌整天楼上楼下地跑，手、脚、嘴、眼一刻不停，显示出专业和老到，让客人看得尽兴，吃得欢喜。

即使是普通的咸菜——这种现代人不再青睐的菜品，为了证明它是一种中国文化，汪曾祺引证了全国各地的咸菜做法和渊源。北京的水疙瘩、天津的津冬菜、保定的春不老，他分别通过谚语和详细描述其成长过程对咸菜进行了诠释，从鲁迅作品里的干菜，到四川的榨菜、福建的黄萝卜……文章最后从这种需腌制的咸菜联想到"文化小说"的创作："小说要有浓郁的民族色彩，不在民族文化里腌一腌、酱一酱，是不成的。"同时汪曾祺建议，在小说里要表现的文化首先得是鲜活的，看得见尝得出，才能让读者从作品中得到共鸣……诸如这般将咸菜与写作融为一体的创作谈，食物在汪曾祺笔下不仅鲜活了起来，更成了一堂精要的文学课。

他喜欢杜甫诗中"旅食"的境界，即旅行和吃食，旅行这一爱好让汪曾祺在行走中品尝了无数的食物，每到一个地方，他都喜于研究当地的口味和当地人对一些食物的叫法。源于当地山水的滋养，不同的成长背景决定了人们对食物味道喜好的偏差，例如湖南人喜食辣椒、北京人喜食苦瓜等。在湘赣，他听到当地谚语"辣子毛补，两头秀腐"；从三岁孙女的顺口溜里，通过钻研，他总结出苦瓜其实不是瓜，它原产于印度尼西亚，当地人曾叫"癞葡萄"，但它不像西瓜、黄瓜那样可以即摘即吃，需炒、煲汤或煮熟后凉拌，具有一种独特的苦味。

阅读此书，可以感受到食物回归传统，它们不需要精美的摆盘，便足以软化舌尖。这些平凡的一饭一菜，是出门游玩累了后在某个胡同小巷里找到个小餐馆，惬意地品尝；也是忙碌一天后下班回家，在温暖的夜色里与家人共享一道道普通的小菜。它们并不遥远，这些食物的香气属于任何一个人。汪曾祺将这些平凡生活里的美好用文字描述，通过舌尖传递，记录了普通人的琐碎生活和人间百味。

不符合常理，却符合人性

国产剧《三十而已》引起热议，对破坏他人婚姻的林有有的结局安排得太平淡了，网友觉得牵强、不合理。对此争议，编剧张英吉回应道，林有有失去了所有的尊严离开。但网友并不买账，尊严算什么？被害得家不成家的顾佳应该追到北京去，把林有有当第三者的事情告诉她的亲朋好友，让她脸面全无，而不是给林有有买了机票，给她全身而退的机会。"这段关系将会成为她永远难以启齿的人生底色。"这句台词即是编剧对林有有失去尊严的诠释。

出于对"小三"的痛恨，一些网友觉得编剧对此角色的安排太过善良，对"小三"有偏爱，甚至怀疑编剧是否有过"小三"经历才柔情以对。与友人谈起此剧此情节，过了四十的友人悦荷说："这种安排虽不符合常理，却符合人性。"她继续分析，如果自己的家庭遭遇这种情况，她也会做此决定，为对方安排好退路，以保全自己的家。"厮杀、咆哮、赶尽杀绝，这种丑陋的报复行为也是人性的一种，但我希望平静处理。"友人看似云淡风轻的语气和假设这般的处理方法，让我感受到她温柔后面的那股韧劲，驰骋商界的风云生活让她有着不一般的人生历练，见惯成败,或奢华或接地气的生活她都能过得有滋有味,风生水起。因为看透和懂得,所以悦荷喜欢和解。片中主角顾佳虽名义上是家庭主妇,但丈夫的烟花公司和茶厂都是她一手经营。顾佳从迷恋太太圈的奢华到被湘西当地农民的淳朴民风打动;从初始想尽办法送儿子进名校学骑马,甚至计划请专业的育儿师来教育儿子,到最后明白父母的陪伴才是家庭教育的真谛。尽管走过一些弯路,但这些经历丰富了顾佳的人生,让她的视野和格局更宽广,也比常人更具容忍度。从这一角度来看,顾佳对林有有的态度就容易让观众接受了。但即便这样,顾佳也是有原则的,儿子是她的底线,当林有有企图对孩子下手时,便有了顾佳对她的警告和一巴掌。

此片通过展现三位女主角的婚姻和工作情况,让网友重新审视三十岁,是稳定、蹉跎,还是拼搏不止;婚姻和工作,家庭和个人,哪个更重要;婚姻是过着过着成了一座孤岛,还是每天都有新鲜劲……全职太太顾佳、普通白领钟晓芹、"沪漂"王漫妮分别代表当下社会非常典型的三类女性,她们对待生活、事业和未来的态度引起网友的深思。在这里可以看到女性的自我突破和自我价值的实现,走出舒适圈,果敢面对风云突变的社会,这种挑战自我的女性形象是现代都市的一个缩影。我身边有个刚退休的友人梦晴最近忙着度假、收房租、写作和做美食,状态极好,听过她从年轻时的保洁阿姨到如今的"包租婆"的励志故事,但近日才知道她在三十岁的时候,辞去老家的工作来深圳,带着发表过的文章面试税务局的工作,她的写作水平和曾兼职过街道杂志编辑的经历让其从高学历、关系网中脱颖而出。入职后,天性乐观、做事认真的她事无巨细地跑前跑后,不怕吃亏,热心帮人,很快成为单位的一把手。不管工作和生活多忙,梦晴从未停止写作，参加深圳各种征文比赛并获奖不少。今年上半年办退休手续期间，单位同事为她举办的退休饭局排满了期……三十岁的一个决定，让她的人生从此改变。三十是最好的年龄，也是最坏的年龄，选择改变，需要的不仅仅是乘风破浪的勇气。

不管是顾佳对林有有的态度，还是钟晓芹厌倦死水般的婚姻，抑或王漫妮即使付不起房租还选择待在上海，这些看似不符合常理的情节安排，往深层里想，却都符合人性，符合当下都市人的生活观，豁达、不甘心、敢闯。

她在非洲曾经有个农场

说到《走出非洲》，许多人脑海中都会浮现出演员梅丽尔·斯特里普。这部根据丹麦女作家凯伦·布里克森同名自传改编而成的同名电影拍摄于1985年，当时反响强烈，获奥斯卡金像奖十一项提名并获七项大奖。由梅丽尔·斯特里普饰演的女主角凯伦，外形看似柔弱，在片中却展示了如非洲辽远草原一样坚韧的性格和广阔的胸怀。这个一开始只为得到男爵夫人头衔而从丹麦踏上肯尼亚的虚荣女子，从对世界的无知到拥有坚毅性格，从无比在乎个人的农场收益，到乐于解决肯尼亚人的疾病、读书和民生等各种问题……这种思想前后变化的天壤之别，究其原因，是非洲这片土地改变了她。

影片的意义在于，领略女性化的生命力量，感受异域风光带来的视觉冲击感。因为经典，即使是三十多年前的电影，其中壮丽的东非风光、荡气回肠的爱情，如今看来仍令人震撼。影片经典的配乐加之非洲独特的大自然美景，摄影镜头的广角延伸带领观众一起奔跑在肯尼亚辽阔的地域里。同时画面也精细展示了狮子、老虎等动物的凶猛和犹豫，令人仿佛身临广袤的非洲草原。

除了美丽的画面，凯伦和丹尼斯美好却最终遗憾的爱情故事以及影片呈现的人文精神细节也格外打动人，凯伦与当地人之间没有肤色之别，在相处中如家人一般互爱互助。作为殖民地庄园主的凯伦因破产要离开非洲，她痛心于土著人将被赶出家园而无家可归，于是做出了男人们都不敢做的事情——长跪在总督夫妇面前，直到他们答应为土著人提供一块栖身之地。凯伦还为土著人治病、为他们搭建学校……即使他们的语言不通，但凯伦的真情付出不用言语土著人就已经明了。

丹麦作家凯伦在肯尼亚经营农场十八年，破产后回到丹麦。五十二岁的她因出版自传《走出非洲》开始声名鹊起，但随即二战爆发，出版业几乎停滞。1957年，凯伦提名诺贝尔文学奖，但无缘折桂。她是一位独立勇敢的女性，从来没停止过写作。在非洲经营农场时，她白天像男人一样在土地上挥汗工作，晚上就写故事、童话及浪漫小说。开始她只是在晚上写作，后来本该去农场干活的早上，她也经常坐下来写，并且坐在田间地头也在想写作。回到丹麦，她开始把非洲的一切经历付诸笔端，把一个不甘平淡、优雅、深情并且始终保持尊严的女性形象呈现在读者面前。

书里有大量对非洲景色的描写，读者在字里行间畅想和奔跑。这些细腻沉静的文字叙述如影片里缓慢柔和的音乐，随着镜头的推移放大和延伸。除了对当地人文的细致观察，凯伦对非洲的动物和植物也有深厚的感情："我也曾一次又一次，屏息注视着长颈鹿们成群结队穿过草原，它们的趣致、独特及植物一般的沉静，让人恍然不觉是一群动物，而仿佛是一种罕见的花卉……"

《走出非洲》曾被誉为与《安徒生童话》齐名的丹麦"文学国宝",海明威认为此书应该获得诺贝尔文学奖,央视《朗读者》节目里,张艾嘉曾倾情朗诵里面的内容。

　　凯伦用后半生的怀念和十八年的经历铸就了此书,自己却再也走不出非洲。她的生命与非洲已是密不可分,那些追逐日落和动物的日子已嵌入其骨血。

悬疑推理背后的善恶之争

以经典影片《肖申克的救赎》里自挖地洞从监狱逃脱的方式作为故事的开头，不禁让人从这一片段便猜测到，也许《误杀》冥冥中就将观众的视角引领到一条向往自由和希望的救赎之路，尽管此片被定义为悬疑题材。

《误杀》翻拍自被网友封神的印度悬疑佳作《误杀瞒天记》，该片讲述了一场意外的误杀案件，父亲为了保护失手犯案的女儿，上演了一场惊人的瞒天过海大戏，并且牵扯出两个家庭之间的情法对决。虽是改编，但《误杀》的剧情展开更为流畅，没有拖泥带水，情节上也没有明显硬伤，并且毫不忌讳地在剧情中多次提到《肖申克的救赎》《白夜行》《蒙太奇》等经典犯罪电影，该片并不忌讳与同类型的经典作品相提并论。

从演员到导演，《误杀》是陈思诚首次监制的电影。从《唐人街探案》到《误杀》，观众可以看出他对在泰国取景有多执着，"喜剧+推理+泰国"成为陈思诚电影的黄金组合。继《唐人街探案》后的再度合作，导演柯汶利和陈思诚又一次为观众奉献了一部老辣成熟的电影。

影片中的对手戏非常精彩，肖央和陈冲，陈冲和谭卓。除了

《老男孩》，这部电影才是肖央真正有分量的作品。从喜剧转为这种类型鲜明的作品，好父亲、好邻居、好市民的气质在肖央身上一览无余，全然没有了在当年那曲红遍大江南北的《小苹果》中的诙谐喜感。家庭发生变故之前，肖央饰演的李维杰勤劳能干，总是想着为家人带来更好的物质生活，出事后为了保护家人挺身而出。背负脱罪重担的他一直在思考，后来以爱之名精心设计了一场"瞒天过海"的好戏。在感叹设计精妙的同时，观众也被故事背后这份浓浓的父爱所打动。

陈冲的演技更不用说，作为两届台湾电影金马奖最佳女主角、第三届大众电影百花奖最佳女演员等各种大奖获得者，在影片中饰演警察局局长的她奉献了近年来最好的大银幕演出。尤其是对李维杰小女儿进行严厉审问的那一段，她将情绪调动得非常有张力，面目狰狞中让人感觉到一个失子之母的血管在沸腾，能拥有这种气场的也只有像陈冲这样的老戏骨了。

影片中的元素很多，羊尸、蒙太奇、架空国度、多重人物身份等，可以任观众置放于任何语境下去解读。朴素和谐的一家人在泰国打拼多年，同时他们也目睹了这个小镇上法制的混乱，被各种权力交织碾压的公平正义的缺失……镜头对准面孔的长久凝视，是试探和挑衅，也是控诉和审判。

这部片子并没有将重心放在高智商蒙太奇上，而是把主题变成了民众对抗社会公权力，所以并不十分烧脑，让人看得极其尽兴。观众在这场善与恶、权与欲、理与法的乱斗中看到，正义和善良成了最终赢家。

音乐让相处自然和谐

钢琴声响起,缓缓的,加入悠扬的大提琴,诉说着一种美好但又易逝的留不住的情绪……喜欢这样的电影开场,琴声点点,洒落心里,仿佛击中过往人生的跌宕起伏,又或许是刚好落在生活的精彩处,音乐的力量是洒在哪里,哪里就会温暖。

Like Sunday,*Like Rain*(《如晴天,似雨天》)情节平淡,没有好莱坞式的惊喜高潮,亦没有出人意料的情节反转。在清清浅浅的音乐里,铺开了少年与女孩的相遇和别离,简单不夸张,淡淡的,所有的欢喜和伤情都只在心里默默地展开。那阳光正好的早晨,那如流水般响起的音乐……文艺气息扑面而来,如那盛开的百合,淡然芬芳。

延绵舒缓的钢琴声很好听,令人浮想联翩——这是一部关于孤独、陪伴、友谊、阅读和音乐的电影。

十二岁的少年博览群书,精通乐器,聪明过人。二十五岁的保姆,离开故乡,四处流浪。一个需要陪伴,一个需要安稳。通过音乐,雇主和保姆在对方身上发现了自我。少年的大提琴与女孩的小号,不同的年龄阶层却可以互相理解和赏识,号角的悠扬、提琴的哀伤,两种看似不协调的乐器却奏出了美妙的

乐章。人以群分，大概说的是人各有志，互不干涉，相互理解，才有了悠扬和哀伤的相互融合和统一。相处是一种说不清道不明的学问，并非一群人推杯换盏，觥筹交错，热闹喧嚣就是知己了，一个人静静沉思，那是跟内心的另一个自己在交流，两个人相处也并非一定是交谈热烈才叫和谐。一句入心的话，听一首年少时共同执麦唱过的老歌，那样的面对面已经烙印于心，难忘至极。电影里的这种相处模式有着让人舒服的质感——有人懂你，那是一种美好。

善解人意的少年，他的母亲是往返美国与中国做大生意而无暇陪伴只会束缚他的女老板，拥有的是富足的单亲生活与大部分独处的时光。他独自一人在空旷的房间阅读，在干涸的泳池拉大提琴。而到来的这位年轻保姆，刚刚撇开一段纠缠的爱情，以及曾经怀有的梦想倒在现实生活前面。他们也许都是那个城市里寂寞的个体，不过幸好他们遇到了。终于不再是独自一人，而是有人倾听、分担，平等地交流。也许正像电影末尾少年的那句话："认识你真的很好，很难想象我和你只相处了几个月，感觉我像认识了你一辈子。"相知是遇到那个懂你的人，慢慢呈现完整、真实的自我。

整部影片里流淌着轻柔的钢琴声，舒缓的节奏令人甚觉温情。少年在阳光下朗诵诗歌的那片刻温柔，惊艳了老师，亦融化了观众的心；拉大提琴时那种宛如天使般的沉静、脱俗和清新，令人觉得惊艳，即便那少年只是一脸天真无邪地沉溺在音乐中……

影片的摄影构图和光线以及配乐都非常不错，加上故事结构和诗歌般的曲调，让观众亦觉得自己及生活都因这部电影而变得唯美。

生活中与某些人相遇，一起分享生命中的某段时光，然后又匆匆离开，但也许某句话、某个眼神、某个场景产生了一些影响，让你成为现在的你。据说这个故事的灵感来源于导演自己的经历。有一次他在纽约散步时偶遇了多年前的一位朋友，当时的友谊在当年看似偶然和仓促，但其实对导演后来的人生产生了很大的积极影响。导演把这种纽约式的偶遇和友谊搬上荧幕，用自己的方式诠释这类珍贵的情感，并展开探索这样的友谊结束后，会对一个人的漫长人生产生怎样的转变和影响。

总有些东西，让人与人之间的相处和谐自然，这里的相处，就似这影片名字一般，如晴天，似雨天，柔和的画面融化了少年的孤独和女孩的漂泊感。他们在音乐和了解中得到慰藉，找回自我。

魔鬼教育

2014年上映的美国电影《爆裂鼓手》曾获第八十七届奥斯卡金像奖，其关注点是十九岁少年安德鲁在实现当顶级爵士乐鼓手梦想的路上，遇到一位魔鬼导师弗莱彻对其进行非人般的训练。电影中弗莱彻对他各种吼叫，对旋律和速度等技巧有极其精细和严格的要求，安德鲁打鼓致双手血淋淋的场面时常发生且遭受了心灵上无尽的折磨。整场电影看下来，或许会引起一些观影者思绪的不安，不是因为鼓点的密集、音乐节奏的猛烈，而是因为引发了观众对如何成为天才的思考。打压真的能激发人的潜能吗？此影片给予肯定的回答，因为最终安德鲁在导师魔鬼般的训练中，成了天才鼓手。

也许导演达米恩·查泽雷在影片里试图和观众探讨人性里令人难以接受却极为真实的一面，是癫狂和执拗能成就天才，还是柔风细雨见光辉？据说，导演也曾是一名鼓手，电影有些内容是根据其在高中时期参加乐队的真实经历改编的。也许不仅是导演，许多人的成长路上，心里都曾经住着一位自己害怕的老师，这种害怕是因为被打击还是怕老师对自己失望我们不得而知，但能拍出奥斯卡获奖作品，也许达米恩·查泽雷的乐队之旅并非一路阳光。影片中，魔鬼导师弗莱彻说过一句话："在我的词典里，没有'不错'两个字。"不断打压和讽刺，目标明确、抗压能力强的孩子的确能在狂风暴雨中成长得更高更壮，反之，懦弱胆小的孩子是否只能就此停下梦想的脚步呢？这同时也是家庭教育中一个值得思考的问题，虎爸虎妈和猫爸猫妈，哪种角色能让孩子更容易接近成功？

在第二季的《演员请就位》中，大家最直观的感受是，不管是一线明星还是十八线演员，心理素质一定要强大，勇敢接受挑刺和批评，个性柔弱些的则会直接被批评声淹没。同时，做导演的脸皮一定要足够厚，敢于指出演员的不足，让其进步，才能找到适合剧本角色的人选。上一季以"如坐针毡、如芒刺背、如鲠在喉"成为此节目的点评金句，点评以毒舌著称的特邀嘉宾老戏骨李诚儒，在这一季依旧保持其毒辣风格，在看了年轻演员的表演之后，给予了"味如嚼蜡、如同鸡肋、如此乏味""不动心，不动情，怎么能感染观众"等言辞犀利的点评。观众看得酣畅淋漓，为演员捏一把汗；演者听得浑身冒汗，羞愧难当；四位导师则或微微一笑或严肃或点头，表情不一。

不附和、少表扬、不惧演员名气、就事论事的点评风格是《演员请就位》成为热播综艺的一大因素。第二季节目让演员们直接面对外界对他们的市场评级（B级、A级、S级），这种新规则让观众看到外表光鲜的明星面对真实行业生态的抢角和竞演现状，尽管这是一种模拟，但影视圈的残酷性一览无遗。正因为要在夹缝中生存，导演给予了演员们更多更高的要求。这季的新导演嘉宾尔冬升第一场便给观众留下了深刻的印象，他看上去儒雅，然而言语却并不温柔，总是不忘给年轻演员泼冷水，甚至劝人放弃演戏去做自己擅长的事情。殊不知年轻人都年少气盛，如想当演员的主持人张大大,被尔冬升直接劝退后却不服气,坚持在后面的展示中一定要让导演看到自己的表演能力。在这个节目中,除了有导演们严格的点评,当然也有许多真诚的建议。

在被打压中激发能量,是不是所有的人都能做到?循循善诱、严慈相济能否带来相应的效果?心理抗压能力的底线又究竟在哪里?《爆裂鼓手》被定义为励志片,因为小人物最终成为天才鼓手,但《演员请就位》不仅仅是一部综艺,抛开演技的比拼,嘉宾犀利点评是一大看点,演员应不惧被苛刻要求、被损得体无完肤,要在暴风雨中接受魔鬼教育。

听她说，什么是最好的爱

　　录一段视频，倾吐自己的心声——这是由国内知名演员杨紫饰演的小雨送给自己二十六岁的生日礼物。通过小雨的讲述，我们得知她一直与母亲一起生活，父亲出轨后，母亲带着小雨到处找人痛斥父亲。"那几年的回忆就像是一场灾难。"母亲的所作所为在小雨的眼里不堪回首，后来母亲甚至用同样近乎扭曲的心态对待成长中的小雨……这种母爱令小雨窒息。

　　这是一档由赵薇发起并监制的国内首部女性独白剧《听见她说》，共八集，内容聚焦原生家庭、中年危机、重男轻女、全职主妇、大龄单身、家庭暴力、物化女性等当代女性的生存痛点，以此发出女性真实的声音。

　　这是《听见她说》的第二集，杨紫饰演的单亲少女小雨的《许愿》视频播出后，观众除了赞誉杨紫二十六分钟完美的表演外，也对原生家庭有着各自的理解和看法。为了报复父亲，母亲带着小雨远离与所有父亲有关系的人，甚至不愿意让爷爷奶奶见小雨最后一面；母亲每个月给自己好朋友零花钱，目的是让朋友及时告知小雨的情况，这让小雨觉得自己根本交不到真朋友；母亲一直在小雨面前指责诋毁父亲，受此影响，小雨从来没有想过

有一天会恋爱和结婚，因为她觉得自己缺乏爱人的能力；母亲永远以爱小雨的名义，给予各种关爱并保持频密的联系……诸如此类的种种行为让小雨觉得窒息，小雨在生日这天的愿望是希望母亲能够学会爱自己。

生活中，像小雨这种被母亲无时无刻牵挂和掌控的情况并不少见。教育心理学专家指出，让孩子完全依赖自己，并且企图掌控孩子的人生，从而使得孩子始终离不开父母，这会错失培养孩子独立人格的最佳时期。坚持日常的关注和适度陪伴是让孩子顺利度过成长期的重要因素。

若父母一直在孩子面前表达一种观点："我做这一切都是为了你。"可想而知，孩子的心理负担该有多重。曾听过一位母亲对儿子说："妈妈单位发的酸奶和水果我都不舍得吃，特意留给你吃。"四年级的儿子当时就很不屑地回答："你自己吃啊，我又不爱吃。"只见强装笑脸的母亲一脸尴尬。为什么要特意强调为了谁？这位母亲以为自己的这种牺牲会换来孩子的感恩，然而孩子却反其道行之。

家庭教育对孩子的成长和未来的生活起着怎样的影响？曾经在一篇文章里看过一个例子：二十岁的大学生独自一人到包子铺买包子，文章光描述学生在买包子过程中内心的斗争和煎熬就花了好长篇幅，"喘着粗气，额头不断冒汗，竭力克制着颤抖的身体……"原来，平日都是同学帮她买早餐，这是其二十岁以来第一次自己买东西。究其原因，是其母为了让她有优越的学习环境，从七岁开始便给她安排不同的学校。当教师的母亲每当听到哪所学校会调来一位名师，或者哪所学校有位班主任教出了保送清华北大的学生，她就会想尽办法将孩子转学。在小学期间，孩子就转了五次学，有三百多位同学却没交到一个朋友。同学们因听不懂她的普通话而做恶作剧让她出丑,加上频繁转学,大家还没来得及熟悉她就离开了,久而久之,这位小女孩越来越不爱说话,甚至有了严重的社交恐惧症。在日后漫长的人生道路上,同龄人都在享受美好时光,她却一直在努力学习如何克服社交恐惧症,这也注定了她的人生会比其他人走得更加艰难。

古有孟母三迁,但里面提到的是孟母带着儿子找到适合其生活和学习的环境,受到身边人良好言行举止的潜移默化的影响,孟子最终成为一名思想家。让孩子频繁转学的这位母亲目的性太强,丝毫没有考虑到孩子的情况,这种武断行为给孩子带来的影响太可怕了。

在《许愿》中,小雨同样表达了原生家庭有缺陷的孩子过得很辛苦这一观点,导演也希望通过个体反映一个群体,愿大家能够给予如小雨这样的人更多的温暖和理解。

奔跑

第 五 辑
有球在飞

留恋蓝色海洋

2014年6月，巴西世界杯。与老朋友亦是意大利的忠实拥趸者聊球赛，得知我在写观球感，他说："我还是会支持蓝军。皮尔洛是否也快退了？可以写一篇关于老将的文章，写写罗巴乔、马尔蒂尼那些永不可再现的帅哥，让现在的小家伙知道曾经是多么美好。"

当时我脑海里已经浮现出该篇文章的标题了：《永远的蓝色军团》。内容会以唯美的文字铺叙过去那些值得意迷们回忆的片段。我喜欢巴乔，从巴乔那湛蓝色的眼睛里，可以看到他对足球虔诚的热爱。1994年世界杯，在意大利与巴西的决赛中，在最后一刻罚失点球时，巴乔给世人留下了伤感的背影，球场上的"忧郁王子"非他莫属。说到巴乔，不得不提皮耶罗，同样是前锋，皮耶罗的初露锋芒遇到巴乔的如日中天……托蒂、老马尔蒂尼、小马尔蒂尼……蓝色的海洋曾经让多少人陶醉其中。

2006年世界杯，一天晚班中，与同事（上述的老朋友）两人在单位电视房里看球。意大利与澳大利亚，突然听到黄健翔充满激情的咆哮声："点球！……伟大的意大利左后卫！"那一刻，我们傻了，突如其来的一阵咆哮和突变的风云让我俩面面相觑，不知说什么好。那一幕难忘的经典,永远刻在我们心上。

回到眼前的局势中来,21日凌晨的比赛里,意大利队好像坐在罗马街边的咖啡馆喝咖啡一样,踢得甚是悠闲,哥斯达黎加队倒是有备而来,截然不同的状态和比赛态度,让意大利队在上半场便城门失守。

此战失利后,意大利对阵乌拉圭是其能否进入十六强的关键一战。意迷们还能陶醉多久?且行且等待。

谈感情，凭直觉

庸俗如我，球星情结尚浓，明知不可为而为之，德国与葡萄牙小组赛一战，顶着压力猜坐拥大咖 C 罗在的葡萄牙队赢，结果没猜对，请同事们吃了其乐融融的一顿饭。想想感情用事也未尝不可，饭桌上与同事笑谈风生，心情大好。

比利时与俄罗斯一战前夕，和小伙伴们分析球况，我说感觉比利时会凭小球赢，立刻遭到反对，他们深信俄罗斯的实力，并且会以大球赢。我加了一句，哥伦比亚队上一场球我是看好他们有戏的，结果如愿。

身边一起看球的人在比赛进行到下半场时，得知我看好比利时队，冷笑两声说："你也不看看形势。"此时俄罗斯队确实频频向比利时球门发起进攻，可惜无果。

但感觉真的是很奇怪的东西，我只对比利时队的两个爆炸头甚有好感，6号后腰维策尔，8号中锋费莱尼，看他们第一场时，维策尔的中场组织、分边，甚至远射的威力，都给我留下了很深的印象，替补上场的中锋费莱尼在对方门前屡屡造成混乱……有能控制好中场的前卫，这球队不会太差；能给对方守门员屡屡制造麻烦的中锋令人敬佩。因此，不管俄罗斯人多么自信，媒体人多么看好他们，我还是支持比利时队。

坚定的意念不只是一味地碎碎念，八十分钟后，比利时队开始恢复自信，像坦克般驶向俄罗斯队，频频"开火射击"，险情四起，但都因粘球太多，起脚不干脆，无果。终于在第八十七分钟时，替补出场的十九岁小将奥里吉接到阿扎尔的底线回传球，于离球门十米处怒射破门——1∶0，由此将比利时送入十六强的大门里。

对于猜球，我本外行，除了感情用事，就是直觉第一。

罗本飞起来了

整个体育场被红色、橙色包围了起来，蠕动的人群在沸腾，足球像是在鲜花丛中飞腾，煞是好看。

此役荷兰队与智利队保平即可小组出线，但在省体力、免受伤的前提下还是要力争赢球，因为谁都不想成为小组第二，下一场比赛对上东道主巴西队。

范佩西两张黄牌在身，只能坐在观众席上当看客。一段时间里，罗本一人在前方阵线孤军奋战。但形单影只且前些年一直被伤痛困扰的罗本在这届世界杯状态极好，"小飞侠"一直不遗余力地表现，显然他很渴望用自己的发挥来重新赢得人们的认可，可喜的是，他终于做到了。他的进攻像只飞翔的老鹰，稳健沉静，随时爆发，说他是世界杯开赛至今发挥最出色的球员，真的不为过。

但比赛的大部分时间里，智利队都占据了场上主动，中场能控球，前锋也能拿住球，他们的后卫一直紧盯罗本，怕罗本一旦拿球便无法控制住他的速度。一起看球的小伙伴深信智利队会赢，他说："智利队应该用两人来盯梢罗本。"但我反驳他，荷兰队身高有绝对优势，每次角球、任意球都能掀起阵阵惊心动魄的浪潮，怎么盯都没用。

果不其然，空中球绝占优势的荷兰队在下半场第七十七分钟时，刚换上场的小将费尔在对方门前头球攻入一球。

这是九〇后球员费尔第一次在世界杯赛场上亮相，出场仅九十秒就取得了自己的第一个进球。有多少人一起见证了他成功的瞬间，就有多少人与他一起经历着这一刻的欣喜若狂。

尽管一球领先，荷兰队还是没有摆脱困境，被智利队在门前狂轰滥炸。我安慰那拥趸智利的小伙伴说："应该还有戏……"但第九十一分钟时，罗本助攻德佩再次破门，我再怎么安慰也无用了。

意大利不哭

老朋友说，意大利走人了，你们还这么高兴。我安慰道，要看淡，看淡……但重新看专门为意大利队制作的送别视频时，伤感还是阵阵袭来。蓝色终究不能延续经典，经典的画面已然成灰色，巴神不哭！皮尔洛别再忧郁，不想你们用伤感的背影来告别世界杯，即使不得不离去。

最后，在第九十四分钟，布冯弃门冲到前方阵地，那是一幅勇士一去不复返的悲壮画面，但此时大局已定，无助的意大利队回天乏术，即使是无数次代表国家队出征的老将布冯也只能望球兴叹。

照例有人在赛前问，你觉得意大利能赢吗？我的回答是：险。因为意大利防守反击的战术总是让人看得很揪心，再则看到小伙伴提供的非专业非官方但是有着精确数据论证的资料，1978年至今的世界杯得主规律，结论是乌拉圭队可能是这届世界杯冠军得主。情结归情结，现实的存在总会大于缥缈的梦境。

苏亚雷斯又咬人了。总能掀起波澜的人，总有其过人之处，他能左右你的喜忧，而今他让意大利人愤怒。"苏牙"是个人物，崇拜他的人会疯狂，鄙视他的人会不屑。但他最彪悍的地方还是在于，即使喜欢他的人，也不得不承认他很多时候的不理智；而即使再讨厌他的人，也不得不承认他有很多地方确实牵动人心。

球场的蓝色不是意大利的地中海，而是乌拉圭人天蓝色的海洋。布冯和皮尔洛的告别赛充满了悲情，我永远记得布冯的神级扑救、皮尔洛精准的长传球。

关于阿根廷

很小的时候，我家里墙上贴满了世界各国足球明星的海报，巴西的贝利，德国的克林斯曼，荷兰的"三剑客"，意大利的巴乔、老小马尔蒂尼……但父亲说得最多的是着蓝白相间球衣的马拉多纳。我不情愿地被逼着看球、不情愿地穿短衣短裤成为驰骋球场的女运动员，但不管有多么不情愿，阿根廷的白蓝条纹球服和矮胖的马拉多纳就这么不经意间刻在了我的脑海里，陪伴我成长。那里有父亲被时光拉得长长的影子，他望女成凤，他"视球如命"……

关于阿根廷，一个闺蜜说："梅西是不可能不看的。"在梅西之前，她是小贝的铁杆粉丝，会为小贝脸红、激动，但从 2006 年开始，梅西吸引了她的眼球。这是个做人低调、踢球也从不独断、球场上从来不与人发生争执，赢球的功劳是集体的，输球时会说是自己踢得不好的球星。此次世界杯，在"梅西走廊"（他习惯在对方的大禁区右侧带球，向大禁区弧顶内切，左脚射，故称"梅西走廊"）踢进两粒进球，那漂亮的弧线与大男孩的身影相得益彰。生性内敛的"梅球王"，是世界杯激战至今的"至尊先生"，在他此前最大的梦魇地——世界杯舞台，梅西踢出了

"梅西水准"。

关于阿根廷,有一款叫"梅西五号"的球鞋在儿子班上的小足球迷间风靡。他们让我买时,我一怔,有这样的球鞋卖吗?货到当晚,儿子兴奋不已,穿上后在客厅就颠起球来,说很有梅西范吧!

不管能否笑到最后,关于阿根廷和梅西的故事都会一代代传下去。

颤抖的王者

赛前，巴西人张大嘴巴唱国歌，用尽全力、激情万丈、紧握拳头，有着"我不是王者，还有谁是王者"的踌躇满志。但他们做梦都想不到，杀入八强的这道障碍如此厚重且险恶，美妙的冠军梦差点提前毁灭于智利队脚下。

如果智利队 9 号前锋皮尼利亚在加时赛结束前最后一刻的射门没有被门柱挡出，智利队将昂首走出米内罗球场，把悲伤留给身后满场的巴西球迷。看巴西人热血沸腾的样子，老姜说，也许输球的巴西人会暴动。

如果智利队 18 号后卫哈拉最后主罚的点球没被门柱弹出，谁也不敢说巴西人还能笑多久。这样的打击会让足球王国久久缓不过来。

所有的人都对巴西门将塞萨尔赞不绝口时，却忽略了智利队守门员兼队长布拉沃，他英俊、冷静，出击时果断及时，保证了后方的安全。赛后他表示，带领队友们把巴西队逼到绝境，他们有理由骄傲地昂首离开。喜欢布拉沃球场上气吞山河的气势以及他大气的领袖风范。

"巴萨双星"内马尔与桑切斯之间的较量平分秋色，彼此在对方的门前都造成了不少威胁。桑切斯接中场队友传球后经常右路突破，但巴西队中场继卡卡、小罗之后，出现真空现象。毫无创造力可言的中场凌乱组织让人无法把这支黄衫队与卡卡、里瓦尔多、小罗、大罗这样的名字联系起来。巴西队下半场一度攻防脱节，费雷德太磨叽，辜负了斯科拉里对他的信任，在前场给内马尔的帮助太少，内马尔跑累了……

功亏一篑的智利人满眼是悲伤的泪水，但他们没有失败，他们的表现令人尊敬。巴西队赢了结果，却输了过程。

郁金香神奇绽放

师妹公鸡来电,我问已是一名足球教练的她:"现在有专门的假摔训练课吗?"她答,肯定没有。

但我看到罗本一次次摔得面目痛苦,即使第一次、第二次没博得裁判同情,只要有第三次致命的那一声点球哨响,再摔狠点痛点都没关系了。这让人不得不怀疑,球队是否有假摔这堂训练课?电话放下不久,看新闻,罗本承认上半场那次在对方禁区内是假摔。

夜深心不静,当比赛进行到第七十分钟,墨西哥队又一次有条不紊、镇定自如地组织进攻时,我脑海里出现不吉利的四个字:橙色谢幕。现场的橙衣者开始躁动不安,时间的流逝代表着离宣判结果越来越近,悲情又一次蔓延涌动。看着罗本一次次地右路突破徒劳无功,发出的角球一次次只落前点而毫无建树,我以为就这样了,要不还能怎样呢?

沸点发生在第八十八分钟,斯内德远距离怒射破门,1:1的比分重新燃起了希望。此刻球迷们应该都在活动僵硬的脖子,准备看加时赛。没想到,颇有争议的点球就在补时赛阶段发生了。

关于这场球,很想说说两队的守门员。开场时荷兰队守门员嚼着口香糖，表情随意地晃荡在门前，好像不是参加世界杯，而是多加一场可有可无的热身赛，直到墨西哥队的一脚远射才惊醒了梦游的他。对于墨西哥守门员奥乔亚，我弄不明白，为什么大家（包括段暄）都在夸他扑出多少惊险球来，难道就看不出那些有威胁的球都是打得太正，刚好从奥乔亚身上弹出来的吗？如果他出色，斯内德的那脚刁角度的远射他应该能判断；如果他出色，就应该能扑出加时赛亨特拉尔那个点球……一场比赛中，守门员是最后那道墙，也是全队的力量和精神支柱。

墨荷之战，墨西哥的墨，装点了荷兰这枝郁金香。巴西无可争议地杀进八强，荷兰充满争议地迈进八强。世界杯的魅力，在于它是浓缩的世界。世间万象，这里皆有。

输了比分，赢了世界

带着1∶2的比分，世界杯里最后一支非洲球队不得不告别巴西了。对德国一战，阿尔及利亚布下了铜墙铁壁，"战壕""碉堡"与"城堡"，如此充分的装甲准备，为的就是迎战德国的"现代化坦克"，他们不畏惧里面装满"炮弹""导弹"与"子弹"。

面对众志成城的阿尔及利亚人，德国队在小组赛阶段里踢出的精彩消失了，球队在比赛中难以送出关键传球，进攻队员往往在前场陷入各自为战的境地，创造了一次次机会，但在关键一击上总出现错误。

与德国队的低迷形成反差的，是阿尔及利亚队的众志成城和战术策略的得当运用。九十分钟的常规比赛，阿尔及利亚没有给德国任何机会，0∶0的比分令双方弹尽粮绝，人困马乏。加时赛，德国终于破门。落后一球的阿尔及利亚人斗志昂扬，顽强地不断向德国"城门"发起一次次攻击，但因体能不支，被德国队抓住机会再入一球。此时，几乎所有人都以为这就是定数了。

没想到，阿尔及利亚人依然没有放弃，比赛的最后一分钟，他们倔强地上演了奇迹一幕，接到队友右路传中，贾布禁区内包抄破门射入。

这一场比赛，阿尔及利亚人硬是用血肉之躯，让德国战车威力尽失。虽然输了比分，但他们赢了世界。

巨星的力量

如果能坐在空旷辽远、蓝天白云下的圣保罗竞技场观球,看正午一点阳光下的"硝烟"四起,应该很享受。属于阿根廷的浅蓝白色调,在六万人的观众席上显得格外清新自然,但阿根廷与瑞士这场弥漫着血腥味的淘汰赛,紧张得让人来不及细细品味那淡雅的格调。

进入淘汰赛,谨慎成为主旋律,如果说小组赛主要比创造力,那么淘汰赛比的就是谁更少犯错,以及谁把握机会的能力更强。小组赛的进球狂潮成就了进攻球员的无限风光,而淘汰赛的一球难求,则突显了核心球员的一剑封喉。这场比赛里,梅西和迪马利亚便是助阿根廷晋级的巨星队员。

阿根廷一直踢得淡定自如,仿佛胜局已然揽入囊中了,但九十分钟始终不开花急坏了旁人。加时赛,阿根廷人的攻势依然无所收获,时光的脚步正迅速向点球决战迈进。就在此时,上帝开始把精心的铺垫调好火候,是英雄挺身救国的时候了,梅西过人后分球给迪马利亚,后者一锤定音上演精彩一幕……梅西与迪马利亚惺惺相惜的配合绝杀了瑞士。

梅西的身影无处不在,梅西过人分球、梅西争头球、梅西的劲射……他化身组织核心,突破、传球无所不能。当代球王的血液已深深注入梅西身体里,他在队伍里的地位和价值无可替代,其领袖精神虽内敛却是气势磅礴的。梅西的世界杯,再续精彩,再书传奇。

巨星的风采,在球场上空化作青春的烟火,爆发,升腾,成为一团团璀璨的花朵。

蓝白挺进四强

时隔二十四年,阿根廷人终于打破了止步八强的魔咒。胜利那一刻,首都布宜诺斯艾利斯呼啸的风雨也没能盖过楼宇间震天动地的欢呼声。

刚开场,阿根廷气势如虹,攻势如潮,一上来就摁住比利时的脖子,一顿狂揍,比利时人憋得满脸通红,一时喘不过气来。比赛第八分钟时,就由梅西从中前场连续两个转身带球突破,组织战术进攻,分至右边,迪马利亚传中,嗅觉灵敏的伊瓜因顺势一脚破门,其干脆利索、毫不犹豫的扫射令对方门将毫无反应。比利时的这个失球,追根溯源还是没有防住梅西。他们加强了对梅西的防守,虽然防住了梅西的直接进球,却防不住梅西策划组织队友的进球。

这一战,阿根廷世界顶级球队的风采初显,整体作战能力上升,他们对比赛节奏的把握堪称出神入化。慢得恰当,快得突然,攻如闪电,守如泰山。梅西的好兄弟伊瓜因终于复活了,这位四场比赛都备受指责的"前场僵尸"成功捍卫了自己的声誉。

梅西脸上笑容绽放,阿根廷球迷放声歌唱……阿根廷越战越勇,他们朝冠军迈进的步伐一步比一步坚定。

巴西人的眼泪在飞

本以为这是一场血雨腥风的厮杀，刀光剑影会闪花了世界的眼，走到世界杯四强，谁不是在电闪雷劈里摸爬滚打？谁不是在刺刀见红、眼里见血中灰飞烟灭？于是全世界都在等待，等这场碧血封喉的大战。然而，谁都没有想到，原来这种过程如此诙谐，结果却惨不忍睹。

前十分钟里，巴西队一上来就想吃掉德国队，气势汹汹，一种无处发泄的焦虑感隐隐散发，但他们只热情澎湃了一小会儿，他们太想赢了，欲望让他们失去理智……过早失球，并且犹如泄洪般遏制不住地失球，崩溃的巴西球员状态全无，看台上的巴西球迷泪流满面，悲伤一片。

有一种伤害，叫期待。例如这场半决赛，巴西队便呛死于国人潮水一般的期待。东道主的优越感，淹没了巴西人与巴西球员的理智。

这是一场冰与火的碰撞。相比起躁动不安却无计可施的巴西队，稳健的德国队进攻简练、精准、高效，在防守上注重立体和整体，严密有序。这场半决赛，德国队兵不血刃，不急不躁，打得充满焦虑症的巴西队毫无脾气，轻松进入决赛。

不断刷屏都不及进球速度快的一场世界杯半决赛，凌晨，小伙伴杨昉说："进第一个我觉得漂亮，第二个我欢呼，第三个我呐喊，第四个我震惊了，第五个我惊呆了。"我戏言："应该可以进八个球。"最后戏言成真，总共加起来是八个。

世界杯，从来就没有同喜同悲。有人喜，自然就有人悲。只是这场不见血的屠杀对象是巴西队，人们久久都缓不过来。

大力神杯，擦肩而过

作为一名巴西队球迷，情绪低迷的好友为自己包了一顿饺子。我告诉她，我们只是一群看客。不管怎样心酸，生活还是得继续。如这场荷阿之战，没有了迪马利亚的接应，就算一个人在前场怎么孤立无援，举目四望皆无人可传抑或传出去了没效果，梅西还是得战斗到底，即使被对方球员盯死、冲撞，也还是得施展出十八般武艺来。

两队都不缺核心，不缺尖刀，可谁也无法锋芒毕露，因为互相不给对手拔剑出鞘的机会。这两支球队的比赛，如在多源灯光下，一个人与自己的影子的对抗，任你如何跑动如何摆脱，总有一个或两三个影子寸步不离。两个队的防守体系，如茂密的森林，连风都找不到缝隙，只能围着它绕来绕去，发出一声叹息。

罗本没有再摔了，他像是精灵一样跳跃在阿根廷的门前，是险象环生的主要制造者……可是离破门总是一步之遥。

荷兰阿根廷之战，如同深邃的大海，水面平静如镜，水下草木丰茂，鱼龙争夺。瞬间会有一二鱼龙跃起打破平静，令人心里一震一惊喜。那跃出水面的一会儿是梅西，一会儿是罗本。沧海横流，方显英雄本色。

比赛总要分出胜负，于是必须直面残酷的点球大战。英雄之间的胜负是悲壮惨烈的，而对于球迷来说，宁愿比赛凝固在这一刻……

但荷兰队还是与大力神杯擦肩而过了，他们在这场球赛里，以近乎完美的表现悲壮地告别世界杯。末了，罗本在球场边安慰哭泣的小罗本，只见范佩西朝着人群挥挥手，那悲情的一笑一转身，让我突然喜欢上了他。尽管世界杯之前没看过他的一场球。

巴西足球的精致，不复存在

看过解说员贺炜写的一篇文章，结尾是这样的："我深深明白无论如何努力，都只是这项博大运动中一个最普通的信徒自我角度的呢喃，它一定不够全面，不够透彻不够深邃，这里博大精深，所知不足万一，这里前路迢迢，境界遥不可及。"

谁也说不清楚，足球到底有多博大精深，连世界足球顶级王国——巴西都在通往精深的道路上狠狠地摔了跟头，狼狈不堪的半决赛日子，差点可以定为他们的"国难日"了，更何况一个解说员在有无限种可能性的足球面前。但我喜欢贺炜用的"呢喃"二字，里面有一种感性的热爱，不失谦卑。

记者问巴西路人："半决赛这样的结局，对你有什么影响？"那位白发苍苍的老人指了指不远处的海，说："那里依然平静。"但后来又加了句，角逐三四名的比赛，他们一定会全力以赴，挽回颜面。

是的，巴西全国上下大概都以为，巴德之战只是一场噩梦，睡醒了一切都会过去的。但看巴西队半决赛，以为他们没有中场队员，如今看争第三名，发现竟然没带后卫参赛，巴荷之战，又一次让人看到巴西足球失去了精致……

罗本总是场上最有争议点的球员，不管真摔假摔，总能轻盈却痛苦地倒下去，只是想不到在这场比赛里，荷兰队开场不到两分钟就获得点球，过早打压了巴西队的自我救赎念头。即便是面对被称为"鸡肋"的三四名决赛，即便罗本和范加尔都曾说季军争夺战没有意义，然而荷兰人还是非常认真地对待了本场比赛。

　　本届世界杯里，荷兰队表现出色却与大力神杯失之交臂……他们的故事远远没有结束，侧耳聆听，亚马孙河吹响了荷兰足球新乐章的铿锵序曲。

梅西没哭

你爱上他不是因为崇拜，而是因为他的气质。失败了，没能捧杯，也没哭，这就是梅西的气质。

就在格策进球的刹那，梅西的惊愕与冷峻成为悲情的雕像。梅西得到了世界杯之外几乎所有的荣誉，却没能在这次触手可及大力神杯时完成梦想。阿根廷人留下悲伤的泪，梅西没有哭，但其心头之痛超过所有人，即使金球奖代表着一名球员无限高贵的荣誉，但与失去的冠军相比，亦是微不足道。

平心而论，这场球世人都对梅西抱有太多期待，以为他是阿根廷队的救世主，以为他可以力挽狂澜，但大家看到的是，加时赛末尾处，梅西最后那一脚高出目标两米的任意球，证明他要成为马拉多纳，可能还需时日。

伊瓜因在上半场第二十分钟坐等了一个单刀赴会的机会，他甚至有时间看了看身后回防的德国球员，往前跑了两步起脚射门，没力量没射正。伊瓜因懊恼地双手抱头仰天长叹。这一声叹息，也许他会回忆一万年。

上帝仿佛故意给这场近乎完美的比赛播下悲剧的种子，以勾起世人无尽的悲伤。凝结而成的悲伤，晶莹剔透不忍凝视，一个欲说还休的眼神扫过，整个世界都停止了呼吸。

　　天亮了，生活依旧。

跋

　　文字有许多功能，于我而言，最大的魅力就是留住记忆，留住生命里那些温暖的阳光气息。就算时光已久远，在文字里依然能读出悠然的静美之感——如"亲子时光"一辑。小姜的成长路上发生了许多事，遇到了许多人，这些文字记录可以带我们回到从他牙牙学语到高中时代的一些有趣的场景里。如今的家庭教育面临越来越焦虑的一种境况，极少人会带着轻松的语气和幸福的面容聊孩子、聊升学等。而今重读当年的育儿日记，庆幸那时候我们的相处至少没有谈成绩就色变，我们接受孩子是中等生的现实，更多的是关注成长的真正内核。今年的小姜二十岁了，在北方城市读大二，爱读、爱写、爱看电影、爱唱歌、爱跳舞，喜欢逛博物馆、观展……就这样，当年那个出生时极丑极黑的小宝宝，如今成长为一个注重追求精神层面的小伙子了。

　　生活给了什么，就享受什么。在"岁月留痕"里，更多记录的是深圳生活三十年的痕迹，偶尔夹带着对老家梅州五华淡淡的乡愁，将对亲人不敢轻易触碰的牵挂和缅怀化为一股力量——把悲伤放在心底，他们喜欢看到乐观的我。如果说亲情是厚重的，那么十来岁就开始的友谊则是天真烂漫的，如今的"五朵金花"

在深圳说聚就能聚。我们一起度过小学、中学和高中生活，如今专门互相挖对方的糗事来说……庆幸我们没有走散，只要在一起，时光仿佛从来没有走远过。在深圳除了有家人、发小，还有一些老闺蜜，我们的相处不做作不吹捧，不卑不亢，沿着各自的日常轨迹安然接受生活的给予，每一次的相遇相谈都能触碰灵魂，欢喜至极。

爱上旅游，是因为老姜。在他的带领下，这十多年来，家人去了不少的地方，路途中我知道了许多书本上学不到的知识。在陌生的城市里总会有许多别样的思想，便学着把这种思绪记下来。记得第一次去台湾，伫立在野柳的海岸边，感受海风里的汹涌浪潮，情绪特别激动，心想这就是台湾海峡啊，这就是余光中笔下的乡愁。在波黑的萨拉热窝，坐在引发第一次世界大战导火索的拉丁桥边，在黄昏里想象一百多年前这里曾发生的让全世界动荡不安的事件；触摸建筑高楼的子弹洞、坐于午后的山顶凝视脚下的科瓦奇墓园……在"行在路上"一辑里，我假装是一位资深旅行者，努力去读懂每个国家、每座城市的思想，但只要一天还在路上，这种思想还是不成熟的，因为越走越想探个究竟，越读越觉得自己浅薄，所以不能停下来。

每看完一本书或一部电影，就仿佛与陌生人深谈一次。前世熟悉的感觉扑面而来，未知的一切徐徐揭开朦胧的面纱，从现实生活中剥离出来，感受那些与自己遥远至极的人和事——将这种畅快淋漓的体验付诸文字，我将其统一称为"书影万象"。书丛万象、影像万象，映射不同的人性也罢，世态也罢，特殊之处在于那是我与它们的心灵碰撞，曾有那么一瞬间，我被打动，甚至有时欲罢不能。"有球在飞"的文字是熬夜熬出来的，2014 年巴西世界杯期间，我突然心血来潮，半夜挣扎起来看比赛。我曾极力支持小姜要做个体育迷，男孩子要有血性要呐喊，特别是为足球比赛歇斯底里地叫，那个样子会特别有男人味，但他看球赛很斯文，只看结果不注重过程。写到这里，突然记起我小时候，被父亲强迫看足球比赛，即使眼睛都困得睁不开了，还要对着黑白电视假装看得起劲，"欣赏"国足的"黑色三分钟"；暑假、寒假可以不做作业，但是会把《足球》报上的人物和内容剪下来贴在本子上，这是一件必须要完成的事情；一定要把国家队男足和女足的名字背熟、默写，房间里贴的是马拉多纳和古力特的海报；父亲对我的期待是进国家队或当一名体育记者……当然如大家所见，我没能进到国家队，也不是体育记者，但父亲在我脑海深处植入的文化的种子，至今影响着我。我不太敢去回忆离世的亲人，所以此书里并没有写到令我牵肠挂肚的那些长辈……

生活得继续，往前看，总有一天我们会相见。

2021年9月18日
写于深圳宝安